우리네가 끝없는 아픔을 느끼길 바라며 집필했습니다.

우리네가 헤아릴 수 없는 슬픔에
하염없는 눈물만 쏟아내길 바라며 집필했습니다.

우리네가 감당 할 수 없는 아픔과 슬픔을
눈물과 함께 영원히 기억하길 바라며 집필했습니다.

저는 우리네를 믿습니다.

지금부터 우리가 알지 못했던 그날의 이야기를 들려드리겠습니다.

2021년 1월1일. 소재원.

이야기 소장판

ⓒ소재원, 2021

1판 1쇄 발행 | 2021년 1월 21일
1판 3쇄 발행 | 2021년 2월 26일

지은이 | 소재원 (@sojj1210)
펴낸이 | 김명진 (@prologue_books)
그린이 | 진순 (@jinsoon)
펴낸곳 | 프롤로그

출판등록 | 제2021-000001호

공급처 | 주식회사 프롤로그
전화 | 070) 8621-5833
팩스 | 031) 8057-6533
이메일 | prologuebooks@naver.com

값 13,000원
ISBN 979-11-973326-0-9 (03810)

※ 이 책은 본사와 저자의 허락 없이 내용의 일부 또는 전체의 무단 전재나 복제, 광전자 매체 수록 등을 금합니다.
※ 잘못된 책은 구입처에서 교환해드립니다.

이야기

소재원 지음

도서
출판 프롤로그

차례

*사랑은 서로의 마음의 떨림이 하나가 되지만
순정은 영혼의 떨림이 하나가 되는 순간을 말하는 것이오.*

순정	005
이별	029
편지	040
도움	125
대화	138
이별	147
만남전야	228
만남	243
에필로그	250

순정

　봄은 언제 왔는지도 모를 만큼 빠르게 시간의 공간을 지나쳐갔다. 이제 긴팔보다 반팔이 한결 사람들의 눈에 자연스러웠다. 유소영 역시 여느 사람들처럼 가벼운 차림이었다. 목에 카메라를 걸고 있는 모습도 소록도에서는 그다지 눈에 띄는 일이 아니었다. 관광을 목적으로 소록도를 찾은 대부분의 사람들 사이에 그녀도 제법 잘 섞여있어 보였다. 다른 부분이 있다면 녹음기와 낡은 파란색 수첩이 들려있다는 점과 삼십대 중반의 또래 여행객들과는 상반되게 화사한 옷이 아닌 칙칙한, 때가 잘 타지 않는 카키색 면 티를 걸친 편안한 차림이었다는 점뿐이었다.

　사람들이 여름을 맞을 준비를 하고 있는 가운데 소록도는 아직 봄을 보내지 못하고 있었다. 길가에 만발한 철쭉과 개나리는 봄을 부여잡고 조금이라도 더 아름다움을 뽐내려 하고 있었다. 관광객들은 내

년에 다시 만나야 하는 꽃들을 웃음과 함께 보내주려 했다. 답례로 꽃은 여러 커플이나 가족들의 주위에 섞여 한 장의 기억으로 조용한 헤어짐을 선물했다.

그녀는 다른 사람들과 달리 꽃들에게 작별인사를 하지 않았다. 무심한 듯 자신을 태운 차를 운전하는 사람에게 하얀색 병원 건물을 가리키며 손목에 찬 시계를 내려다 봤다

"늦지는 않았네."

그녀는 조용히 중얼거리며 핸드폰을 손에 쥐었다. 신호음은 짧았다. 누군지 잘 알고 있다는 듯 굵은 남성의 목소리가 "응, 도착했어?"라는 말을 전했다. 그녀는 "거의…"라고 말끝을 흐렸다. 남자는 "차가 좀 막혔어. 나도 이제 도착했어. 모시고 갈 거야."하고 급하게 말을 내뱉었다.

"병원에서 간단하게 인터뷰하고 올라갈게. 시간 너무 잡아먹지 마. 자기도 간단하게 인터뷰하고 바로 출발해."

"그래. 알겠어. 저녁에 보자."

통화는 짧았다. 그녀는 핸드폰을 무신경하게 내려놓은 후 수첩에 미리 적어 놓은 질문들을 세밀히 체크했다. 차가 병원 앞에 다다를 때까지 수첩은 그녀의 날카로운 시선을 피할 수 없었다.

"기자님, 다 왔어요."

차가 멈춰서고 운전을 해준 사람이 조용히 말을 꺼내고 나서야 수첩은 그녀에게서 해방됐다. 건물은 세월을 가득 안고 있었다. 답답하게 보이는 다닥다닥 붙은 창문들과 건물 입구의 구닥다리 디자인은 살짝 거부감이 들었다. 스산해 보이는 병원이었다. 그와는 반대로 신식으로 지어진 바로 옆 동의 건물은 상당한 대조를 이루고 있었다. 외벽엔 화사한 벽화들이 자리잡고 있었다. 오래된 건물과 신식 건물은

2층에서 복도로 이어져 있었다. 구(舊)병동과 신(新)병동을 동시에 사용하고 있는 것 같았다.

그녀는 문득 일제 강점기 한센병 환자들을 다룬 『당신들의 천국』이라는 소설이 떠올랐다. 고등학교 때 읽었던 책이었다. 소록도를 중심으로, 환자들은 매일같이 학대받으며 노동에 시달리고 고통을 겪어야 했던 소설 속 내용과 오래된 병원의 분위기는 비슷하게 다가왔다.

그녀가 천천히 차에서 내렸다. 병원의 어두운 분위기와는 다르게 꽃향기가 그녀의 코를 자극했다. 병원 건물과는 전혀 어울리지 않는 천연각색의 꽃들이 사방을 가득 채우고 있었다. 병원이 바다 바로 앞에 자리 잡고 있어서 한눈에 소록도의 전경을 눈에 담을 수 있었다. "세상에!"라는 감탄사가 절로 터져 나왔다. 아까 병원 건물만 보고 느꼈던 이질적인 감정은 순식간에 사라졌다. 병원 앞의 풍경은 온화로웠다. 평화로웠다. 순수하고 차분했다. 바닷물이 다시 만날 것을 약속하며 뒤로 물러난 자리에는 갯벌이 바다를 기다리고 있었다. 시커멓게 보여야 할 갯벌은 햇살의 도움으로 따뜻한 색을 입고 있었다. 저만치 물러나 있는 바다 위에는 사람들이 인위적으로 만들어놓은 바지가 둥둥 떠 있었다. 빨간 등대가 자리 잡고 있었는데 혼자는 외롭다 느꼈는지 정 많은 누군가가 하얀색 등대를 친구로 마주보게 만들어 주었다. 바다도 인자한 햇살 덕분에 본래의 색을 버리고 과감한 화려함을 입고 있었다. 그녀가 경관에 매료된 시선을 거두고 병원 건물을 돌아봤다. 방금 전과는 다르게 오래된 건물이 제법 부드럽게 느껴졌다. 이질감보다는 역사의 한 흔적이라는 긍정이 자연의 조화 덕분에 생겨나고 있었다. 이제는 간사하게도 오래된 구시대의 그저 그런 건물이 고된 시간을 견뎌낸 역사로 잘 살아남았다는 느낌이 더 크게 다가오고 있었다.

그녀가 천천히 주변을 둘러보며 병원을 향해 걸음을 옮겼다. 병원에 들어서자마자 햇살이 차단되어서인지 살짝 서늘한 시원함이 느껴졌다. 종합병원에 비해 조금 작은 접수실이 눈에 들어왔다. 안내데스크는 따로 마련되어 있지 않았다. 그녀가 접수실로 향했다. 후덕한 인상의 중년의 간호사가 자리를 지키고 있었다. 그녀가 수첩을 꺼내 몇 장 뒤로 넘기고는 말했다.

"512호 서수철 할아버지 모시러 왔어요."

그녀의 말을 미리 짐작했는지 간호사는 친절하게 일어나 "따라오세요."라고 말하며 앞장서 계단을 올라갔다. 간호사는 말없이 뒤따르는 그녀에게 웃음을 머금고 말했다.

"서 씨 할아버지 어제 한숨도 못 주무셨어요. 설레시겠죠? 설레실 거예요, 그렇죠?"

후덕한 몸매의 중년의 간호사는 뭐가 그리 즐거운지 실실 웃으며 그녀를 바라봤다. 그녀는 쓴 미소를 지으며 "네"라고 대답한 뒤 살짝 고개를 끄덕였다. 간호사의 수다는 512호 입원실에 다다를 때까지 쉬지 않았다.

"서 씨 할아버지 소원 푸네 풀어. 얼마나 보고 싶었을까. 안 그래요? 서 씨 할아버지 방송에도 나오는 거죠? 몇 번에서 나와요?"

그녀의 귀가 자꾸 거슬렸다. 인터뷰 질문을 정리하는 시간을 가차 없이 빼앗긴 그녀의 표정이 좋지 않았다. 간호사는 눈치도 없이 질문을 쏟아냈다. 그녀는 기분과는 다르게 "그러게요. 여기가 전남이죠? 그럼 13번 채널에서 나올 거예요."라는 말로 질문들에 충실히 답했다.

그토록 오기 싫었던 곳이다. 사회부 기자 경력 10년에 주목받지도 못할 기사를 쓰기 위해 이곳까지 내려왔다. 모든 잘못은 남편에게 있었다. 남편은 그녀의 3년 아래 후배기자였다. 법대를 나와 수년의 고시원 생활을 정리하고 입사를 했다. 같은 사회부에 있었지만, 그녀는 언제나 화제가 되는 기사들을 최초 고발하는 베테랑으로 중심에 서 있었다. 다른 신문사 기자들은 그녀의 기사를 퍼다 나르는 경우가 허다했다. 기자로서 강한 자부심을 가지고 있는 그녀와는 다르게 남편은 직업에 만족을 느끼지 못했다. 법을 공부한 사람이라 사회적 문제들을 법률적으로 해석하는 전문성을 인정받기는 했지만 항상 한발 늦은 기사를 써 내려갔다.

역설적으로 그녀와 남편이 친밀해질 수 있는 이유이기도 했다. 그녀가 속보를 내면 후발주자로 기사에 대한 전문적인 내용들을 보강해 내보내주는 역할은 확실했으니까. 매번 이어지는 서로의 도움은 점점 더 큰 유대관계를 형성했다. 연애를 하기까지 오랜 시간이 걸리지 않았다. 같은 사건을 다루는 글을 쓰면서 대화도 잦아졌고 하나의 주제로 느끼는 공감은 서로를 가깝게 만들기 충분했다.

결국 결혼을 해서도 그들은 실과 바늘 같은 관계를 쭉 이어오게 됐다. 하지만 시간이 흐를수록 골은 깊어갔다. 부딪히는 일들이 잦아졌다. 자신의 기사를 가지고 제멋대로 해석하는 남편의 펜대에 불만이 쌓일 때가 많았다. 객관성과 중립의 의무를 남편에게 기대하기란 어려웠다. 보수적 측면이 강한 법을 공부한 그는 시대적 사고와 자유의지의 표현, 사회통념보다는 문자화되어 있는 학문들에 충실했다. 그녀가 불만을 표시하고 기자의 정의를 설명할 때면 남편의 목소리는 커지기만 했다. 급하게 서두른 출발의 비참한 결론이었을까? 그들은 결혼 3년만에 별거에 들어갔다. 마주치고 싶지 않아 최근에 그녀는 다른 부서로 발령을 신청하기도 했다.

편집장은 이번 기사를 마지막으로 발령을 약속했다. 편집장의 의도를 그녀는 쉽게 짐작할 수 있었다. 이슈보다는 은은한 미담으로 입에 오르내리는 기사를 원하고 있었다. 그에 걸맞은 기자들이 필요했다. 부부 기자가 각자의 시선으로 본 미담은 충분히 사람들의 입에 오르내릴 가능성이 있었다. 그녀는 마지못해 수락하고 이곳 소록도까지 내려왔다. 발령을 위해. 그리고 더 이상 서로의 의자가 될 수 없는 남편과의 이별을 위해서.

: : :

한기준이 도착한 곳은 경기도 광주에 위치한 위안부역사관이었다. 차 한 대가 겨우 지나다닐 수 있는 좁은 시골길을 거침없이 달렸다. 안전운전을 하려는 운전자에게 늦었다는 말을 수십 번도 더하고 초조하게 두 손을 매만지며 도착한 곳이었다. 위안부역사관을 알리는 할머니들의 동상이 보이자 기사에게 잠시 기다리라는 말을 내뱉고 급하게 차에서 내렸다. 아마 유소영이 있었더라면 이런 게으름은 피우지 않았을 것이다. 그녀에게 처음으로 언성을 높였던 날이 어렴풋이 스쳐 지나갔다. 한 구조현장 사건을 다룬 기사였다. 그녀는 구조에 대한 비판적인 시각을 내놓았다. 조금만 더 서둘렀더라면 더 많은 소중한 인명을 구할 수 있었을 것이라는 표현을 우회적으로 써내려간 기사였다. 후속 기사를 내보내는 그는 반박적인 기사를 써내려갔다. 구조지침과 법률적인 충돌부분들을 냉철하게 적어갔다. 데스크에서는 기사를 순식간에 퍼뜨렸다. 사람들은 첫 보도와는 다른 전문적인 내용들에 그녀의 기사를 비난하기 시작했다. 그의 기사를 본 그녀는 분노했다. 그에게 중립적이지 못하다는 말을 시작으로 아직까지도 후배기자를 대하는 듯한 말투로 훈계하며 가르치려 했다. 그가 참다못해 소리쳤다.

 "내가 쓰고 싶어서 썼는 줄 알아? 당신 기사 때문에 신문사 전체에 난리가 났다고! 정부 관계자들부터 해서 청와대 온라인 대변인이 편집장님에게 직접 선동하는 기사는 자제해 달라는 문자까지 보냈어. 당신 지금 생각이 있는 거야? 중립? 당신이나 중립을 지키고 이야기해!"

 그의 쩌렁쩌렁한 목소리에 그녀가 당황하는 모습을 보였다. 자신의 말이라면 고분고분 들어주던 그의 존재가 변했다는 사실을 믿기 힘들었다. 그녀의 눈에는 눈물이 가득 고였다. 억지로 입술을 깨물고 참아내는 모습이 그의 눈동자에 담겼다.

 어디에서 그런 용기가 나왔던 것일까?

 아마 편집장이라는 든든한 후원자가 뒤에 있었기 때문일 것이다. 편집장은 그에게 볼멘소리를 냈다.

 "유소영. 큰일 냈어. 데스크 허락도 없이 감히 기사를 내? 지금 뭐 하자는 거야? 자네가 처리해. 부부잖아."

 "부부잖아."라는 말에 그는 강한 무게를 느꼈다. 그는 서둘러 같은 내용의 다른 기사를 써야했다. 어떻게 해서든 사건을 무마해야 했다. 곧 있을 총선에 대비해야 하는 정부로서는 구조의 늑장대응이 치명타가 될 수 있었다. 재빨리 채 5분도 안 되는 시간, 그가 가지고 있는 모든 지식을 총동원했다.

 다행스럽게도 그녀의 기사는 오랜 시간 포털에 자리 잡지 않았다. 기사를 퍼다 나르던 다른 기자들도 오히려 그의 기사에 주목했다. 지금까지 느끼지 못한 쾌감이었다. 관심 받지 못했던 그였다. 타인의 이슈 기사를 정리만 하는 기자였다. 아무도 그의 유식을 알아주지 않았다. 그렇기에 한 번도 기자라는 직업에 흥미를 가져본 적이 없었다. 그저 매달 나오는 월급과 취재비로 소주 한 잔 공으로 먹는 일에 만족할 뿐이었다.

그녀의 징계를 막기 위해 써내려갔던 기사가 그에게 야릇한 만족을 주고 있었다. 한참 우월감으로 가득해 있을 때 벌어진 일이었다. 아직도 자신을 초보기자로 바라보는 그녀에게 반항의 감정이 치밀어 올랐다. 내지른 소리에 순식간에 후회가 밀려들었지만 사과의 말은 입에서 떨어지지 않았다. 그녀가 휙 뒤돌아서 그에게서 황급히 멀어졌다.

자리로 돌아온 그에게 편집장은 만족한 듯 어깨를 주물러줬다.

"잘했어. 앞으로도 이렇게만 해봐. 아주 좋아!"

그녀의 시선에서 멀어지는 서운한 감정은 금세 사라졌다. 편집장의 칭찬에 그는 미소를 지었다.

그 뒤로 그는 그녀와 자주 부딪혔다. 그녀의 기사를 뒷받침하는 기사보다 반박하는 기사들을 수시로 사람들에게 선보였다. 많은 조회수를 기록하는 기사들이 종종 눈에 띄기 시작했다. 댓글도 많아졌다. 그의 블로그는 사람들로 북적였다. 기자생활을 하면서 처음으로 받아보는 관심이었다. 하루에 한 통도 오지 않던 메일이 수십 통이 되고 제보 받는 사건들도 늘었다. 그도 이제 포털 메인에 자리 잡는 기사를 쓰는 기자가 되었다.

: : :

간호사가 512호의 문을 열었다. 유소영의 눈에 더운 날씨에도 긴 양복과 장갑, 중절모를 깊게 눌러쓴 서수철의 모습이 인상적으로 다가왔다. 그녀가 허리를 굽혀 인사를 하려는데 간호사가 먼저 부산을 떨었다.

"할아버지! 오늘 멋지시네! 나들이 간다고 쫙 빼입었네. 저기 아가씨 따라가면 돼요. 아, 참! 먼저 인터뷰 한다고 그랬나?"

그녀가 멋쩍은 미소를 보이며 "네."라고 대답했다. 간호사는 말을 기다리지 않았다.

"여긴 답답하니까 할아버지랑 좀 나가서 걸으면서 이야기해요. 서 씨 할아버지 정정해서 잘 걸어 다녀요. 어차피 사진도 찍어야 할 거 아니야? 소록도 사진도 필요하고 일제 강점기 현장 사진도 있어야 할 테고."

간호사가 자주 겪는 일이라는 듯 아는 척을 했다. 그녀가 서수철의 눈치를 살폈다. 간호사는 아픔이 많은 그에게 직설적으로 이야기 하고 있었다. 그의 표정을 관찰하려 했지만 깊게 눌러쓴 모자와 마스크가 얼굴을 완벽하게 가리고 있어 잘 보이지 않았다. 그녀의 안색을 읽은 간호사가 말했다.

"괜찮아요. 할아버지에게는 이제 아픔 따위는 없어요. 내가 이곳에서 15년째인데 할아버지 나이가 되면 말이요. 버려야 할 건 하나도 남지 않아. 간직해야 할 것만 남게 되지. 그게 바로 나이라는 거야. 남겨지는 모든 것들이 소중할 시간. 그래서일 거예요. 할아버지가 용기를 낸 것도. 70년이 넘는 시간 동안 버리려고 했지만 결국 간직해야 했던 것들. 해서 꼭 정리해야 하는 것들…."

이야기를 하는 간호사가 지금까지와는 다르게 사뭇 진지해 보였다. 수다쟁이 가벼운 중년의 여자가 아닌 후덕하고 인자해 보이는 얼굴이 비로소 그녀에게 느껴졌다. 문 앞에서 머뭇거리던 그녀가 천천히 안으로 들어왔다. 그가 먼저 고개를 숙여 "반갑습니다."라고 작은 소리를 냈다. 그녀도 머리를 숙여 인사했다. 간호사가 무거운 분위기를 깼다.

"할아버지 언능 나들이 갔다가 오쇼. 병실 청소 좀 하게."

간호사가 그와 그녀의 등을 떠밀었다. 문밖으로 나오자 병실문은 굳게 닫혔다. 어색함이 싫은 그녀가 냉큼 입을 열었다.

"할아버지, 30분만 인터뷰할게요. 괜찮으시죠? 녹음기도 가져왔는데 녹음도 허락 가능하세요?"

"그럽시다. 좀 걸어가면서 이야기나 하다가 갑시다. 내 좀 긴장되네 그려."

서수철이 앞장서 걸었다. 계단을 내려오며 그녀가 녹음기를 켰다. 밖으로 나가는 그의 걸음이 무척이나 가벼워 보였다. 병원 현관을 빠져나와 따뜻한 햇살이 있는 곳으로 나와서야 그녀의 눈이 그의 손으로 향했다.

"할아버지 손에 들려있는 거, 편지 뭉치예요?"

"네. 편지요. 내 그 사람 만나면 주려하는데 줘도 되오?"

"할아버지가 하시고 싶은 대로 하시면 돼요. 제가 질문 몇 가지 드릴게요. 먼저."

편지에 대한 물음은 형식적인 친밀감 형성을 위한 말이었다. 그녀의 머리는 편지의 관심 보다는 수첩 속의 질문들이 가득했다. 수첩을 펼치고 질의를 하려는데 그가 말을 막았다.

"내 나이 올해 아흔둘이오. 소록도는 1916년 겨울에 지어졌고, 자혜병원이라는 이름으로 시작되었소. 소록도는 어린 사슴이라는 뜻이요. 내가 들어왔을 때가 1941년이었지. 열아홉 살때 들어왔소."

그녀가 수첩을 보다 말고 질문을 꽤 뚫어보고 있는 그를 의아하게 바라봤다. 마스크에 가려 여전히 얼굴은 보이지 않았다. 더운지 그의 목에서는 땀이 흘러내리고 있었다. 그 와중에도 그를 감춰주는 장비들은 해방되지 않았다. 다만 본능적으로 그의 입 꼬리가 살짝 올라가 있다는 것을 예감할 수 있었다.

"내 여기 살면서 기자들 좀 봤소. 대부분이 그걸 물어보더구려. 근데 이런 건 다 알고 있지 않소? 대충 넘어가고 묻고 싶은 것들을 좀 물어보구려. 우리 갈 길이 멀지 않소."

그녀의 손이 빨라졌다. 앞장의 질문들은 모두 삭제됐다. 서수철은 느릿느릿 병원을 내려와 걷고 있었다. 화사한 2차선 도로의 내리막 꽃길을 벗어나 거동이 가능한 환자들이 살고 있는 마을 시골길을 걸었다. 소록도 입구에서 병원으로 오는 길처럼 잘 짜여진, 정돈된 조경이 조성된 길이 아니었다. 차 한 대가 겨우 지나다닐 수 있는 길이었다. 아스팔트가 아닌 시멘트 도로였다. 꽃들은 저마다 자유를 만끽하며 듬성듬성 피어올라 있었다. 그야말로 위선이 없는, 사람의 손이 만들어낸 억지스러움이 아닌 완벽한 자연이었다. 그녀는 주위를 둘러보다 걸음을 놓친 탓에 서둘러 그를 따라갔다. 질문을 하려는데 그가 걸음을 멈췄다.

"사진 박으시오. 여기가 내가 살았던 곳이요."

서수철의 말에 그녀가 시선을 돌렸다.

"여기요?"

"그렇소. 여기."

뒷짐을 지고 서 있는 서수철이 멍하니 한 곳을 응시했다.

빨간 벽돌로 지어진 오래된 단층 건물이 눈에 들어왔다. 창문에는 철창살이 녹이 슬어 흉측하게 밖의 자유를 차단하고 있었다. 붉은 핏빛의 벽돌로 지어진 높은 담장은 억압이란 표현도 사치스러웠다. 세상과의 완벽한 차단을 의미하는 것 같았다.

"들어가 보오."

서수철이 앞장섰다. 그녀는 왠지 모르게 기분이 나빠지고 있었다. 사진으로, 미리 사전정보를 가지고 왔기에 괜찮다 여겼다. 실상을 봐도 덤덤할 거라 자신했다. 그를 따라 들어가며 그녀는 보기 좋게 스스로에게 배신당한 기분을 느꼈다. 두려움, 두려움을 넘어선 짜증이 미간을 찌푸리게 만들었다. 오래된 병원 건물과는 다르게 화사한 햇살도, 어여쁜 꽃들도 이곳 흉측한 건물을 어우르지 못하고 있었다.

안에 들어가자마자 이제는 쓰지 않는 우물이 눈에 들어왔다. 전체적인 건물의 형태는 'H'자로 되어 있었다. 담장 안의 건물은 견고했다. 건물 어느 곳에도 빠져나갈 틈은 보이지 않았다. 중간에 큰문을 빼고는 어떤 출입구도 보이지 않았다.

"이곳이 감금실이요. 잘 알거요. 미리 공부했을 테니까. 여기에서 우리가 살았소. 치료한다고 하면서 밥을 안 줄 때도 있었고 감옥도 아닌데 철창들은 우리를 감시했소. 매일 힘든 일은 다 하면서 배를 곯아야 했단 말이오. 이곳이 관광하기 참 좋아 보이요? 아니, 절대 아니오."

서수철은 강하게 고개를 절레절레 흔들었다.

"우리의 피와 살이 만들어낸 곳이요. 사람들이 이곳에 와서 보고 즐거워했던 꽃들이 우리의 눈물이고 고통이요."

한 맺힌 그의 목소리를 뒤로 하고 그녀는 살며시 건물 안으로 들어가 숙연하게 주위를 둘러봤다. 다섯 개의 방이 보였다. 다섯 평 정도 되어 보이는 똑같은 모습의 방이었다. 그곳에는 빛이 거의 들어오지 않았다. 추위를 막을 수 있는 여건은 전혀 없었다. 밖은 여름을 맞이하고 있는데 방 안은 한기가 돌고 있었다. 서로를 부둥켜안고도 잠을 설쳐야 겨울을 겨우 버틸 수 있을 것 같았다. 화장실은 공동화장실이었다. 1935년 일제가 「조선나예방령」을 제정했고, 그들이 정한 규칙을 어긴 환자들 수백 명이 이곳에서 생활을 했다 들었다. 수백 명의 사람들에게 주어진 화장실은 겨우 몇 개뿐이었다. 강제로 끌려와 노예처럼 이곳 우두머리를 위해 소록도를 아름답게 만들고 자신들은 비참한 생활을 해야 했던 흔적들이 잔인하게 머릿속에 그려지고 있었다.

그녀가 조심스럽게 물었다.

"할아버지. 여긴 어떻게 끌려오신 거예요?"

"내 열여덟 살 때였소. 일본놈들이 온 동네 그릇들을 다 빼앗아가서 총알을 만들었소. 그때 내 아비가 쇠그릇을 내놓지 않았었지. 사람 죽이는 총알 만드는 데 내줄 수 없다고 말이오. 그래서 순사에게 끌려가서 호되게 매질을 당했소. 나는 징병을 당했고."

"그땐 한센병에 걸리지 않으셨던 거예요?"

서수철이 조금 격양된 목소리로 답했다.

"암만. 내 정상인이었고. 내… 다른 사람과 전혀 다를 바 없.었.소."

혼례를 두 달 앞둔 서수철은 순사에게 두들겨 맞아 골병이 든 아버지를 두고 징병을 당했다. 열여덟 살, 풍년이면 온 동네가 기뻐하고 흉년이면 조금씩 나누며 살아가는 평온한 고장이었다. 그곳에서 아버지 친구 오 씨 집안의 둘째 딸과 혼례를 약속했다. 어린 시절부터 서로를 유별나게 챙겼던 걸 아는 두 집안의 아버지는 천생연분의 짝이라며 혼례를 축복하고 기다렸다.

그가 열두 살 때였다. 심하게 홍역을 앓는 오 씨 집안 둘째 딸을 업고 산을 두 개 넘어 의원에 데려갔던 날이. 추운 겨울이었고 다섯 시간을 넘게 업고 온 그의 발은 동상에 걸렸었다.

"할아범. 어쩌요? 괜찮은 거죠?"

그가 초조하게 물었다. 족히 일흔은 되어 보이는 노인은 그의 말을 묵살하고 환자의 등을 살폈다.

"어쩌요? 열이 많은디. 괜찮은 거요?"

그가 재차 묻자 노인이 그제야 고개를 돌렸다. 매섭게 몰아치는 바람소리가 문풍지 소리와 절묘하게 섞였다. 노인의 시선은 그의 눈이 아닌 발에 고정됐다.

"네놈 발이나 좀 보살펴라. 네놈 발이 더 심하다. 요년은 괜찮을 거여. 계집아이 먹일 약을 좀 짓고 네놈 발 좀 보게 따라 나오거라."

노인은 그를 데리고 부엌으로 향했다. 노인의 말을 듣고 나서야 그는 발에 심한 통증을 느꼈다. 부엌 가마는 뜨겁게 달궈져 있었다. 노인이 뜨거운 물을 박에 가득 담아 대야에 쏟아냈다. 밖으로 나가 눈을 퍼와 뜨거운 물의 온도를 맞췄다.

"어여 담궈라. 난 계집아이 약 좀 지어야겠다."

노인은 천장에 대롱대롱 달려있는 약재들을 유심히 골라냈다. 뜨거운 물이 발에 닿으니 전신의 근육이 축 늘어지는 기분이었다. 세심하게 약재를 골라내는 노인에게 그가 물었다.

"할아범은 언제부터 약을 지었소?"

"네 아비도 저년하고 비슷한 나이에 같은 병으로 여기 왔었다."

"의원이 글공부 보다 어렵소?"

"어렵지. 아직도 내 모든 약초의 효능을 모른다."

"얼마나 배워야 환자를 치료할 수 있는 거요?"

"내 열셋부터 배워 열여섯에 환자를 봤다. 네놈이 머리가 좋다면 나와 비슷할 것이고, 네놈이 머리가 영 시원치 않다면 그 배가 들 게지. 근디 그게 왜 그리 궁금한 게냐?"

"저 계집이 많이 아프오. 잔병이 많아서 그러오."

노인이 웃었다. 그의 발이 뜨거운 기운을 받아들였는지 점차 세세한 감각이 돌아오기 시작했다. 노인이 약재를 달일 준비를 하며 물었다.

"저 계집 아플까봐 의원이 되고 싶은 게냐?"

"그렇소. 잔병이 많으니 계집 아비가 매일 울상이오. 찬바람이 들면 고뿔이 걸리고, 따뜻한 바람이 불면 내장들이 약해 매일 기침을 하오. 뿐만이겠소? 꽃바람이 불면 무슨 살결이 그리도 약한지 온몸이 붉어지오."

노인이 한참 가마의 숯을 꺼내서 약탕기에 불을 지피려 했다. 그의 이야기에 얼굴을 들더니 불쏘시개로 머리를 살짝 두드렸다.

"에잇! 이놈아. 저 계집아이 하나 보자고 의원이 되려 하느냐? 녀석아. 의원이라면 모든 이들의 병을 안을 줄 알아야 하는 게다."

그가 강하게 고개를 흔들었다.

"내 저 계집만 고칠 수 있는 학식이면 되오. 그럼 얼마나 걸리겠소? 글공부도 서당에서 제일 잘하오. 그럼 할아범보다 더 빨리 배울 수 있지 않겠소?"

"요놈 보게. 네 저 계집 정혼자냐?"

노인의 말에 그의 낯빛이 환하게 밝아졌다.

"내 저 아이의 정혼자요."

"내 그 뒤로 의원의 길을 걸었소. 할아범 밑에서 죽어라 배웠소이다. 그래도 내 머리가 영특하긴 했나보오. 할아범이 3년이나 걸린 공부를 난 2년 만에 다 해치웠으니. 열다섯 살 되던 해에 처음으로 환자를 봤소."

서수철이 감금실 안에서의 기억을 떠올리면 절대 지을 수 없는 웃음을 까마득한 회상을 통해 보이고 있었다. 비록 지금은 나이가 들어 그 시절 앳된 아이는 존재하지 않지만, 미소의 맑음은 그때와 정확히 일치했다. 그의 보이지 않는 미소가 전해진 것일까? 유소영의 입이 소록도에 온 후 처음으로 치아를 드러냈다.

그녀가 수첩에는 적혀있지 않은 질문을 던졌다.

"그럼 의원으로 사셨던 거예요?"

"그렇소. 내 의원이 되었지. 그 사람을 위해서 말이오."

"원래 어린 시절 꿈은 뭐였나요?"

"꿈?"

"네. 되고 싶었던 꿈이요."

그가 감금실을 나와 걸었다. 그녀도 따라 나왔다. 세 걸음을 사이에 두고 걷고 있었다. 규칙없는 꽃길을 걸었다. 흐름에 구애받지 않고 느릿하게 걸었다. 오히려 걸음의 느림이 이곳에서는 더 어울릴 것 같았다. 그녀가 시골길이란 공간에 점차 매료되고 적응할 즈음이었다. 자신이 물었던 질문을 머리에서 지웠을 찰나 그가 입을 열었다.

"순정이라는 말 아오?"

그녀가 정신을 차리고 얼른 답했다.

"알죠."

그가 다시 걷기만 했다. 그녀가 대답을 듣기 위해 인내했다. 그의 입이 스르르 열렸다. 대답 대신 그는 또 질문을 했다.

"혹시 기자 양반도 소꿉놀이라는 걸 했소?"

원하는 답을 받기 위해 그녀가 충실히 답했다.

"했었죠."

"시간이 지나도 하는 놀이구먼. 그때 꿈이 뭐였소? 나는 그때 그 사람의 남편이 되는 게 꿈이었지.”

그녀가 기억을 떠올려 봤다. 그랬던 것 같다. 자신도 좋아하는 남자아이와 짝을 이뤄 '여보', '당신'이라는 능글맞은 호칭을 태연하게 사용하며 흙으로 지은 밥을 먹여주고 했던 것 같다.

그의 말처럼 그 시절은 좋아했던 남자아이의 아내가 되는 꿈을 간직했던 것도 같았다.

그가 말을 이었다.

"내 꼬마아이 때 그 사람을 만났소. 지금처럼 테레비나 라디오 같은 물건이 없어 많은 것을 볼 수도 없었소. 그저 농사짓는 힘겨움을 봄, 여름, 가을 내내 겪었고 겨울이면 군것질 거리를 찾느라 바빴던 시절이었소. 그 때문일거요. 워낙 어린 시절에 만났고 별다른 걸 아는 나이도 아니었을 뿐더러 선택할 수 있는 다양한 뭔가가 없었기 때문이었을 테요. 나는 그 사람과 결혼하는 훗날이 꿈이었소. 주렁주렁 자식들도 낳고 함께 오순도순 살아가는 모습이 내 꿈이었소. 그리고 그때는 순정이 존재했소. 순. 정."

: : :

"오순덕 할머니 모시고 가기로 한 한기준 기자입니다."

한기준이 자갈이 깔린 주차장 바로 앞에 위치한 작은 사무실을 급하게 찾았다. 약속시간보다 30분이 지체된 터라 인사할 틈도 없이 기자증을 제시했다. 사무실에서 근무하던 직원은 기자증에는 전혀 관심을 보이지 않았다. 힐끔 그를 바라보더니 "늦으셨네요."라는 핀잔과 함께 앞장섰다. 그가 허겁지겁 직원을 뒤쫓았다. 사무실 바로 옆에는 넓은 주택이 자리 잡고 있었다. 지은 지 꽤 되어 보이는 벽돌집이었다. 아홉 명 남짓 오갈 곳 없는 '위안부' 할머니들이 살고 있는 보금자리였다. 알루미늄으로 만들어진 칙칙한 현관문을 열고 직원이 먼저 들어갔다. 그가 슬며시 뒤따라 들어오며 문을 닫았다. 거실은 주택의 겉모습과는 다르게 포근함이 묻어나왔다. 봉사자들과 여기저기에서 후원 받은 현대식 물건들이 깔끔하게 자리 잡고 있었다. 살고 있는 할머니들의 정갈한 생활을 엿볼 수 있었다.

현관 정면으로 보이는 기품 있는 소파에 앉아있는 할머니가 한 눈에 들어왔다. 그는 직감적으로 자신이 찾고 있는 오순덕 할머니라는 것을 알 수 있었다. 그의 허리가 굽혀졌다.

"할머니, 안녕하세요. 한기준 기자입니다."

그녀는 백발이 무성했다. 그래서인지 차려입은 옥색 한복이 잘 어울렸다. 머리 뒤에는 오래된 옥비녀가 거실 창문을 통해 들어온 화사한 햇살을 통해 강하게 존재를 알리고 있었다. 그녀가 어정어정 일어났다.

"들어와요. 여기서 이야기 좀 하다가 간다고 들었소. 뭐 좀 마실 거요?"

부드러운 목소리였다. 그가 알고 있는 나이와는 다르게 청명하고 건강한 목소리였다. 그가 신발을 벗고 거실에 올랐다. 손을 절레절레 흔들었다.

"아니요. 괜찮습니다. 제가 늦게 도착해서요. 바로 인터뷰를 진행하겠습니다."

그가 초조하게 거실에 걸린 원형 시계를 바라봤다. 시간이 촉박했다. 그는 유소영의 것과 같은 수첩을 바지 뒷주머니에서 꺼냈다. 그가 소파 앞바닥에 양반다리로 주저앉았다. 그녀가 소파에 앉았다.

그가 서글서글한 웃음을 보이며 말했다.

"할머니, 오늘 너무 죄송해요. 일찍 온다고 온 건데 차가 너무 막혔어요. 대신 피곤하시지 않게 간단한 질문만 할게요."

"그분은 건강하오?"

그녀가 동문서답을 했다. 그가 "네?"하고 되물었다.

"그분, 건강하오? 어디 아픈 데나 병든 곳은 없소?"

그는 "네?"라고 또 한 번 되물어야 했다. 그녀는 아랑곳하지 않고 쉼 없이 질문했다.

"기억이 오락가락하지는 않소? 혹 소록도에서 다친 곳은 없소? 소록도 어디에서 살고 있는 거요? 아직도 의원을 하고 있소? 내 한센병 걸렸다는 건 오래전에 알았는디 손가락이 아예 없는 거요? 다리는 멀쩡하오?"

그가 말을 잇지 못했다. 그녀는 배려하지 않고 끊임없이 물었다.

"다 괜찮은디. 다 이해할 수 있는디 말이오. 그 사람이 그런 모습 땜시 나를 피할까 걱정되오. 어찌 살고 있는지 좀 알려줘 보오. 나오긴 한디요? 어여 말해보오."

그가 수첩을 덮었다. 대답을 해주지 않으면 인터뷰 진행이 어려울 거라는 걸 받아들였다. 그가 시원한 웃음을 더 진하게 내보이며 말했다.

"할아버지는 제가 직접 뵌 적은 없어요. 제 아내가 모시러 갔거든요. 지금도 정정하시다고 해요. 지팡이 없이도 걸으실 수 있고…."

"걸으실 수도 있고."라는 말에 그녀가 손뼉을 마주쳤다. 안도의 행동이라는 걸 느낄 수 있었다. 그가 말을 이으려는데 그녀가 말을 막았다.

"그분 손은 어찌 됐소? 손가락은 남아 있소? 내 그분의 편지를 받아 봤었는디 필체가 불편해 보여 늘 궁금했소. 물어보고 싶었는디 차마 물어보지 못했소. 어떠오? 손가락은 제대로 붙어 있소?"

그는 침묵했다. 유소영에게 들은 바로는 왼쪽 손의 반지손가락과 새끼만 남아있다 들었었다. 그의 묵묵부답에 그녀가 고개를 떨어뜨리고 무거운 목소리로 말했다.

"다 없는 게요?"

그가 어렵게 입을 열었다.

"아니요. 왼쪽 반지손가락과 새끼손가락은 남아 계시다 들었어요."

그녀가 귓전에 말이 전해지자 고개를 끄덕였다.

"그나마 다행이오. 참… 다.행.이.오."

오순덕이 열다섯이 되던 해 서수철이 청혼을 했다. 푸르른 저녁이었다. 개골개골 개구리 소리가 가득한 날 동네 우물가에서 내뱉은 말이었다. 낮에 폭우가 쏟아져서인지 그날따라 폭염은 한풀 꺾여있었다. 서늘한 바람과 구름 없는 하늘의 달빛은 고왔다.

뜬금없는 청혼이었다. 사실 동네 사람들 모두가 그들의 혼인을 자연스럽게 받아들이고 있었다. 그녀도 그랬다. 나이가 차면 그와 같은 집에서 살아야 하는 사실이 새삼스럽지 않았다. 당연했고 그래야만 했다. 그렇기에 더욱 뜬금없었다. 오히려 어색했다. 그 시절에는 낯설기도, 어찌 행동해야 하는지 망설여지는 모습이기도 했다.

그가 품안에서 비단에 돌돌 말려있는 무언가를 꺼내며 말했다.

"순덕아. 내 이제 열여덟이다. 의원이 됐고 다른 건 몰라도 네 몸에 대해서는 다 알아냈다. 열이 많은 너인지라 그렇게 아픈 것이다. 다른 환자들에게는 그저 그런 동네 약방 의원이것지만, 너에게 만큼은 명의라고 불려도 될 만큼 다 공부했다. 이제 혼인을 해도 되지 않을까 싶다."

그녀는 멍하니 그를 바라봤다. 얼굴이 붉어졌다. 자신의 부끄러움을 서슴없이 비춰주는 보름달이 원망스러웠다. 그걸 아는지 모르는지 달빛은 그녀의 얼굴에 고이 스며들었다. 눈을 어디에 두어야 할지 몰랐다. 정신이 없었다. 심장은 요동쳤다. 열이 나며 서늘한 바람에도 이마에 송골송골 땀이 맺혔다. 그가 그녀의 얼굴빛이 창백하자 이마에 손을 가져갔다.

"또 아픈 게냐?"

그녀가 손을 들어 올려 그의 손을 거부했다.

"아니오. 그런 게 아니오."

"그럼 왜 그러는 게냐?"

그녀가 뒷걸음질 쳤다. 그가 그만큼 다가왔다.

"오라비 거기 좀 계시오. 내 좀 혼미스럽소."

"뭐가 말이냐? 찬 기운이 스며들어 그런 게 아니냐?"

"아니오. 안 아프오. 좀 가만히 있어보쇼. 명의라면서 아픈 건지 아닌지도 모르오?"

그녀가 무안을 주며 손을 심장에 가져갔다. 숨을 깊이 들이쉬고 '휴!' 하니 내쉬었다. 그는 이리저리 걱정을 담아 그녀의 상태를 살폈다.

"아이! 참! 오라버니, 저쪽 좀 보고 계쇼. 뭘 그리 쳐다보오?"

그녀가 짜증을 냈다. 민망해진 그가 우물가 옆을 지키고 있는 나무를 올려다봤다. 그녀는 여러 번 크게 숨쉬기를 반복했다. 점점 심장이 제 소리를 찾아갔다. 그녀의 부끄러움을 빨리 식혀주려는 듯 선선한 바람이 쉬이이 하고 살을 스쳐 가 주었다. 그의 귀가 제자리를 찾는 숨소리에 집중했다. 그녀가 안정이 되었다 생각할 때 그가 먼 산을 바라보며 말했다.

"다른 거 바라는 것 없다. 내가 이제 네 몸을 고칠 수 있으니 그저 오래오래 살아줘라. 오래오래 살아서 한집에서 한솥밥 먹으면서 살아보자. 그 이외에는 내 절대 바라지 않을 것이다."

그녀가 마른침을 삼켰다. 무슨 소리를 내야만 했다. 고맙다라는 말이라든가 혹은 잘 살아보자는 말을 꺼내려 했다. 말할 시간을 놓칠까 서둘러 큰 숨과 함께 말하려 했다. 그는 기다려 주지 않고 말을 이었다. 그녀는 보기 좋게 때를 놓쳤다.

"내 너에게 순정을 바칠 것이다."

그의 말이 그녀에게 최면을 걸었나보다. 아득한 정신이 서슴없이 소리를 내게 만들었다. 그녀가 아까와 같은 다짐도 없이 태연하게 단단한 음성을 전했다.

"오라비. 내 모든 순정을 오라비를 위해 바치겠소."

사랑한다는, 영원히 사랑한다는 말보다 더 거대한 의미의 단어. 바로 순정이었다.

적어도, 그들에게는 그랬다.

"그때 비단에 둘둘 말려 있던 옥비녀가 바로 이거요."

"아! 그랬구나. 그런데 할머니. 개인적으로 궁금한 걸 좀 물어봐도 돼요?"

"물어보오."

"70년이 넘는 시간이잖아요. 떨어져 계신지…. 그런데도 보고 싶으세요?"

"암만. 보고 싶지."

"어떻게 사나 궁금해서 그러시는 건가요?"

"순정이요."

"네?"

"그분에게 난 순정을 바쳤소. 비록 몸은 여기저기 군인들에게 더럽혀졌지만, 내 마음만은 그분에게 모든 걸 바쳤소. 내 모든 순정을 가져간 분이시오. 내 그래서 살았소. 그분을 만나야지만 내 죽을 수 있소. 악착같이 살 수밖에 없었소. 온갖 사내들의 땀 냄새를 맡으면서도 살아야만 했소. 그분이 죽으라 하기 전까지는 죽을 수 없었소. 독하다 생각하는겨? 아니 죽어도 살아서 만나야 했소. 나를 내치더라도 용서를 빌어야 했소. 내 순정을 가진 분이시니."

사랑은 서로의 마음의 떨림이 하나가 되지만 순정은 영혼의 떨림이 하나가 되는 순간을 말하는 것이오.

이별

 해가 서쪽으로 조금씩 기울어져 갔다. 서수철이 꽃나무들 사이에 놓여있는 허름한 의자에 앉았다. 살랑살랑 불어오는 바람이 꽃향기를 전해줬다. 유소영이 나란히 앉았다. 그가 먼 곳을 바라보고 있었다. 그녀의 시선이 그가 바라보는 곳으로 따라갔다. 꽃나무들 사이로 넓은 바다가 눈부시게 빛나고 있었다. 자신도 모르게 짧은 감탄사를 내질렀다. 서로 같은 곳을 바라보며 한참을 아무 말도 하지 않았다. 먼저 입을 연 사람은 그였다.
 "내 저 바다가 참으로 원망스러웠소. 이곳에 끌려와 저 바다를 건너 나가기를 얼마나 바랐는지 모르오. 헌데 세월이 흐르니 증오스럽던 저 놈의 바다가 예뻐 보이오. 예전에는 하루에 한 번씩 저 놈의 바다를 향해 소리치고 욕지거리만 한가득했는데 지금은 내 적적할 때 시간을 함께 보내주는 저놈이 참으로 고맙소."

그의 이야기가 그녀의 본분을 일깨워 줬다. 이미 수첩의 쓸데없는 딱딱한 질문들은 그녀에게 존재하지 않았다. 프로의식을 가지고 새로운 질문을 즉흥적으로 만들어냈다.

"할아버지. 그럼 어떻게 한센병에 걸리신 건가요?"

"내 열여덟 살 때 혼인을 두 달 남기지 않았소? 그때 아비의 애국으로 징병을 당했고, 만주에서 서양 놈들과 밤이며 낮이며 총칼을 들고 싸웠었지. 총알은 다 떨어져서 빈총에 칼 하나 매달고 뛰어들어야 했어. 싸우기 싫어도 싸워야 했어. 앞으로 전진하지 않으면 가차 없이 일본놈들의 총이 우리를 쏘아 버렸응게. 전진하면 그나마 살 확률이 백에 하나는 됐지만, 멈춰 있으면 그대로 머리통에 총알이 박혀 버렸으니께. 죽어라 뛰었지. 앞으로 앞으로 뛰어가면서 먼저 총 맞은 놈이 있으면 그놈을 안고 방패삼아 뛰고, 서양놈들이 뛰쳐나오면 총칼을 휘두르며 정신없이 도망 다녔지. 몇 시간이고 살려고 뛰어 댕겼어. 그렇게 뛰어 댕기다 일본놈들이 뒤로 빠지면 '살았구나!', 안도하고 후퇴했지. 그러다 서양놈 총이 내 팔을 맞췄는디. 그게 화근이었던 거여."

그녀가 모르겠다는 얼굴로 그를 바라봤다. 그는 여전히 친구가 된 바다에 시선을 두고 설명을 이어갔다. 마치 그녀가 아닌 바다에게 이야기하는 듯 했다.

"일본놈들과 우리 조선 사람들이 사는 곳도 달랐어. 일본놈들은 깔끔한 막사에서 자고 우리는 감시를 당하며 습기 가득한 철창에서 잠들었지. 씻지도 못했어. 만주에 먹을 만한 물은 전혀 없거든. 예전 우리 조상들이 왜 중국을 서토라 했는지 알 것 같더구먼. 무슨 물이 흙탕물만 그리 나오는지. 먹으면 설사하고 전염병이 돌아 댕긴게 물이 엄청 귀했지. 3일 동안 물 한 통으로 버텨야 했응게. 씻을 물이 없으니 당연히 균들이 많았을 거 아니여. 총상을 입고 스스로 살점을 도려 내 총알을 빼냈는디. 아마도 그때 몹쓸 균이 들어갔던가 봐. 차라리 그때 죽었어야 했어. 죽어버려서 이 몹쓸 병을 끝내야 했당게."

오순덕을 두고 전쟁터에서 억울하게 싸워야했다. 하루가 멀다 하고 죽고 죽이는 싸움이 끊이지 않았다. 총상은 며칠 고열을 내더니 아물기 시작했다. 그래도 의원인지라 웬만한 상처는 스스로 치료하고 겨우겨우 목숨을 연명했다. 괜찮은 줄 알았다. 열은 가라앉았고 상처는 빠르게 아물었다. 살아남아야 한다는 일념만으로 그는 9개월을 버텼다. 전쟁터에서 반년이상 생존한 사람은 극히 드물었다. 매일같이 송장을 치르는 일이 다반사였던 곳에서 그는 행운아였다. 수차례 위험한 순간이 닥쳐왔지만 오순덕을 떠올리며 하루하루를 용케도 넘겨가고 있었다. 하지만 저승사자의 참을성이 부족해서일까? 그의 목숨을 위협하는 순간은 총칼이 아닌 다른 곳에서 찾아왔다.

아홉 달이 넘어가면서 한쪽 살점이 검붉게 변하기 시작했다. 열이 끓어오르고, 살점이 변한 곳은 통증이 쉬지 않고 이어졌다. 열병이라 열꽃이겠거니, 하고 참았지만 검붉게 변하는 곳이 점차 많아졌다. 상처를 입었던 팔을 시작으로 점차 목으로 올라가고 다리로 내려갔다. 전쟁터에서 1년이 지날 무렵, 그는 하늘이 무너져 내리는 절망을 온 몸으로 받아내야 했다.

의원이라, 자신의 병이 무엇인지 알아내는 데 오래 걸리지 않았다. 급하게 일본인들만 들어갈 수 있는 의무실을 찾았다. 제정신이 아니었다. 통증이 있던 살점은 어느 순간 감각이 없었다. 체온도 느껴지지 않았다. 손목이 점차 비정상적으로 틀어지고 있었다. 그가 의무실에 들어가려는 걸 일본인들이 막아섰다. 그를 폭행하며 끌어내는 일본인들에게 처절한 비명과 함께 소리쳤다.
"내 문둥병이요! 문둥병에 걸렸소! 약을 좀 타야하니 좀 비켜보시오!"
외침은 그를 저지하던 손들을 단번에 걷어갔다. 일본인들은 약속이나 한 듯 뒤로 물러서며 그에게 총구를 겨눴다.
그가 무릎을 꿇고 두려운 눈빛으로 손을 번쩍 들어올렸다.
"아니오! 내 치료하면 나을 수 있소! 쏘지 마시오! 제발 쏘지 마시오!"
그는 바지에 오줌을 지리며 벌벌 떨었다. 그를 에워싼 일본군 중 가장 계급이 높은 군인이 사격신호를 내리려 했다. 저승사자가 그의 애절한 삶의 목소리에 한발 물러나 준 걸까? 아니면 그의 목소리가 살려는 의지로 크게 터져나와서일까? 급하게 의무실에서 의사가 뛰쳐나와 일본군을 저지했다.
"안돼요! 피가 튀거나 하면 위험해요! 쏘지 마시오! 전염성이 강하니 쏘지 마시오!"
입을 막고 서 있는 의사는 일본인들을 둘러보며 말했다. 총을 겨누던 일본군들이 약속이라도 한 듯 동시에 총부리를 거뒀다. 의사가 말을 이었다.
"다행히도 소록도라는 곳에 조선총독부가 문둥이들을 가둬놓는 시설을 만들었소. 이곳에 있으면 전염이 될 수 있으니 이놈을 빨리 그곳으로 보내야만하오. 총독부에서 요긴하게 쓸 수 있으니 그곳으로 보내도록 합시다."

서수철의 말에 유소영의 입술이 떨려왔다. 전쟁. 태어나서 한 번도 생각해 본 적이 없었다. 북한과 위협적인 사건이 터질 때 자극적인 기사를 위해 위험을 강조하긴 했지만, 피난이나 어떤 심각성을 깊숙이 인지하고 걱정해본 적은 없었다. 살아야 한다는 일념의 간절함은 현대를 살아가는 이들에겐 공상과도 같았다. 그는 시대에 뒤쳐진 공감할 수 없는 이야기를 하고 있었다. 그러면서도 생생한 그의 전언은 떨림을 만들었다. 그녀의 의식 따위는 안중에도 없이 그가 이야기를 계속했다.

"내가 비굴해 보이요?"

그의 질문에 "예?"라는 소리로 되물었다.

"내 더 비굴한 이야기를 해줄까?"

그녀는 침을 한번 꼴깍 넘기고 그의 입에 집중했다.

"나를 이송할 사람은 아무도 없었지. 난 군수물자를 가져오는 나무상자에 스스로 들어가 갇혀서 3주를 지내야 했어. 하루에 주먹밥 하나를 먹어가며, 그곳에서 볼일을 보고 그곳에서 잠을 자면서 소록도에 오게 됐어. 상자 안에 갇혀서 불에 태워질까 한숨도 제대로 자본 적이 없었어. 상자 문이 열리는 순간 '그래도 살았구나!'라는 안도감에 눈물이 다 나더라니께. 근디 상자 문이 열리자마자 직원들에게 두들겨 맞았어. 더럽다고 맞고 문둥이 하나가 더 왔다고 맞고. 그래도 좋았어. 불에 타 죽는 것보다야, 어둡고 좁은 공간에 갇혀서 평생을 살아야 하는 줄 알았는디 나왔으니께. 그래도 좋았어. 죽는 것보다, 갇혀있는 것보다 두들겨 맞는 그때가 훨씬 좋.았.어."

: : :

한기준이 현관을 나섰다. 새소리가 정겨웠다. 바쁘게 들어왔을 때와는 다르게 주위의 전경이 두 눈에 한가로이 담겼다. 바로 정면으로 사진기사에서만 봐왔던 "못 다 핀 꽃"이라는 이름을 가진 소녀상이 눈에 들어왔다. 단정한 한복을 입고 있는 소녀상 아래로 억울한 삶을 내려놓을 수밖에 없었던 할머니들의 동상이 자리 잡고 있었다. 주름진 할머니들의 얼굴을 보자니 절로 머리가 숙여졌다. 소녀상을 중심으로 양 옆에는 아픔의 역사에 이름을 남긴 증인들의 실제 사진과 살아온 나날들의 충실한 기록이 남겨져 있었다.

동상들 정면으로 반원의 광장이 있었다. 반원 앞쪽에 서서 말없이 소녀상과 힘든 여정의 세월을 보낸 동무들의 모습을 바라봤다. 그는 인터뷰를 진행하지 못했다. 수첩을 꺼내들어야 했지만 수첩은 주머니에 얌전히 잠들어 있었다. 시간이 없다며 재촉하는 머리와는 다르게 손은 움직여지지 않았다. 그가 입을 열지 않자 그녀가 먼저 입을 뗐다.

"모두가 나 같았어. 그래서인지는 몰라도 하나하나 갈 때마다 눈물이 마르지 않더만. 억울하고 원통하기도 하고 말이여."

그는 사뭇 말이 없었다. 묻고 싶었으나 차마 물을 수 없었다. 묻는 자체가 죄인으로 낙인이 찍히는 것 같았다. 침묵하는 그와는 달리 그녀의 입은 거침이 없었다.

"하루에 수십 명을 상대했어. 많게는 하루에 서른 명이 넘는 사내들의 땀내를 맡았으니께. 아래가 헐고 아파도 치료도 할 수 없었지. 그래도 한 놈도 대충 넘어가면 안됐어. 그랬다가는 모가지가 날아 갔을 거여."

그에게 그녀의 떨림이 느껴졌다. 두 손은 불끈 쥐고 있었지만 다리와 팔은 사시나무가 떨리듯 심하게 부들부들 거렸다. 그가 자신도 모르게 "네?"라고 물으려했다. 입이 열리려는 찰나 아랫입술을 깨물어 겨우 말이 새어나옴을 막았다. 그가 궁금해 하는 걸 아는지 그녀가 말을 이었다.

"끌려오자마자 죽은 아이가 있었어. 이름도 몰러. 내가 물어봤어야 했는디 물어보지 못혔어. 아이가 보내달라고 하자 일본놈이 큰 칼을 빼어들고 가차 없이 베어버렸어."

그의 입이 인내하지 못하고 "세상에!"라는 말을 뱉어내고 비탄에 빠졌다. 그녀의 떨림이 그에게도 감염됐다. 사지가 덜덜 떨려왔지만, 그녀의 이야기를 경청했다. 그녀가 설움을 목안으로 넘기며 눈물을 보였다.

"아무렇지도 않게 그냥 베어버렸어. 미안허지도 않는지 모가지가 날아간 아이의 목을 주워들고 낄낄거리기도 혔어. 거기에서 비명을 지르는 사람은 아무도 없었어. 소리도 나오지 않을 만큼 무서웠어. 바로 쫄병들이 오더니 목과 떨어진 몸뚱이를 질질 끌고 나갔어. 장교 놈이 피가 뚝뚝 떨어지는 칼을 들고 말했어. '대(大) 일본제국의 군사들을 무시했다가는 이런 꼴을 당헌다. 네년들 목 따위는 얼마든지 베어버릴 수 있다. 대 일본제국 군사의 사기를 저하시키는 계집들은 가차 없이 목을 벨 것이다.'라고. 보내달라는 말이 무시한 거여? 그게 사기를 저하시키는 말인 거여?"

그녀의 눈물은 슬픔이 아니었다. 증오, 원망, 서러움을 포함한 절망 자체였다. 그녀의 감정이 고스란히 그의 온몸에 스며들었다. 잔악한 일본 장교의 모습이 머리에 그려졌다. 심장이 부들부들 떨려왔다. 분노가 온몸을 휘감았다. 터져 나오는 분노는 고함을 만들어내려 했다. 당장이라도 기사를 쓰고 싶었다. 극악무도한 더러움을 신성한 펜으로 물리치고 싶었다. 하지만 실행으로 옮겨지지는 않았다. 분노의 고함도, 정의의 펜도 그저 상상으로만 가능했다. 비겁함이 아니었다. 겁이 났다. 그녀의 불안과 무서움이 느껴지자 그 시절을 당하지 않았는데도, 소리도 글도 꺼낼 수가 없었다.

그녀는 경기(驚氣)가 강해져 오는 가운데서도 말을 쉬지 않았다. 오히려 뱉어냄으로 이겨 내려 하는 것 같았다.

"나는 살아야만 했어. 그분을 보려면 죽을 수 없었어. 해서 매일매일 찾아오는 더러운 사내놈들을 빠짐없이 만족시켜야 했어. 더럽혀지더라도 그리 죽을 수 없었어. 다시 만나야 했응게. 그분을 만나야 했으니께. 사내놈들이 지들 감정을 감당할 수 없어 짐승처럼 소리 지르고 때리고 별별 이상한 걸 다 요구해도 끝까지 들어줘야 했어. 그렇게라도 난 살.아.야.만.했.어. 비겁하지만, 수치스럽지만, 그래도 나는 살.아.야.만.했.어."

서수철이 강제로 징병을 당하고 그의 아버지까지 골병이 들어 세상을 떠나버렸다. 동네사람들은 그의 집안일을 쉬쉬하고 있었다. 발설을 하거나 소문이 돌았다가는 누군가의 가족도 폐가망신을 당할 것 같은 염려가 온 동네를 휘감고 있었다. 이웃을 챙기고 보듬어주던 마을은 어느새 대화가 차단되고 서로를 경계했다. 오순덕의 아버지도 마찬가지였다. 원망을 누구에게도 말하지 않았다. 그저 깨복쟁이 벗을 잃은 슬픔과 정혼자를 떠나보낸 딸의 안타까움을 술로 달래는 일이 전부였다. 작은 동네가 그야말로 쑥대밭이 되어버린 것이다.

그녀는 그가 전쟁터에서 무사히 돌아오길 바라는 마음으로 동트기 전 매일같이 천지신명을 찾았다. 청혼을 받은 우물가를 지키는 나무에서 정성껏 치성을 드렸다. 두 손이 닳고 닳아 없어진다 해도 이상할 것 같지 않을 만큼 빌고 빌었다.

그가 떠난 지 석 달째 되던 날이었다. 그녀의 아버지가 석 달째 술을 마신 날이기도 했고, 그녀가 기도를 드린 지 석 달째 되는 날이기도 했다.

어김없이 천지신명께 마음을 전하고 집에 돌아오는 길이었다. 그날은 웬일인지 아버지 혼자가 아닌 동네 이장이 술친구가 되어 술잔을 나누고 있었다. 그녀가 돌아오자마자 아버지가 그녀를 반겼다.

"순덕아, 이리 오너라. 여기 이장헌티 말 한번 들어봐라. 네 서방을 구할 길이 있는가보다."

그녀의 두 눈이 휘둥그레졌다. 마당에 들어서자마자 들려온 반가운 소리는 그녀의 몸을 마루에 착석시켰다. 이장이 술잔을 비워내고는 그녀의 어깨를 다독이며 말했다.

"수철이가 만주로 갔다고 하는디. 거기는 위험한 곳이여. 독립군도 있고 청나라 놈들도 많아서 일본군이 많이 죽어나가는 곳이기도 허지."

그녀가 이장의 서론이 마음에 안 들었는지 가차 없이 말을 잘랐다.

"어찌 구허요? 방도가 있는 게요? 본론을, 말을 해 보오."

이장은 자신의 술잔을 가득 채우고 물끄러미 그녀를 바라봤다. 그녀가 또랑또랑한 눈으로 이장의 눈을 맞췄다. 이장이 혀를 끌끌 차며 말했다.

"돈만 있으면 되지. 근디 우리 동네서 돈 찾기란 하늘의 별따기여. 알잖여. 이 동네에 있는 돈 죄다 끌어 모아봤자 50원도 안 나와."

이번에도 그녀가 이장의 말을 가로챘다.

"아이참! 다 알고 있소. 돈 있으면 되는 건 안단 말이오. 돈을 버는 방도가 있어서 그러는 거 아니오?"

이장이 고개를 끄덕이며 웃었다. 그녀가 "어찌 번단 말이오?"라며 빠르게 물었다. 이장이 술잔을 털어 넣으며 말했다.

"일본군 군복 만드는 공장이 있는디 말이여. 거기 가면 돈을 많이 벌 수 있다고 허네. 신발도 만들고 하는디 네년이 그래도 바느질은 곧잘 하잖여. 어차피 우리 동네에 남자라고는 수철이랑 몇 놈 밖에 없는디 동네 사람들이 우리 동네 계집들 공장에 보내서 수철이 꺼내오기로 벌써 결정 혔어. 달래랑 몇몇 계집들도 갈 것인게 너도 같이 가거라."

석 달 만에 그녀의 얼굴에 생기가 돌았다. 바보스러운 웃음을 지으며 이장에게 "고맙소. 우리 동네 사람들도 다 고맙소."라고 말하며 대뜸 일어나 마당에 주저앉아 큰절을 올렸다. 그녀의 아버지도 이장에게 두 손을 모아 담배를 권했다. 이장이 누런 치아를 보이며 소리 내어 웃었다.

"뭘 그런 거 가지고 그러느냐. 우리가 남이여? 한동네 살면서 도울 부분은 도와야지. 가서 몇 달만 고생하고 있어. 내가 수철이 몸 상하지 않게 일본 사람에게 벌써 부탁해 놨어. 돈 벌어오면 높은 사람헌티 말혀서 후딱 빼올 수 있응께 걱정하지 말고 내일 당장 출발 할 수 있도록 준비허고 있어."

담배를 물고 이장이 자리를 떠났다. 그녀는 이장이 대문을 빠져나갈 때까지 무릎을 꿇고 연신 고맙다는 말과 함께 허리를 굽혔다.

한기준의 턱 근육에 힘이 들어갔다. 이제 머리조차도 수첩의 질문을 까마득히 잊고 있었다. 그의 몸과 마음은 오로지 용광로와 같은 화뿐이었다. 이야기 중간 중간 한숨을 동반한 짧은 소리만이 작게 새어 나올 뿐 그 이상 어떠한 행동도 스스로 용납하지 않았다.

그리고 깨달았다. 그녀는 이야기를 하고 있는 것이 아니었다. 아직도 과거의 기억과 참혹한 싸움을 이어가고 있는 것이었다.

"내 그렇게 이장 말에 속아 마을 처자들 일곱과 함께 가게 되었지.

한 명은 싱가포르로, 한 명은 대만으로, 한 명은 미얀마로, 그렇게 뿔뿔이 흩어지고 나는 만주로 끌려갔어. 나중에 안 사실이지만 모두가 죽었어. 매독에 걸려 죽기도 하고, 성병을 치료한답시고 수은으로 치료를 받다가 죄다 죽어나갔어. 돈? 무슨 전표 같은 걸 주긴 혔는디 끌려온 처자들 중 돈을 받은 사람은 단 한 사람도 없었어. 그리고 모두가, 모두가….”

그녀의 말이 끊겼다. 가슴이 무언가에 강한 짓눌림을 받았다. 짓눌리는 가슴을 풀어보려 가슴을 움켜잡아 봤다. 풀리지 않자 세게 두들겨도 보았다. 하지만 소용없었다. 다리가 풀리며 주저 앉았다. 그가 조심스럽게 그녀의 어깨에 손을 올렸다. 어떤 위로라도 전해주고 싶었다. 그녀의 어깨가 심하게 들썩이고 있음이 느껴졌다. 그는 지금의 응어리와 짓눌림의 정체가 억울함이라는 것을 느낄 수 있었다.

그녀가 힘겹게 입을 벌려 '아! 아!'라며 짓눌리는 갑갑함을 토해냈다.

“모두가 '위안부'라는 걸 알고 끌려온 사람은 없었어. 정말이여. 단 한 명도, 진짜 단 한 명도 매춘을 해야 한다는 걸 알고 제 발로 걸어 들어온 사람은 없었어. 정말 단 한. 명. 도.”

편지

 서수철은 아무 소리도 내지 않았다. 유소영은 멍하니 땅으로 고개를 떨궜다. 무거운 분위기를 걷어내려는 듯 바람이 꽃향기를 싣고 휘이익 지나갔다. 꽃들이 살며시 손짓했다. 나무들은 시원한 소리를 냈다. 그가 슬며시 일어났다. 그녀가 서둘러 무릎을 펴고 일어났다. 그의 발이 움직였다. 그녀가 따랐다. 그의 손에 착 달라 붙어있는 편지들에 갑자기 관심이 생겼다.
 "부치지 못하신 편지를 전해주려는 건가요?"
 그가 자신의 손을 내려다 봤다.
 "아니. 그 사람이 준 편지들이여."
 "편지를 보냈어요? 어떻게?"
 그녀의 눈이 번뜩였다.
 "어찌 됐든 받았어. 나도 보냈고."

"편지를 보내셨다고요? 어떻게?"

믿을 수 없었다. 억압된 생활 속에서, 감금과 같은 생활을 이어가면서 편지를 전달 할 수 있었다고? 앞뒤가 맞지 않았다. 어찌된 일인지 궁금증이 밀려왔다. 호기심 가득한 두 눈은 그의 손에 들려있는 편지 뭉치를 집요하게 바라봤다. 군데군데 누렇게 변해버린 낡은 종이는 얼마만큼의 세월을 견뎌냈는지를 당당하게 입증하고 있었다. 본디 하얀색이었을 종이는 전체적으로 은은한 시간의 색을 입고 있었다.

그가 알 수 없는 말을 꺼냈다.

"여기서는 환자들만 산 게 아니여. 자식들도 살았제. 그리고 희한하게도 환자들 자식들은 죄다 잘생기고 어여뻤어. 병이 옮아서 그런 건지 모르겠는디, 모두가 고왔지."

좁은 산책로를 벗어나자 넓은 길이 나왔다. 길은 쭉 뻗어 있었다. 이제부터는 꽃들의 영역이 아니었다. 굳게 솟은 소나무가 양옆 도로를 호위하고 있었다. 소나무들은 저마다의 개성을 뽐내며 어지럽고 불규칙하게 서 있었지만 제법 잘 어우러져 있었다. 깔끔하게 닦인 아스팔트 도로 옆은 잘 짜여진 나무로 만들어진, 전과는 다른 인위적인 산책로가 존재했다. 산책로는 바다와의 사이를 더욱 가깝게 만들었다. 산책로를 이탈한 그의 발이 2차선 아스팔트 도로 한 중간에서 멈춰졌다. 그가 말했다.

"수탄장이라는 곳이여. 넓지?"

"수탄장이요?"

그녀가 텅 빈 길을 바라보며 물었다. 그가 새끼손가락을 펴서 아스팔트 도로 끝을 가리켰다. 그녀가 소록도 입구에 들어서자마자 마주쳤던 방문자 전용 주차장이 보였다. 주차장에서 병원으로 들어가는 중간에 작은 로터리가 있었는데 그의 손은 정확히 로터리를 가리키고 있었다.

"원래 이 길을 중심으로 철조망이 세워져 있었어. 바다를 정면으로 왼편, 병원이 있던 곳과 우리가 생활하던 곳을 병사지대라고 혔지. 오른편은 직원지대라고 혀서 감시하는 놈들과 환자 자식들이 살았지. 환자 자식들은 보육원에서 자라났어. 아이들은 자신들의 의지와는 상관없이 이곳에 끌려왔어. 그리고는 강제로 부모와 떨어져서 한 달에 한 번 이 길에서 만났어. 다섯 걸음을 사이에 두고 부모와 잠깐 만날 수 있게 해줬었거든. 어떤 부모는 아이를 한 번 안아보려 했다가 직원들헌티 엄청나게 두들겨 맞은 적도 있었어. 지 새끼 안아보고 싶은 마음이야 오죽하겠나. 근디 접촉은 절대로 하지 못하게 혔어. 바람이 동쪽에서 서쪽으로 불면 서쪽에 부모들이 서 있고 서쪽에서 동쪽으로 불면 동쪽에 부모들이 서 있게 혀서 만나게 했는디. 전염을 방지하기 위해서였어. 근디 애들이 뭘 아나? 그저 지 부모 만나서 좋다고 안기려고 하는디 직원들 매질이 어찌나 사나운지 나중에는 자식새끼들이 벌벌 떨면서 부모 눈도 마주치려 하지 않더라니까. 녀석들은 달려가 안기려고 하면 지 부모가 게거품 물도록 맞는걸 아니까 맞지 말라고 제대로 쳐다도 보지 못했던 거여."

그녀의 궁금증은 여전했다. 편지에 대해 질문했는데 딴소리를 하는 그였다.

"할아버지, 말씀하신 부분이 편지를 전달하는 데 무슨 연관이라도 있는 건가요?"

그녀가 참지 못하고 그에게 질문을 각인시켰다. 그가 "암만!"이라 말하며 허공을 올려다봤다.

"참 고마운 사람이 있었어. 참으로 고마웠지. 고맙고 고마웠는디. 참으로 미안하기도 하고 참으로 잘못하기도 혔어. 내 죽게 되어 저승

길에서 만나거든 그땐 그 고마운 사람을 위해 살고 싶네. 혹 환생이라는 게 있다면 다음 생은 고마운 그 사람을 위해 살아가고 싶네."

소록도로 끌려온 서수철은 빠르게 적응해갔다. 아니, 적응할 수밖에 없었다. 조금의 실수나 서툰 모습이 직원들의 눈에 포착되면 언제나 응징의 폭력을 답례로 받아야 했기 때문이다. 그는 끌려오자마자 감금실에서 생활했다. 직원지대와 병사지대로 나뉜 소록도는 각자의 영역에서 마을을 형성하고 있었다. 그는 마을에 들어가자마자 사고를 쳤다. 자신의 모습을 인정할 수 없었던 탓이리라. 심적 고통이 정신을 혼탁하게 만들었다. 어지러운 정신은 소록도의 강압적인 정책에 쉽게 적응하지 못했다. 그로인한 반항은 그를 마을보다는 감금실로 향하게 만들었다. 감금실의 상황은 혹독했다. 수많은 환자들이 감금되어 있었고 악취로 가득했다. 수백의 반항아들이 생활했건만 우물은 달랑 하나였다. 제대로 씻지도 못하는 곳에서 병이 더 깊어지는 건 어찌 보면 당연했다. 최악의 상황은 그를 다른 사람으로 만들었다. 벗어나고 픈 욕망과 제대로 먹을 수 없는 허기짐은 그를 완벽하게 바꿔놓았다.

한 달도 되지 않아서 그는 완벽한 소록도 주민이 될 수 있었다. 그가 이곳에 처음 왔을 땐 지금의 소록도가 아니었다. 잡초가 무성했고, 길이라고는 산짐승들이 오간 오솔길만이 존재했다. 마치 섬이 아니라 하나의 큰 산과 같았다. 겨울이 찾아오면 옷을 벗은 나무들 때문에 황무지로 변했다. 허허벌판의 이곳을 대장인 원장은 썩 마음에 들어 하지 않았다. 환자들은 소록도를 원장의 개인 정원으로 만드는 데 동원됐다. 원장이 흐뭇한 미소를 보일 수 있는 정경이 만들어질 때까지 쉬지 않고 일을 해야 했다.

추운 겨울날, 원장의 "이곳에 길이 있으면 좋겠다."라는 말 한마디가 떨어지기 무섭게 땅이 딱딱하게 얼어 돌덩이와 같은 가운데서도 환자들은 맨손으로 흙을 파고 길을 닦아야 했다.

손가락이 없는 환자들은 손목으로 땅을 파다 살이 다 까졌고 몇 개의 손가락이 있는 환자들은 손톱이 다 빠지는 참담함 속에서도 쉬지 않고 몸을 부려야 했다.

일을 게으리 하면 치료를 한다는 명분으로 밥을 주지 않을 뿐더러 살이 까지고 손톱이 빠지는 아픔보다 몇 배는 강한 고문이 그들을 기다리고 있었다.

원장이 바뀔 때마다 노동시간은 점점 늘어났다. 그전 원장보다 화려한 정원을 가지고 싶어하는 탐욕은 환자들의 노동학대로 고스란히 이어졌다. 해가 뜨기도 전 달빛이 가득할 때 일을 시작해서 해가 지고 다시 달이 떠오를 때가 되어서야 고된 몸을 조금 눕힐 수 있었다. 차라리 전쟁터에서 싸우는 편이 훨씬 편하다 말할 수 있을 정도로 하루하루가 생지옥과 같았다.

살고 싶은 본능은 그의 몸을 무섭게 적응시켰다. 처음 일주일은 서툰 몸짓 탓에 매일같이 몽둥이를 벌었다. 밥을 굶고 허기진 배를 움켜쥐고 끙끙 앓는 소리를 연일 입에 달고 살아야 했다.

일주일 후에 그는 무섭게 환경에 동화됐다. 이곳에서 몇 년을 거주한 누구와 다를 바가 없었다. 익숙한 몸놀림으로 다른 환자들과 조화를 이뤘다.

원장이 노동현장을 지나갈 때 웃음을 보여주는 날을 손꼽아 기다렸다. 원장의 웃음은 곧 환자들에게 주먹밥이 한 덩이 더 쥐어지는 날이었다. 반대로 원장이 헛기침과 함께 인상을 찌푸릴 때면 그날은 새벽이슬에 흠뻑 젖도록 일을 해야만 했다.

그가 소록도로 끌려온 지 한 달이 다 되어갈 무렵 웬일인지 달이 뜨기도 전에 모든 작업을 중단하라는 명령이 떨어졌다. 이곳에 오고 나서 한 번도 볼 수 없었던 환자들의 밝은 웃음이 여기저기에서 보이기도 했다. 그는 자신에게 이곳 일을 적응할 수 있도록 도와준 아버지와 같은 노인을 뒤따라가며 물었다.

"무슨 일이오? 왜 벌써 일을 끝내오?"

노인에게도 웃음이 가득 피어올라 있었다.

그가 이곳에 오고 나서 일주일 동안 배를 곯을 때 노인은 자신의 주먹밥 반쪽을 나눠주던 호인이었다. 자신이 쉰둘이라고 밝힌 노인은 그와 같은 자식이 있다며 호의를 베풀어줬다. 밥을 나눠주기도 했고 작업에 서툰 그를 곁에서 도와주며 요령을 알려주기도 했다. 직원들의 몽둥이가 그를 향해 날아올 때에도 무릎을 굽혀 자신이 책임지고 내일은 잘할 수 있도록 하겠노라 사정하기도 했다.

그보다 병이 더 깊은 노인이었다.

왼쪽 손은 손가락의 흔적을 찾아볼 수도 없었다. 오른손도 엄지와 새끼만이 남아있을 뿐이었다. 발가락은 두 다리 전부 남아있지 않았다. 눈은 한쪽이 함몰되어 있었는지 없었는지 구분이 가지 않았다.

그가 일을 능숙하게 할 수 있게 된 후로 노인에게 은혜를 갚으려 노력했다. 노인은 허리가 좋지 못했다. 제대로 허리를 펼 수 있는 기회가 없다보니 어쩌면 당연했다. 그는 감금실로 돌아와 쉴 수 있는 시간이 찾아올 때 마다 침을 놔줬다. 노인은 "아이구야! 시원하네."라며 그를 쓰다듬어주기도 하고, 기특하다며 자신의 밥을 남겨 새벽녘 그의 입에 넣어주기도 했다. 동병상련의 아픔은 그와 노인을 급속히 가깝게 만들었다. 오래전부터 알고 지낸 사이처럼 둘은 서로를 의지했다.

그의 물음에 노인이 답했다.

"내일 딸년을 만나는 날이네. 자네가 올해 돼지띠인가?"
"네."
"딸년이 쥐띠니 자네보다 한 살 어리고만."
"늘 딸 자랑을 해서 궁금하긴 했는데 나는 여기에 같이 들어온지는 몰랐소. 보이지 않던데 어디에 있소?"
"우리와는 다르게 곱지. 암만! 곱고말고. 우리 같은 환자가 아니라서 직원지대에 있는 보육시설에서 직원들과 생활하고 있다네."
 어느새 노인과 여러 환자들은 약속이나 한 듯 우물가로 모여들었다. 아직 찬 기운이 남아 있는 겨울임에도 모두가 물을 길어와 자신의 몸을 깨끗하게 닦아냈다. 자식들에게 최대한 깔끔하게 보이고 싶은 모양새였다. 소록도에 와서 처음 보는 낯선 광경에 그는 어안이 벙벙했다. 노인이 머리에 물을 끼얹으며 그를 바라봤다.
"내 이곳에서 자식 년과 함께 나가게 되면 자네랑 같이 떠나고 싶네."
"나랑요?"
"자식 년이 곱긴 한데 애비가 병자니…."
 그는 노인의 말이 무엇을 의미하는지 읽을 수 있었다. 그가 손사래를 쳤다.
"내 정혼자가 있소. 대신 내가 마음 넓은 사내놈을 하나 알아봐 주겠소."
 노인의 얼굴에 실망이 가득 묻어나왔다. 노인에게서 소록도에 오기 전 이야기를 들은 적이 있었다.

 그는 한센병에 걸린 뒤 아내와 딸을 데리고 산속에서 외로이 살았다 했다. 아내는 한센병에 걸리지 않은 정상인이었다. 딸 역시 축복이 있었는지 한센병이 발병하지 않았다. 그래도 아비가 죄인인지라 두 모녀는 아비를 따라 깊숙한 산속에서 칡 따위를 캐먹으며 하루하루를 연명해야 했다.

외롭지만 평화로운 나날들이 이어지는 어느 날이었다. 동네에서 떨어져 지낸지 십 년이 넘는 날이기도 했다. 동이 트기 전 깊은 밤, 갑자기 횃불을 들고 여러 동네 청년들이 깊은 산속을 찾아왔다. 노인이 살고 있는 움막을 에워싸고는 노인과 가족들을 끌어냈다.

공포에 질린 노인은 왜 그러느냐 물었고, 한 여인이 울며불며 노인에게 자신의 아이를 어찌했느냐며 몽둥이를 들이밀었다. 이해가 가지 않는 말만 되풀이하는 여인에게 노인이 무슨 소리냐 되물었고 여인은 주저앉아 내 아이의 간을 빼먹었느냐며 산이 떠내려가라 고함을 질러댔다. 그제야 노인은 왜 동네 사람들이 움막을 찾아왔는지 알 수 있었다.

한센병은 어린 아이의 간을 빼먹으면 낳는다는 속설이 전해지고 있었다. 동네에서 다섯살박이 아이가 사라졌고 동네사람들이 찾아 나섰지만 어느 곳에서도 아이를 찾을 수 없었다. 사람들 중 누군가가 잊고 지낸 노인의 이야기를 꺼냈다. 사람들은 추정이 아닌 확신으로 노인을 찾아 나섰다.

노인은 기겁을 하며 아니라 말했다. 주위 청년들은 노인의 말을 믿지 않았다. 노인의 강한 부정이 오히려 확신으로 다가오고 있었다. 아이를 잃어버린 여인이 아이를 살려내라며 고래고래 소리를 질렀다.

동네 사람들은 노인을 향해 살기를 뿜어냈다. 당장이라도 몽둥이로 노인을 내려칠 것 같았다. 살벌한 상상은 행동으로 현실화됐다. 어느 청년이 몽둥이를 높이 들어 크게 휘둘렀다. 노인은 몸을 웅크렸다. 퍽! 소리와 함께 비명이 들려왔다. 노인은 아무렇지 않았다. 두 눈을 뜨고 보니 자신이 아닌 아내가 머리에 피를 쏟으며 쓰러져 있었다. 한센병을 가진 노인에게 손을 댔다가는 자신들도 전염될 것이 두려웠던 것이다. 해서 노인 대신 청년의 몽둥이는 아내에게 향했고 얼떨결에 무방비 상태로 맞은 아내는 그 자리에서 고꾸라져 숨이 끊어졌다.

노인의 눈이 뒤집혔다. 한순간 아내를 잃었다. 평소와 같았던 하루였다. 칡을 캐먹고 운이 좋아 꿩을 사냥해온 날이기도 했다. 가족들을 먹일 생각으로 해가 떨어지기 전 움막으로 돌아와 오순도순 꿩을 삶아먹었다. 딸에게 다리 하나를 주고 아내에게 나머지 다리 하나를 건넸다. 딸이 모처럼만에 고기를 먹자 생글생글 웃음을 보였다. 아내는 다리를 먹지 않고 노인에게 건넸다. 노인은 한사코 거절하며 근엄한 표정으로 다른 부위를 뜯어 재빨리 입에 넣었다. 아내가 미안한 듯 미소를 보이며 입에 다리를 물었다. 노인의 입에 절로 웃음이 피어났다. 다행스럽게도 꿩은 제법 살이 올라있었다. 세 사람이 배불이 먹기에 충분했다. 든든히 배를 채우니 나른해졌다. 간만에 일찌감치 잠자리에 들었다. 모두가 충분히 웃을 수 있는 괜찮은 하루였다.

그런데 마른하늘에 날벼락과 같은 일이 벌어졌다. 우르르 몰려온 동네 사람들은 말도 안 되는 소리를 해대며 아내를 내리쳤다. 상상도 할 수 없었던 일이 벌어졌다. 그 자리에서 아내가 죽어버렸다. 믿기지 않는 일이 벌어졌다. 방금 전까지만 해도 노인이 추울까 지푸라기를 덮어주던 아내가 차갑게 식은 서늘한 시신이 되어 버렸다. 있을 수 없는 일이 벌어졌다. 내일이면 눈을 비비며 일어나야 하는 아내가 이제 영원히 눈을 뜰 수 없는 사람이 되었다. 있어서는 안될 일이 벌어졌다. 유일하게 노인의 병을 아무렇지 않게 대해주던 아내의 손길은 두 번 다시 느낄 수 없게 되었다.

노인이 쓰러진 아내를 부둥켜안고 구슬픈 소리를 냈다. 딸은 겁에 질려 오들오들 떨며 웅크려 앉아 눈물을 참아냈다. 어린 것이 소리를 내면 어미와 같이 될까 억지로 눈물을 삼켜내고 있었던 것이다. 여전히 주위를 감싸고 있는 사람들은 떠날 줄 몰랐다. 노인의 절규에 질세라 아이를 잃어버린 여인은 더 크게 소리 내어 내 아이를 살려내라 부르짖었다.

　노인의 눈이 사람들을 노려봤다. 제정신이 아니라는 걸 모두가 알 수 있었다. 노인의 눈을 바라본 사람들은 자신들의 확신이 틀렸을 수 있다는 생각을 품게 됐다. 모두가 잠시 멈칫했다. 흐름을 읽은 여인이 주위를 둘러보며 이 문둥병 노인이 아니면 누구겠냐며 사람들을 설득하기 시작했다. 노인이 주위에 있던 작은 돌을 움켜쥐었다. 사람들은 방어 자세를 취하며 노인이 달려들면 언제라도 두들길 준비를 하고 있었다. 노인의 다리에 힘이 들어가려는 찰나였다. 움막 저만치에서 또랑또랑한 아이의 목소리가 들려왔다.

　"찾았어요! 제실 집에서 자고 있었어요!"

　모두가 뒤를 돌아봤다. 노인도 아이의 목소리를 들었다. 어이없는 지금의 상황에 자신도 모르게 풀썩 주저앉았다. 식어버린 아내의 굳은 몸을 바라보며 눈물만 뚝뚝 흘릴 뿐이었다. 제일 먼저 세상 다 잃은 사람처럼 한을 토해내던 여인이 일어나 아무렇지 않은 듯 동네를 향해 뛰어갔다. 노인의 아내에 대한 미안함이나 용서는 구하지도 않은 채. 여인의 움직임에 사람들은 약속이라도 한 듯 노인의 집을 뛰쳐나갔다. 남겨진 건 노인과 딸아이, 그리고 황망하게 세상을 떠난 아내의 시신뿐이었다.

　장례를 치를 겨를도 없었다. 정신을 차리고 마음을 추스르기도 전에 노인은 아내를 움막 한쪽에 묻었다. 찢어지는 아픔 속에서도 그렇게 할 수 밖에 없었다. 언제 또 사람들이 몰려와 위협을 가할지 몰랐다. 남은 딸을 위해서라도 아내에 대한 억울함을 가슴에 묻어둬야 했다.

아내를 묻은 흙이 마르지도 않았건만 노인은 딸을 데리고 움막을 떠났다. 쉬지 않고 산길을 따라 걸었다. 잠도 자지 않았다. 걷고 또 걸었다. 발이 터져 피가 흐르는데도 걸음은 멈추지 않았다. 그렇게 도착한 곳이 소록도였다. 아내가 오래 전 마을에 내려갔다가 총독부에서 한센병 환자를 이주시킨다는 말을 들었던 걸 떠올렸다. 차라리 이곳이 더 나았다. 언제 맞아죽을지 모르는 것보다 병을 가진 사람들끼리 모여 사는 편이 훨씬 안전할 것 같았다.

노인은 스스로 이곳을 찾아온 것이다.

노인이 그에게 말했었다.

"조선놈이고 일본놈이고 우리에게는 그게 그거다. 어쩌면 조선놈들이 더 할지도 몰라. 적어도 나는 여기에 있는 편이 훨씬 좋다. 죽어라 일만 하면 맞아죽을 일은 없지 않느냐."

다음날 노인은 생전 입지 않던 도포를 둘렀다. 얼굴은 깔끔한 새하얀 모시로 칭칭 감았다. 피로한 몸뚱이를 새벽 내내 뉘이지도 않았다. 날이 밝기를 기다리며 좁은 방 안을 이리저리 돌아다니며 단단하게 잠긴 문이 열리기를 애타게 기다리고 있었다. 나이가 어느 정도 있는 환자들은 노인과 별반 다르지 않은 행동을 보였다. 오랜만의 긴 휴식이건만 그 누구도 몸을 가만히 놔두지 않았다. 서수철은 자신도 모르게 집단행동에 중독됐다. 소록도에서 만날 누구도 없건만 초조하게 창살 밖으로 하늘에 해가 뜨기를 기다렸다.

드디어 환자들이 소원하고 기다린 해가 느릿느릿 얼굴을 보이기 시작했다. 아무개가 "해가 떴네."라고 말했다. 약속이라도 한 듯 환자들은 굳게 잠겨져있는 문쪽으로 줄을 섰다. 얼마 지나지 않아 밖에서 자물쇠를 여는 소리가 들렸다. 문이 활짝 열렸다. 밤을 꼬박 지새운 사람들이라고는 생각지 못할 정도로 침착하고 질서 정연하게 밖으로 향했다. 기다란 행렬에 이탈자는 없었다. 물끄러미 생소한 모습을 바라보는 그에게 노인이 다가왔다.

"같이 가보자. 여기에 있는 것보다는 좋을 듯싶다."

그는 대답 대신 노인을 따라나서는 것으로 제의를 승낙했다. 일을 하기 위해 걷던 길을 직원들의 지시에 따라 얌전하게 걸었다. 환자들이 일하고 있는 작업장을 지나쳤다. 봄이면 이곳에 꽃이 있으면 좋겠다. 바다와 잘 어울릴 것 같다는 원장의 말이 떨어지기 무섭게 수많은 꽃나무를 심은 공터를 지나쳤다. 꽃은 매년 볼 수 없어 아쉽다는 말에 사계절 푸르른 소나무를 심어야 했던 길도 지나쳤다. 주위를 둘러보니 소록도 전체는 그와 환자들이 만들어 놓은 공간들뿐이었다. 하루 종일 땅을 파고 나무를 심고 길을 닦다보니 주위를 둘러볼 겨를이 없었다. 자고 일어나면 반복되는 노동에 머리는 주위를 둘러보기보다 요령을 습득하는 데 더 집중했다. 잠시 쉬는 시간이 찾아오더라도 여기저기 쑤셔오는 뼈마디를 두들기거나 피곤에 절어버린 몸을 누이는 데 사용하는 편이 가장 바람직한 행동이었다. 오늘은 달랐다. 비록 오전 잠시 뿐이지만 자신들이 만들어온 길을 걸어볼 수 있는 한가로움이 주어졌다. 작은 나무 하나까지도 그들의 손길이 닿지 않은 곳이 없었다. 예뻤다. 예쁜 정경들을 바라보니 예쁜 아이가 떠올랐다. 오순덕이었다. 걷고 싶었다. 그저 아무 말 없이 그녀와 다정하게 걷고 싶었다. 자신이 만들었노라고 자랑질을 늘어놓으며 여기는 어떻게 만들어졌고 얼마나 고생했는지를 알려주고 싶었다.

처음엔 동행하고 싶은 마음으로 그녀를 떠올렸지만 점차 걱정이 밀려들어왔다. 마침 겨울이 지나가고 있는 길목이라 열병을 앓을 때가 되었는데 어찌하고 있을지 궁금했다. 생강을 달인 물을 꼭 챙겨줘야 한다. 그녀의 아버지에게 신신당부를 했건만 영 기억력이 좋지 못한 양반이라는 걸 알기에 더더욱 심기가 거슬렸다.

그가 머리와 가슴에 그녀를 가득 채우고 있는데 행렬이 멈춰졌다. 수탄장에 도착한 것이다. 길은 넓었다. 시멘트로 단단하고 말끔하게 만들어진 도로 양끝은 사납게 녹이 슬어있는 철조망이 길게 늘어져 있었다. 중간중간 철조망 사이로 문이 만들어져 있긴 했지만 두꺼운 자물쇠가 출입을 완벽히 통제하고 있었다.

행렬을 이끈 환자 한 명이 손가락에 침을 묻혀 번쩍 들어보였다. 서쪽에서 동쪽으로 바람이 불어오는 걸 느낀 환자는 동료들을 서쪽 편에서 동쪽을 바라보게 했다.

누구도 토를 달지 않고 시키는 대로 신속히 자리를 이동했다. 그도 따라 움직였다. 그가 노인을 힐끔 바라봤다. 올 때와는 다르게 긴장한 표정이 역력했다. 그는 노인의 등을 다독였다.

"한 달 만에 보는 건데 좀 긴장되는구나. 수철아. 절대 발을 움직여서는 안 된다. 우리는 절대 자식들에게 다가가면 안 돼. 누구 하나라도 다가가려 하면 바로 해산시킨다."

"말도 하면 안 되는 거요?"

"말은 해도 된다. 발을 움직이면 안 되고 뭔가를 건네주려고 해도 안 된다. 그것만 지키면 된다. 알겠지?"

노인은 그에게 간곡하게 부탁했다. 말이 끝나기 무섭게 철조망 중간에 있는 하나의 문이 열렸다. 철조망 건너편에서 자신들의 부모를 찾기 위해 미리부터 둘러보던 자식들은 문이 열리자마자 부모의 맞은 편으로 걸음을 옮겼다.

보고 싶은 마음이 애달팠는지 행동은 일사천리였다. 짧은 시간 만에 환자들이 서 있는 긴 행렬과 같이 자식들의 행렬도 마주하고 있었다. 그와 노인 앞에도 곱디고운 처자가 얼굴만큼 고운 하얀색 저고리를 입고 서 있었다. 그의 입이 살짝 벌어졌다. 노인은 기쁜 웃음을 보였다. 처자도 노인에게 환한 미소를 선물했다. 그 역시 실없는 웃음을 짓고 있었다.

"학순아. 어찌 잘 지내냐?"

그가 눈치도 없이 끼어들었다.

"이름이 학순이오? 할아범이 강 씨이니 강학순이오?"

노인이 그의 질문에 답하지 않고 딸에게 집중했다.

"아버지, 건강하세요?"

그녀에게서 옥구슬 같은 목소리가 새어나왔다. 그가 헤벌레한 얼굴을 했다. 노인은 크게 웃고 있었다. 그에 질세라 그녀의 웃음도 커졌다.

"나야 잘 지낸다. 여기 이 청년이 의술이 뛰어나서 아팠던 허리도 금방 나아졌다. 나와 요새 함께 일하는 청년이다. 다행스럽게도 손과 발을 빼면 병이 깊지 않다. 얼굴에는 전혀 표가 나지 않는다."

노인이 그를 소개했다. 그가 고개를 숙여 인사했다. 그녀가 답례의 인사를 보냈다. 먼저 말을 꺼낸 건 그녀였다.

"아버지를 잘 좀 부탁하오. 의술이 뛰어나다니 대단하오. 내 요즘 몸살기가 있는지 여기저기 아파오는데 아프니 아버지가 더 걱정되더이다."

노인이 말이 끝나기 무섭게 물었다.

"어디 아픈 게야? 얼마나 아픈 게냐?"

"가벼운 고뿔인가 봐요. 열이 좀 나고 목이 많이 부었어요."

노인이 그를 쳐다봤다. 그가 물었다.

"팔꿈치가 아프거나 그러진 않소?"

"안 아프오."

그녀의 대답에 그가 노인을 안심시켰다.

"우리 같은 병은 아니니 걱정 마시오."

"정말 아닌 게냐?"

"우리 병은 팔부터 아파오고 손가락부터 저려오기 마련이오. 고뿔이거나 혹은 열병일 테요."

그녀가 대화를 듣다 끼어들었다.

"아버지 걱정하지 마세요. 저 의원 말대로 큰 병이 아닐 거예요."

"그래. 밥은 잘 챙겨 먹느냐?"

"네. 아버지는요?"

"나야 늘 배부르게 잘 먹는다. 동무들과는 잘 지내느냐?"

"네. 아버지는요?"

"나야 여기 의원도 있고 창 씨랑 유 씨랑도 잘 지내고 있다. 힘들지는 않느냐?"

"힘들게 뭐가 있어요. 그냥 재봉질하면서 잘 지내요. 아버지는요?"

"나는 젊은 의원 덕분에 일이 줄어서 편안하다."

배부르게 먹는다고?

동무들과 잘 지낸다고?

편안하게 지낸다고?

그는 둘의 대화를 듣는 내내 가슴이 아렸다.

배부르게 잘 먹는다고? 해서 이렇게 뼈만 남은 앙상한 손과 발을 가졌단 말인가? 늘 새벽이면 배고픔으로 물을 한 바가지 떠먹는 노인을 봐왔다. 간혹 원장의 변덕스러움에 끼니를 굶어야 할 때도 여러 번이었다. 헌데 배부르게 잘 먹는다고?

동무들과 잘 지낸다고? 유 씨는 며칠 전 죽었다. 창 씨는 일을 하다 다리를 다쳐 차디찬 방 안에서 끙끙거리며 앓고 있다. 노인과 비슷한 연배의 환자들은 오늘내일 위태위태한 하루살이 인생을 살아가고 있었다. 결국 유 씨는 돌연사 했고, 창 씨의 다리는 다시 붙더라도 절름발이를 면치 못할 것이다. 헌데 동무들과 잘 지낸다고?

편안하게 지낸다고? 편안하다는 양반이 침을 놓지 않으면 잠도 제대로 자지 못하는가? 아침에 일어나면 뼈마디가 굳어있어 한참을 조금씩 조금씩 움직여 뼈를 풀어줘야 움직일 수 있는가? 헌데 편하게 지내고 있다고?

거짓말을 늘어놓는 노인은 평안했다. 그가 보고 느낀 모든 사실이 거짓말 같이 느껴질 정도로 노인의 얼굴은 생기로 가득했다.

"학순아, 넌 절대 아프지 말아야 한다. 네 어미가 몸이 유약해서 늘 걱정이었다. 너도 유약한 몸뚱이를 닮아 걱정이 되는구나."

"걱정 마세요. 산에서 오래 살아서 건강은 자신 있어요."

그녀가 말을 하는 도중 기침을 했다. 새하얀 피부에 가려 잘 보이지 않았지만 자세히 보니 안색이 창백해 보였다. 노인이 억누를 수 없는 부정으로 발을 한걸음 내딛으려 했다. 그가 급하게 노인의 팔을 잡았다.

"할아범, 내게 얘기한 거 잊었소?"

노인은 그의 말에 최면에서 깬 듯 정신을 차렸다. 얼마나 아픈지 그녀의 이마에 손을 얹어보고 싶었다. 병의 깊이가 얼마나 되는지 알아야만 마음이 한결 놓일 것 같았다. 노인의 행동을 눈치 챈 그녀가 아무렇지 않다는 듯 말했다.

"목이 좀 근질거렸어요. 괜찮아요. 아버지 걱정 마세요."

그가 불안해하는 노인을 위해 말을 받았다.

"내 보기에는 가벼운 병이요. 걱정 마시오. 원래 계집아이들은 달거리를 하면서부터 겨울과 봄 사이 날이 풀리는 시기에 열병이나 고뿔에 많이 걸리오. 한기가 물러나고 따뜻한 기운이 몰려오면서 몸이 변화에 적응하지 못한 탓이오. 내 정혼자 역시 그러하였소."

그가 그녀를 바라보며 말했다.

"생강을 달여 드시오. 기침이 많이 가라앉을 것이오. 마늘을 자주 먹어도 효험이 좋소."

"네. 고맙소."

그녀가 걱정할 것 없다는 손짓을 보였다.

시간은 빠르게 지나갔다. 10분도 안 되는 시간이었다. 별다른 걸 물어보지도 못하고 짧은 만남의 장소는 곧바로 이별의 장소로 바뀌었다. 나이가 어린 어느 아이는 울음을 터뜨렸다. 젊은 어미들은 흐느끼기도 했다. 자식들을 먼저 내보내려는데 발걸음이 좀처럼 움직이지 않자 환자들을 험악하게 다루며 이동시켰다.

부모들은 떨어지지 않는 발걸음을 옮겼다. 고개는 자식들을 향해 돌아가 있었다.

"학순아! 아프면 안 된다! 의원이 말한 대로 꼭 챙겨 먹어라!"

"네! 아버지! 걱정 마세요. 아버지나 건강 꼭 챙기셔요!"

멀어지는 가운데에서도 노인과 그녀와 같이 목소리를 내는 사람들이 많았다. 직원들은 목소리를 높이는 환자들의 등을 강하게 몽둥이로 후려쳤다. 노인이라고 예외는 아니었다. 가차없이 등에 매질을 당한 노인은 마지막 말을 전했다.

"학순아! 절대 아프지 마라! 너만은, 절대 아프면 안 된다. 너만이라도 여기서 나.가.야.한.다."

오던 길을 되돌아오는 환자들은 패잔병의 모습이었다. 시무룩하고 여기저기에서 울음소리가 흘러나왔다. 노인은 무표정한 모습으로 발걸음을 옮겼다. 그가 앞서가다 노인을 돌아봤다. 그의 눈빛을 받은 노인은 뭔가를 결심한 듯 조용히 입을 열었다.

"아무래도 마음에 걸린다. 내 부탁 하나 들어줄 수 있겠느냐?"

"부탁? 어떤 부탁이오?"

노인은 주위를 두리번거렸다. 그가 앞사람과 간격이 벌어질 수 있게 느릿느릿 걸었다. 노인이 직원들의 위치를 확인하고 뒷사람을 경계하며 그의 귓전에 얼굴을 가까이 가져갔다.

"내 철조망 밑으로 땅을 파두었다."

"예?"

노인의 말에 그가 되물었다. 노인이 자신의 손을 입술에 대며 조용히 하라는 신호를 보냈다. 그가 노인에게 다소곳이 귀를 가져갔다.

"철조망 근처에 꽃나무를 심을 때 틈틈이 파두었다. 나무들이 많이 심어 표가 나지 않는다. 다행스럽게도 꽃나무들을 심은 곳이 딸년이 살고 있는 건물과 가깝다. 딸년에게 가는 길도 나무들이 많이 심어놓아 발각되지 않는다. 내가 몇 번 빠져나가서 직접 갔다 왔었다."

"우리가 사는 방에서 어찌 빠져나갔고?"

"변소를 이용했다. 다행히도 변소 아래로 물이 흐르고 있어서 오물이 쌓이지 않는다. 싸는 즉시 흘러내려가지. 변소를 통해서 스무 걸음만 가면 냇가가 나온다. 거기에서부터 땅을 파놓은 곳까지 가는 길은 아직 우리가 작업을 하지 않은 곳이라 사람들이 다니지 않는다. 길도 없고 무성한 나무들만 많은 곳이라 발각될 염려도 없다. 그 길을 따라 철조망까지 가는데 5분 정도 걸린다."

그가 호기심을 보였다. 불안감은 사라졌다. 구속되어 살아왔기에 자유를 누릴 수 있다는 사실은 위험하지만 도전해볼 만한 일이었다.

"해서 어쩌자는 거요?"

 "네가 내 딸년을 치료를 해줬으면 한다. 내가 망을 볼 테니 네가 가서 약을 좀 가져다 주거라."

 "간다 하더라도 건물에서 어찌 불러낸단 말이오?"

 "철조망 근처에 내가 표시를 해둔 나무에 편지를 묻어두면 된다. 몇 시에 나오라 하면 나올 것이다. 다행히도 내 딸년이 글을 읽을 줄 안다. 꽃나무를 심을 적에 직원들이 철조망 사이를 딸년과 아이들을 데리고 지나친 적이 있었다. 그때 편지를 몇 번 준 적이 있다. 그 뒤로 우리가 정해놓은 나무에 딸은 편지를 묻어두고 있다. 일주일에 이틀은 아이의 편지를 가지러 그곳에 간다. 아이와 나만의 장소인 거야."

 서수철은 수탄장 바로 옆 작은 로터리를 지나 주차장으로 걸음을 옮겼다. 방문자용 주차장은 소록도를 관광하러 온 사람들의 차들로 북적였다. 보기에도 꽤 넓은 주차장 가운데에는 흙집으로 만들어진 폐가가 덩그러니 자리 잡고 있었다. 정리가 잘된 주차장과는 어울리지 않는 모습이었다.

 "여기가 경계선이여. 이 집이 병사지대 끝이여. 한센병 마을의 끝집이었지. 여기까지가 우리가 살 수 있는 경계선이었어. 이 집 옆으로는 철조망이 가득혔어. 탈출에 성공했을 때 이 집 주인에게 걸렸어. '다 끝났구나!'라고 생각했었는디 주인은 오히려 나를 따뜻하게 대해줬어. 이 집 주인은 직원들에게 예쁨을 많이 받았고 환자치고는 부유했지. 일도 잘하고 통솔력도 뛰어나서 우리를 이끌고 작업을 했었지. 그렇다고 직원 놈들을 좋아한 건 아니여. 직원들이 넉넉히 음식을 따로 챙겨주면 우리와 나눠먹기도 하고 내 비밀도 지켜줬어. 참 좋은 분이셨어."

그녀가 "여기에서 만나신 거예요?"라고 빠르게 물었다.

"자유가 그리웠던 탓에 나왔었어. 노인의 부탁보다는 호기심이 컸지. 만주에서 소록도로 오자마자 감금실에 갇혀 버렸으니께 얼마나 답답했겠어. 더군다나 혹독한 노역은 내게 오기를 가져다 줬어. 지금은 이렇게 차들이 댕길 수 있는 도로였지만 여기는 죄다 풀이고 잡초고 나무뿐이었어. 정신없이 나와서 이곳에서 노인의 딸을 만날 수 있었지."

서수철과 노인의 행동은 즉각적으로 이뤄졌다. 수탄장을 다녀온 이후 그의 마음은 들떠있었다. 갈등은 오래 가지 않았다. 호된 노역은 그를 갈등보다 행동하게 만들었다.

오늘도 역시 오전 일만 없었을 뿐 고된 하루였다.

환자들은 원장의 정원사 노릇만 하는 것이 아니었다. 소록도를 갈고 닦고 나면 바로 벽돌공장으로 발걸음을 옮겼다. 조를 나눠 벽돌공장에서 일하는 조는 곧바로 직원들의 안락한 생활을 위한 조경을 만드는데 투입되고 반대로 소록도를 꾸미던 사람들은 벽돌공장으로 일을 하러 갔다. 벽돌공장에서의 하루는 지옥과 같았다. 차라리 소록도를 원장 개인정원으로 만들어주는 편이 훨씬 나았다.

임금을 준다고 했지만 돈을 받아본 적은 없었다. 돈을 주지 않는 건 참을 수 있었다. 수입이 없다 해서 힘들거나 귀찮은 문제가 되는 상황도 아니었다. 엄청난 노동은 육체의 한계를 느끼게 만들었다.

벽돌을 굽기 위해 많은 양의 흙을 퍼다 날라야 했다. 벽돌을 굽기 위해서는 배를 타고 금산이라는 동네까지 나가서 나무를 캐 와야 했다. 그래, 여기까지는 견딜 수 있었다. 밤을 새더라고, 쉬지 않고 일하더라도 이 정도는 참을 만하다 느꼈다.

정말 견딜 수 없는 부분은 빠른 생산을 위해서 3일간 가마에서 달궈진 식지도 않은 벽돌을 꺼내야 했다는 점이다. 한센병이 깊어 손에 감각이 없는 아무개는 살이 타버려 뼈가 보이기도 했다. 뼈가 타들어가고 살이 익어버려 상처가 깊은 사람들은 제2의 세균감염으로 죽는 일이 다반사였다. 그는 감각이 없는 편이 그래도 자신보다는 행복하다 여겼다. 세균감염으로 죽더라도 뜨거움을 느끼지 못하는 아무개가 한없이 부러웠다. 감각이 살아있던 그의 손은 쉬지 않고 고통을 느껴야 했다. 비명을 지르며 벽돌을 꺼냈다. 고통스러워 벽돌을 손에서 놓치기라도 하면 화상의 아픔에 버금가는 구타가 어김없이 이어졌다. 벽돌을 꺼내도, 꺼내지 않아도 아픈 건 매한가지였다. 자살 충돌이 하루에도 수만 번씩 머릿속을 헤집고 다녔다.

어떤 환자들은 공장생활을 견디다 못해 탈출을 감행하기도 했다. 하지만 탈출에 성공한 이는 한 명도 없었다. 대부분 사지가 멀쩡하지 않은 탓에 수영 미숙으로 물에 빠져 죽거나 잡혀 와서 고문을 당하다 죽어갔다.

수탄장에 갔다왔다하여 은근히 하루의 휴식을 생각한 그의 머리는 스스로 어리석었음을 뼈저리게 느끼고 있었다.

공장 안에서는 비명소리가 끊이지 않았다. 화상을 입어 소리치는 아무개와 벽돌을 놓쳐 구타당하는 아무개들의 고함에 쉼이라고는 없었다. 활활 타오르는 가마는 지옥 불보다 뜨겁게만 느껴졌다. 공장에서 의리라고는 없었다. 벌겋게 달아오른 벽돌을 나르는 순서가 다가오는 순간이 죽음보다 싫었던 환자들은 뒷걸음치기 일쑤였다.

벽돌을 나르는 그도 다를 바 없었다. 뒷걸음치고 소리치고 살이 타들어가는 냄새를 맡아야만 했다.

서수철은 이야기를 하며 소록도의 중심에 있는 중앙공원으로 걸음을 옮겼다. 수탄장에서 되돌아와 감금실을 지나치면 중앙공원의 작은 문이 자리 잡고 있었다. 문은 검소했다. 어디에서나 볼 수 있는 스테인리스로 만들어진 은색 문이었다. 허리까지 오는 작은 문은 창살로 되어 있었다. 어린아이가 밀어도 밀릴 만큼 가벼웠다. 유소영이 먼저 앞서나가 문을 밀었다. 공원에 들어오자마자 그녀의 눈은 휘둥그레졌다. 지상낙원? 아니 그보다 더 아름다울 것이다.

온통 황금색 물결과 푸른색 물결이 가득했다. 무릉도원이 있다면 이토록 아름다울까? 황백나무가 먼저 눈에 들어왔다. 3미터에 달하는 나무들은 초록색과 황금색을 동시에 잎에 품고 있었다.

그녀가 구름을 타고 걷는 듯 걸음을 옮겼다. 황홀경에 빠져 그보다 앞서 걸어갔다. 그녀가 걷다말고 자신도 모르게 "와!"하고 탄성을 내뱉었다.

제주도 공항을 빠져나오면 제일 먼저 눈에 들어오는 열대 야자수와 같이 생긴 나무들이 황백나무와 어울려 멋스러운 조화를 이루고 있었다. 당종려라는 나무로 중국에서 들여왔지만 모습은 열대 야자수와 똑같았다.

그뿐이라면 눈만 반응할 뿐 탄성까지 뱉어지지는 않았으리라. 흙이라고는 거의 찾아볼 수 없었다. 땅은 푸르른 잔디로 가득했다. 주위는 오색의 이름 모를 꽃들이 한 가득이었다. 이뿐이라면 입은 벌어질지언정 소리는 내지 않았을 것이다. 그녀의 눈동자에 커다란 조각상이 들어왔다.

조각상은 5미터는 충분히 되어 보이는 하얀색 단상 위에 놓여있었다. 하얀 날개를 달고 있는 천사가 두 손으로 길다란 창을 잡고 아래로 향하고 있는 모습이었다. 천사의 모습을 보자니 동양의 무릉도원보다는 성경의 에덴동산과 흡사하다는 느낌을 받았다. 에덴동산이 존재했다면 분명 이와 같았을 것이다.

최면에 걸린 사람처럼 그녀가 정신없이 조각상 앞으로 향했다. 바로 코앞에서 보고 싶었다. 아름다운 천사의 형상은 인간사에 찌든 그녀를 깨끗하게 만들어 줄 수 있을 것 같았다.

그녀가 조각상 앞에 다다랐을 때, 최면에서 깨어날 때 쓰이는 레드썬이란 주문을 걸어오는 글귀를 읽을 수 있었다. 지상낙원이라 극찬한 입은 한 줄의 문구에 부끄러움을 느껴야 했다. 천사를 떠받들고 있는 단상의 제일 아래에는 짧은 문구가 새겨져 있었다.

"한센병은 낫는다."

단상의 중간에는 희생된 환자들의 이름들이 빼곡히 새겨져 있었다. 그녀의 얼굴이 확 달아올랐다. 뒤늦게 그녀를 쫓아온 그가 말했다.

"예쁘지?"

그녀는 아무 말도 할 수 없었다. 부끄러움에 온몸이 붉어졌다.

"하긴, 나도 여길 보면 예쁘다 생각하니깐. 종종 다리에 힘이 들어가는 날은 산책을 하곤 하지. 그런데 이 공원만큼 아픔이 많은 곳도 없어. 내가 말했던 벽돌공장이 있었던 위치가 바로 이 근처여. 한번 같이 가봤으면 하네. 일반에 많이 공개된 적이 없으니 기자양반이 쓰기에도 좋을 것 같혀."

이번에는 그가 앞장서서 걸었다.

여전히 사람들이 최고의 정경을 가슴에 담을 수 있도록 배려한 길을 지나쳤다. 무성한 넝쿨이 만들어낸 시원하고 향긋한 터널도 지나쳤다. 터널을 빠져나오자마자 정면으로 십자가에 못 박힌 예수의 모습이 그녀를 맞이했다.

　30걸음 정도 떨어져 있었지만 왠지 모르게 경건해졌다. 신성한 장소에 들어온 느낌이었다. 조금 전과는 다르게 화사한 꽃보다는 웅장하고 용과 같이 꺾여 있는 소나무들이 예수에게 가는 길을 엄숙하게 만들었다.

　그녀가 천천히 그의 뒤를 따르며 허리춤에서 두 손을 모았다. 신앙이 없는 무신론자였다. 과거에 예수를 믿어 본 적도 없었다. 신이 있다면 지금 나의 삶을 이렇게 만들진 않았을 거라, 남편과 자신의 사랑을 이렇게 증오로 바꿔놓지 않았을 거라 충분한 논리를 적용시키며 살아왔다.

　믿음 소망 사랑 중에 이 세상 제일은 사랑이라고? 사랑이 제일이라면서 사랑보다 더 큰 미움을 주는 신이 과연 존재하는지 의문을 품을 수밖에 없었다.

　하지만 이곳에서는 지난날 자신이 품었던 사실을 부정할 수밖에 없었다. 본능이 두 손을 모으게 만들고 고개를 숙이게 만들었다. 십자가에 못 박힌 예수에게 다가갈수록 고개는 아래를 향했다. 걸음을 떼면서 자신의 죄가 얼마나 많은 지를 누가 알려주지도 않았는데 깨닫게 만들었다.

　앞에 다다르자 그가 무릎을 꿇고 기도를 올렸다. 그녀도 기도를 올렸다. 기도의 내용은 바람이나 목적이 있는 청이 아니었다. 그저 나지막한 목소리로 "저의 죄를 사하여 주십시오."라고 말한 뒤 "아멘."이라는 말로 마무리했다. 그의 기도는 길어졌다. 그녀는 신성한 기도를 끝내자 십자가 속 예수가 주위를 둘러볼 수 있는 권한을 준 것과 같이 마음이 편안해졌다. 그녀의 시선이 신으로부터 자유를 되찾자 비로소

십자가 주위 정경을 담아냈다.

W자 모양으로 웅덩이가 양 옆으로 파져있었다. 십자가가 세워져 있는 왼편 웅덩이는 약 3미터 가량의 깊이였다. 5미터 넓이의 정사각형 모양이었고 수천 개의 자갈로 벽을 마감하여 성스러운 십자가를 보호하고 있었다. 자갈들은 마치 예수가 십자가에 못 박힐 때 속죄를 구하는 사람들과 같았다.

중간에는 작은 고인돌과 같이 생긴 재물을 바치는 공간이 마련되어 있었다. 무릎 정도 올라오는 뭉툭한 양쪽 바위다리 위로 다듬어지지 않은 바위가 안정감 있게 누워있었다. 바로 정면으로는 손을 뻗으면 닿을 것 같은 작은 동산이 있었다. 정면으로 동굴이 있었는데 2미터 정도 되는 넓이의 동굴 안에는 그녀의 키와 비슷한 성모마리아 상이 아래를 내려다보고 있었다.

오른편의 웅덩이는 십자가에 못 박힌 예수가 자리 잡은 웅덩이와 같은 모양이었다. 단지 그곳은 얕은 물이 고여 있을 뿐 아무것도 세워져있지 않았다.

그녀의 눈이 이리저리 옮겨지고 있는 가운데 그가 "아멘."이라는 소리를 냈다. 그녀가 감상을 거두고 그를 향했다. 그의 표정이 심각하게 보였다.

"여기 예수님이 계신 곳이 바로 벽돌공장 굴뚝이 있었던 자리야. 정말이지 상상만 해도 소름이 돋고 사지가 벌벌 떨려. 이 주위로는 가마가 수백 개 있었지. 지금이야 이렇게 아름답고 평화로운 곳이지만 그때는 그렇지 않았어. 이곳을 우리가 왜 더 예쁘고 찬란하게 꾸몄는지 아나? 잊고 싶어서였어. 그 어떤 공간보다 어여쁘게 꾸며야 했어. 지우고 싶었거든. 지옥보다 끔찍한 이 장소를 지워 버려야만 했거든. 그런데 아무리 나무를 심고 꽃을 심어도 지워지지 않더군. 우리는 해방 후에도 이곳에서 살아야만 하는데 끔찍한 기억은 어떤 짓거리를 해도 지워지지 않았어. 환자 중 하나가 아무리 지랄을 해도 지워지지 않을 거라며 불 질러버리자 했었는디, 그때 이곳에서 우리를 도와주던 서양인 수녀님이 말씀하셨지. 한센병은 저주받은 병이 아니다. 한센병은 죄인인 우리를 대신해 속죄해주는 것이라고. 즉 우리는 예수님과 같이 다른 누군가의 죄를 안고 사는 사람들이며 하느님께 죄인들을 용서해 달라 말하는 예수님과 같은 사람들이라고. 뭔지 모르것지만 참 편해지더군. 뿌듯하기도 하고 많은 사람들을 예수님과 같이 구원하고 싶어지기도 했어. 그때부터는 지우기보다는 하느님께 세상 사람들의 죄를 속죄해달라는 뜻으로, 많은 사람이 하느님의 세상인 천국을 잠시라도 느끼고 죄를 뉘우칠 수 있었으면 좋겠다는 소원으로 이곳을 만들기 시작했어. 그래서 굴뚝자리에 십자가상을 세운 거여. 우리의 고통을 하느님이 알아주시고 많은 죄인들을 속죄해 달라고 말이여. 그런 생각을 하게 되니 마음이 편안해지고 뿌듯함이 넘쳐났어. 그리고 우리를 학대한 사회 사람들을 받아들이고 싶어졌어. 그래서인가? 조선 땅에서 가장 예쁘고 천국과 가장 비슷하게 만들고 싶어졌어. 사람들은 우리의 피와 땀, 죽음이 이곳을 만들었다는 걸 잘 모르지. 헌디 서운하지 않아. 우리가 만든 천국에서 사회 사람인 당신들이 웃어준다면 그걸로 충분해. 비록 우리는 이제 다 늙어버려 돌아댕길 힘도 별로 없지만 우리의 꿈과 우리의 소망만은 충분히 이뤘어. 정말 행복해."

그녀가 한참을 듣기만 했다. 그에게서 꿈과 희망이라는 단어가 나오자 자신도 모르게 입이 열렸다.

"꿈과 희망."

그가 예수와 같은 인자한 말투로 말했다.

"우리를 찾아오잖여. 이 낙원을 보고 천국을 느끼려고 우리를 찾아오잖여. 보기만 하면 패죽이던 사람들이 이제는 우리가 만든 천국을 당신들의 천국이라 여기며 우리에게 웃어주잖여. 이제는 우리를… 사람 대접 해.주.잖.여."

"할아버지. 어쩌면 일본 사람들도 밉겠지만 노인의 말대로 밖에 사는 일반 사람들도 미웠겠어요."

"그랬지. 오죽하면 우리 스스로가 병에 걸리지 않은 사람들을 사회인이라 부르고 우리는 문씨라고 부르며 이곳에서 똘똘 뭉쳐 살려고 했겠어."

"문 씨?"

"문둥병인게 문 씨제. 사회 사람들에게 가봤자 맞아죽으니 우리 스스로 한가족이라 생각혀고 살려는 뜻이 있었지."

"얼마나 미웠어요? 많이 미우셨죠?"

"어쩌면 말이여. 용서고, 예수님이고, 천국이고 그런 거 때문에 이곳을 만든 게 아닐 수도 있어. 해방 됐으니께 우리가 일군 땅을 빼앗을 사회인들에게 잘 보이기 위해서 뇌물로 만든 것일 수도 있어. 해방 후에 여든여덟 명의 우리 문 씨들이 조선인들에게 한꺼번에 뚜들겨 맞아 죽은 사건도 있었으니께. 얼마나 무서웠겠어. 이런 생각하면 안 되지만, 벽돌공장보다 두려웠던 건 해방 후 언제든 찾아올 수 있는 일반인들이었을 거여. 우리를 패버리고, 죽여버리고 이곳을 빼앗을까 봐, 사회가 우리를 봐줄 수 있는 공간을 만들고 싶었을 수도 있었지. 솔직히 지금 생각해보면 내 속마음은 그랬던 거 같혀. 그래도 괜찮여. 지금은 맞지도 않고 우리를 죽이지도 않.으.니.께."

죽어라 일을 하고 나도 버틸 수 있는 힘이 생겼다. 세상을 볼 수 있었을 뿐만 아니라 자신과 비슷한 또래 아이와 이런저런 이야기를 나눌 수 있다는 것만으로도 소록도에서는 과분한 기쁨이었다. 서수철은 이틀에 한 번 강학순을 보기 위해 변소를 이용한 탈출을 감행했다. 탈출 후 두 번은 편지를 땅에 묻고 헛수고를 해야 했다. 그녀가 편지를 읽지 못해 허탈하게 돌아와야만 했다. 세 번째 되던 날 드디어 그녀를 만날 수 있었다. 인정 많은 아낙의 덕도 컸다. 직원들의 신뢰를 한 몸에 받고 있는 아낙은 그들을 위해 자신의 집을 기꺼이 제공했다. 아낙은 이곳에 들어온 이후 초대 원장으로부터 두터운 신임을 받았다. 원래 병이 나기 전 부유한 집안에서 자랐던 아낙은 셈에 밝았다. 하인들을 부리는 법도 알았고 그로 인해 사람들을 통솔하고 이끄는 재주가 탁월했다. 비록 자식을 소록도에 보냈지만 부모는 아낙을 위해서 원장에게 넉넉한 재물을 보내왔다. 악랄한 2대 원장도 풍족한 재물 앞에서는 온순한 양과 같았다. 직원들에게 비할 바는 못 되지만 환자들 사이에서 아낙은 높은 인물이었다. 환자들도 잘 챙겼던 터라 누구도 아낙을 시기하거나 비난하지 않았다.

아낙은 겉보기에는 성별이 구분가지 않을 정도로 병이 심했다. 처음 그가 탈출을 감행했을 때 보고 기겁을 할 정도였으니까. 흙집이 있다는 걸 모르고 있었던 그였다. 허허벌판인 줄 알았는데 흙집이 보이자 덜컥 겁이 났다. 노인에게 따져야겠다는 마음으로 서둘러 걸음을 돌리려 했다. 측간에 갔다 오던 덩치가 좋은 누군가가 그에게 "누구요?"라며 말을 걸며 돌아봤다. 그가 뒷걸음질 치며 도망치려 했다. 불빛 하나 없는 밤이었다. 달은 시커먼 구름에게 잡아 먹혀 흔적도 없었다. 그가 발을 떼는 순간 풀이 엉켜 있었는지 발등을 사납게 잡았다. 보기 좋게 벌러덩 넘어진 그를 향해 아낙이 다가왔다. 그가 서둘러 몸을 일으켜 세우려 했다. 아낙의 행동이 좀 더 빨랐다. 그를 내려다보는 아낙의 모습에 몸이 딱딱하게 굳어갔다. 같은 병을 가진 환자들을 마주하고 살았지만 이만큼 병세가 깊은 환자는 본 적이 없었다. 코가 없고 귀도 녹아내린 듯 보였다. 아랫입술이 없어 하얀 치아가 훤히 드러났다. 빛이 없는 어둠은 더욱 괴기스러운 기운을 아낙의 몸에 불어넣었다. 자신도 모르게 입이 벌어졌다. 살아야겠다는 본능이 아랫배에 숨을 깊게 들이 마시게 했다. 단단히 목에 힘을 주고 소리를 치려 했다. 탈출을 한 죄로 고문을 당하는 편이 훨씬 나을 거라는 판단이 만들어낸 어리석음이었다. 아낙이 그의 생각을 읽었는지 재빨리 그의 주둥이를 손으로 틀어막았다.

"죽이지 않는다. 나도 너와 같은 환자고 같이 일하는 사람이다. 여기서 소리쳤다가는 직원들에게 진짜 죽는다. 직원지대와 병사지대 경계이기 때문에 아마도 네가 직원들에게 위협을 가하려 직원지대로 넘어오려 했다고 생각할 것이다. 그럼 너는 곧바로 죽는다. 네 강 씨 노인과 같이 일하는 아이가 아니더냐? 몇 번 같이 일한 적이 있다. 조용히 하고 나를 따라 들어오거라."

생김새와 덩치와는 다르게 아낙의 목소리를 세심하고 연약했다. 강 씨 노인을 안다는 말에 조금 안심이 됐다. 목소리도 낯설지 않았다. 어디선가 들어본 기억이 있었다. 그의 목에서 힘이 풀렸다. 아낙은 그를 데리고 흙집으로 들어갔다. 그에게 자신이 마흔을 넘긴 아낙이라 설명하고 주먹밥을 내줬다. 다른 환자들과 일을 할 때 제일 먼저 앞장서 진두지휘를 하던 사람이 바로 자신이라는 말도 빼놓지 않았다. 그도 얼핏 아낙을 본 적이 있었다. 얼굴은 천으로 똘똘 감아 본 적은 없었지만 풍채와 목소리가 증명을 해주고 있었다. 그는 숨을 고르고 주먹밥을 받아먹었다. 강학순을 보고 이야기 하는 일도 즐거웠지만 주먹밥을 배부르게 먹을 수 있다는 점도 그에게는 충분한 탈출의 이유가 됐다.

세 번째 탈출을 감행했던 날 그가 아낙의 집에서 주먹밥으로 허기를 채우고 있을 때였다. 이틀이 지나도 오지 않는 강학순을 기다리기보다 배고픔으로 이곳을 찾은 날이기도 했다. 아낙이 내준 주먹밥은 넉넉했다. 흙집은 감금실보다 따뜻했다. 작고 어두운 집이었지만 감금실에 비하면 왕궁과 같은 곳이었다. 추위가 물러가는 달임에도 바닷바람이 사나운 소록도는 밤이 되면 차가운 공기가 온 섬을 감싸 안았다. 감금실에서 잠이 들었다면 누구라도 껴안고 서로의 입김과 체온으로 해가 뜨기를 뜬눈으로 기다려야 했을 것이다.

이곳은 달랐다. 먹을 것도 있었고 잠을 잘 수 있을 정도로 온기가 가득했다. 첫날은 아낙의 얼굴을 보고 당황한 나머지 주먹밥만 허겁지겁 먹고 떠났지만 이튿날은 그녀를 기다리다 아늑한 기운에 자신도 모르게 잠이 들고 말았다. 해가 뜨기 전 아낙이 깨우지 않았더라면 직원들에게 걸려 호된 고문을 당했을지도 모른다. 소록도에 들어와서 처음으로 단잠을 청했다. 온몸이 새털처럼 가벼웠다. 잠을 달콤하게 잤다는 이유만으로 벅찬 감정이 밀려들어왔다.

뿐만이 아니었다. 그에게 행운까지 더해졌다.

벽돌공장에서 새롭게 조를 편성했다. 그는 낮에 공장에서 일하는 조에 편성됐다. 여느 때 같았으면 혀를 깨물어서라도 야간에 일을 하려 했을 것이다. 야간 조는 낮에 소록도를 꾸미고 저녁이 되면 공장에서 일을 해야 했다. 오래 일하는 만큼 대가도 후했다. 주먹밥을 두 번이나 나눠줬던 것이다. 또한 야간 조는 낮 조보다 공장에서 일하는 시간이 짧았다. 공장에서 일하는 시간이 적다는 것은 고통의 시간이 그만큼 줄어든다는 의미다. 그에 비해서 낮 조는 공장에서 일을 하지 않는 밤 시간에는 감금실에서 휴식을 취할 수 있었다. 단 쉬는 시간이 주어지는 대신 끼니는 제공되지 않았다. 쉬는 시간이 많지만 공장에서 일은 더 하고 밥은 한 끼밖에 제공되지 않는 것이다.

낮 시간대에 편성된 환자들은 얼굴은 불만과 좌절의 그늘이 가득했다. 그 중 웃음을 짓는 사람은 그뿐이었다. 다행히도 노인은 야간조에 편성되었다. 노인은 그의 웃음이 어떤 의미인지 알고 있었다. 노인이 그의 머리를 쓰다듬었다.

"자네는 오히려 잘됐네. 이제 같이 일하지 못해서 아쉽지만 종종 딸년 소식이나 잘 전해주게."

"네. 걱정 마세요."

그는 마냥 좋았다. 이유인즉 이랬다. 벽돌공장 낮 조를 이끄는 환자 중 하나가 아낙이었다. 아낙은 구워진 벽돌을 나르는 일을 하지 않았다. 벽돌을 만들 흙을 파는 일을 맡고 있었고 그는 아낙이 이끄는 일터로 배정을 받았다. 원래 조장들을 빼고는 흙을 파고 나무를 잘라오고 벽돌을 구워내는 일을 돌아가면서 해야 했다. 역설적으로 그렇기에 그는 기가 막힌 행운을 잡은 것이었다. 조장의 힘은 직원들 다음이었고 그 하나쯤은 거둬들일 수 있는 능력은 되었던 것이다.

이틀의 만남이 바꿔놓은 운명이었다. 그는 노인에게 고맙다는 인사를 침이 마르도록 해댔다. 노인은 그저 딸아이를 부탁한다는 말로 감사를 받았다. 그렇다고 공장일이 쉬워진 건 아니었다. 흙을 파내느라 살점이 떨어져나가고 손톱이 빠지는 아픔은 바뀌지 않았다. 쉬지 않고 일을 해야 하는 점도 마찬가지였다. 하루에 한둘은 꼭 사고로 다치거나 죽는 점도 달라지지 않았다.

살이 익어가는 냄새를 맡지 않아도 된다는 점과 뼈를 깎는 처절한 비명소리를 듣지 않아도 된다는 점만이 바뀌었을 뿐이었다. 그것만으로도 그는 충분히 감사하고 있었다. 자신이 자비로운 누군가에게 구원을 받은 것 같았다.

 벽돌공장 일이 끝나고 감금실에 들어와 있던 그가 사람들이 잠을 청하는 사이 몰래 변기를 통해 탈출을 감행했다. 이미 두 번이나 해봐서인지 몸은 능숙했다. 수풀을 지나 아낙의 집 문을 두드렸다. 문이 열렸다. 그는 인사를 하며 아랫목으로 고개를 돌렸다. 이불 안에서 불룩하게 뭔가가 있다는 것을 느낄 수 있었다.
 "배고프지? 어여 먹어라."
 아낙의 말이 떨어지기 무섭게 아랫목으로 돌진한 그가 이불을 걷어내고 주먹밥을 사정없이 입으로 밀어 넣었다. 아낙이 대접에 담긴 물을 건넸다.
 "오늘은 네가 기다리는 계집이 오려나? 피곤하니 잠 좀 자고 있거라. 내 오면 깨워줄 터이니."
 아낙의 나지막한 목소리는 어머니와 같이 다정했다.
 "고맙소. 아주머니는 참 좋은 사람 같소. 공장일도 덕분에 한결 쉬워졌소."
 "내 너 같은 자식이 있었다. 그래서 그런지 정이 가는 구나."
 "자식이 있었소? 여기 같이 안 왔소?"
 물을 벌컥 들이키던 그가 눈을 동그랗게 뜨고 물었다.
 "있고말고. 그래도 부유한 집에서 났던 터라 좋은 집안 지아비를 만났다. 천지신명이 과분하게도 혼인한 지 수개월 만에 토끼 같은 자식도 품게 해줬다."
 그는 다음 말을 짐작 할 수 있었다. 병마의 저주였다. 노인과 다를 바 없는 이야기들이 이어질 것이다. 수십 년의 정과 가족이라는 단단한 울타리조차 쉽게 허물어버리는 병이 찾아오고 나서 삶은 뒤바뀌었을 것이다.

소록도를 들어온 사람들은 시간이 있을 때면 저마다의 사연을 이야기 했다. 어디에 살고 무슨 일을 했는지는 각자 달랐다.

공통점이라고는 하나같이 가족이 있었다. 정이 넘치는 동네에서 살았다. 그리고 한센병에 걸렸다.

한센병이 걸리고 난 뒤 이야기는 어찌된 영문인지 공통점을 떠나 무슨 판박이마냥 똑같았다. 몇 대에 걸쳐 동고동락한 이웃들은 몽둥이를 들었다. 가족들도 다를 바 없었다. 살았던 집들은 불태워졌다. 아주 가끔 운이 좋은 사람들은 정상인 자식들을 데리고 떠나왔다. 더 운이 좋은 사람들은 아내나 서방이 따라와 함께 살아주기도 했다.

사실 한센병에 걸린 가족을 따라 나서는 행동은 가족들이 원한 일이 아니었다. 환자에게는 운이 좋을지 몰라도 정상인인 가족들에게는 이보다 더한 불행이 아닐 수 없었다.

한센병에 걸린 가족이라는 이유로 모두가 쫓겨나야 했기 때문이다. 따라가기 싫어도 따라가야 하는 선택은 강요였다.

다행이라고 해야 할까? 아니면 주위의 넉넉한 정이고 인심이라고 해야 하나?

온 가족이 쫓겨나는 일은 그나마 많지 않았다. 그렇지만 조상대대로 살아온 집은 불태워져야 했다.

그런 대부분의 사람들 사연과는 다르게 아낙의 집은 구원이 내려졌다. 부유한 집안이자 인덕이 많았던 할아버지와 아버지 덕분으로 아낙이 떠나는 조건으로 집을 지킬 수 있었다.

아낙이 아들을 낳은 지 다섯 달 만의 일이었다. 곳간에 갇혀 한 달이 지난 어느 날이었다. 강제로 감금되어 짐승보다 못한 나날을 연명

해야 했다. 처음 며칠은 고래고래 소리를 지르며 지아비를 부르고 아들의 이름을 불렀다. 그럴 때면 자신을 하늘같이 따르던 하인들이 곳간 문을 열고 매질을 해댔다. 생소한 광경이자 믿을 수 없는 현실이었다. 시집오기 전에 시어머니가 돌아가신 집안이라 안주인 역할을 도맡았던 아낙이었다. 천성이 고운 아낙은 하인들을 식구처럼 아꼈다. 아낙의 호의는 하인들의 충성으로 이어졌다. 덕분에 온 집안은 웃음이 늘 이어졌다. 시아버지는 며느리가 잘 들어와 담장 밖까지 좋은 기운이 흘러넘친다며 아낌없는 칭찬을 늘어놓았다.

아낙은 곳간에 갇힌 자신을 받아들이기까지 보름이 걸렸다. 하인들의 호된 매질은 보름 만에 처지를 인정하게 만들었다. '그래도 밥은 사람같이 주는구나!' 라고 고마움을 느낄 때까지 보름밖에 걸리지 않았다. 소리치지 않으면 끼니를 거르지 않고 먹을 수 있었다. 매질도 없었다. 곳간이 꽤나 살만해 보였다. 아들과 지아비를 볼 수 없어도 한집에 있다는 사실로 위안을 삼을 수 있었다. 인정하고 받아들이자 억울함은 사라졌다. 원망도 없었다. 그저 이렇게라도 살아있음에 감사했다.

조용히 보름을 더 살았다. 밥을 먹고 작은 창으로 들어오는 달빛을 바라보며 지푸라기에 누워 잠을 청하려 했다. 그래도 안주인이었던지라 하인들이 두터운 솜이불을 가져다주어 뼈가 시린 추위는 버틸 수 있는 밤이었다.

자신의 신세를 본능적으로 예감했던 탓일까? 그날따라 잠이 오지 않았다. 아들에게 불러주던 자장가를 조용히 불러보며 잠을 청하려 애를 쓰고 있었다. 자장가를 세 번이나 반복해서 불러보고 있을 무렵 훤한 불빛이 마당에 비춰지고 있었다. 이어서 사람들의 큰소리가 들려왔다.

허리를 곧게 세워 자신도 모르게 구석으로 몸을 움직였다. 웅성거리는 소리들 중에서 하나의 목소리가 귀를 긴장시켰다.

"곳간을 불태워야 하오! 동네에 문둥이가 말이 되오? 동네 사람들이 모여서 결정한 일이니 이번만은 따라주시오!"

아랫집에 사는 하 씨의 목소리였다. 하 씨와는 왕래가 잦았다. 하 씨의 딸자식은 아낙과 친구였다. 아낙의 아버지가 사정이 어려운 하 씨에게 논을 빌려주기도 했었다. 그 뿐이 아니었다. 아낙이 시집을 오고 나서 흉년이 들었던 적이 있었다. 먹을거리가 없어 배를 곯는 집이 한둘이 아니었다. 하 씨 네도 다를 바가 없었다. 설상가상으로 하 씨가 칡이라도 캐먹으려 산을 오르다 낙상을 하여 허리까지 성치 않았다. 사정을 들은 아낙은 하 씨 네를 찾았다.

"재물은 쌓아 놓아봤자 시간이 지나면 썩어 문드러지지만 재물을 나누면 시간이 지날수록 썩지 않는 재물인 감사가 쌓여간다."는 친정 아버지의 말씀을 실천하기 위해서였다. 약뿐만 아니라 쌀과 감자까지 한가득 실어 하 씨에게 건넸다.

하 씨네 식구들은 마당으로 나와 아낙에게 절을 올렸다. 은혜를 절대 잊지 않겠노라 수없이 말하며 연신 허리를 굽혔다. 아낙은 인사보다는 하루라도 빨리 쾌차하라는 말과 함께 하 씨네를 다독였다.

분명 은혜를 갚겠다던 하 씨가 비수를 꽂으러 찾아왔다. 온 동네 사람들을 선동해서 데려왔다. 당장이라도 불을 지르려 사람들에게 횃불을 하나씩 나눠준 것도 하 씨였다. 대낮처럼 하늘이 밝을 정도로 많은 횃불들이었다.

아낙의 몸은 경기를 일으켰다. 살고 싶었다. 뜨거운 화염이 자신을 휘감을 것을 상상하니 절로 오금이 저려왔다. 도망갈 방법은 없었다. 곳간 안에서 할 수 있는 방법이라고는 구석에 몸을 바짝 웅크리고 밖의 대화에 집중하는 일 뿐이었다. 하 씨의 쩌렁쩌렁한 목소리가 곳간 안을 가득 채우고 있었다. 당장이라도 횃불이 던져질 것 같았다.

"우리도 방도를 찾고 있었소! 횃불을 거두시오!"

희망의 목소리가 들려왔다. 지아비였다.

"그래서 방도를 찾았소? 못 찾았지 않소! 태어버려야 하오! 아니면 온 동네가 문둥병으로 사라지고 말 것이오!"

하 씨가 지지 않고 말했다. 아낙은 "제발!"이라 중얼거리며 두 눈을 질끈 감고 두 손을 모아 가슴으로 가져갔다. 지아비가 그 마음을 알았는지 즉각 응답했다.

"총독부에서 문둥이들을 살 수 있게 마을을 만들었다 하오. 그곳으로 보낼 테요."

아낙이 두 눈을 번쩍 떴다. 또 다시 "제발!"이라 중얼거렸다. 하 씨가 승낙하기를 간절히 바랐다. 잠시 알 수 없는 웅성거림만이 이어졌다. 동네 사람들이 지아비의 제안에 의논을 하는 듯 했다. "당장 불을 질러야 해!"라는 목소리가 들려왔다. 윗집에 사는 구 씨의 목소리였다. 역시 아낙에게 많은 도움을 받았던 사람 중 하나였다. 아낙의 가슴이 철렁 내려앉았다. 한동안 웅성거림이 지속됐다. 이번에는 건넛집에 사는 서 씨의 목소리가 들려왔다. 서 씨도 아낙의 아버지 밑에서 오래 일을 했던 사람이었다.

"떠난다면 불을 지를 필요까지 있겠나? 그래도 한동네에서 얼굴을 봤던 사이고 잘 지내 왔잖여. 한번 물러나서 지켜봄세."

아낙이 숨을 길게 내쉬었다. 서 씨의 이야기를 끝으로 여러 의견들이 오고갔으나 소리가 작아 아낙에게는 잘 들려오지 않았다. 조마조마한 가슴으로 어느 누군가 자신을 구해주기를 애달프게 바라고 있었다.

아낙이 입에서 세 번째 "제발!"이라는 말이 튀어나왔다. 첫 번째, 두 번째와는 비교도 안 될 만큼 간절한 목소리였다.

하 씨의 목소리가 아낙에게 전해졌다.

"우리도 이리 하기는 싫소. 내일 당장 보낸다 약조를 하면 물러날 것이오."

흥분이 한결 가라앉은 말투였다.

아낙의 지아비가 즉각 대답했다.

"내일 당장 보내겠소. 어서들 돌아가시오. 동이 트기 전에 보낼 터이니 어서들 가서 주무시오!"

지아비의 말에 밖은 고요해졌다. 환하던 밤하늘은 달빛만이 은은하게 비춰졌다. 주위가 밤에 어울리는 기운을 되찾아 뿜어내기 시작했다.

"자고 있지 않은 거 다 안다. 얘기 다 들었을 터이니 채비하고 있거라."

지아비의 소리가 곳간 문 앞에서 새어 들어왔다. 아낙은 "네."라고 짧게 대답했다. 소리를 들었는지 발걸음 소리가 점차 멀어졌다. 그제야 아낙의 입에서 흐느낌이 터져 나왔다. 마음껏 울 수도 없었다. 울음소리가 새어나가면 하인들이 몽둥이를 들고 들어올 것 같았다. 최대한 작은 소리를 내려 주먹으로 입을 틀어막고 꺼억꺼억 울음을 삼키며 눈물을 쏟아냈다.

새벽은 빠르게 찾아왔다. 다 울지도 못했는데 곳간의 문이 열렸다. 모두가 얼굴을 삼베로 똘똘 감고 있었다. 하인들이 아낙에게 날카롭게 말했다.

"마님, 어서 나오시오."

아낙이 하인들의 눈치를 보며 천천히 곳간에서 나왔다. 일정한 거리를 두고 하인들은 원을 그려 아낙의 움직임에 따라 발걸음을 옮겼다. 큼직한 마당에는 가마가 한 대 놓여있었다.

평범한 가마와는 다르게 딱딱하고 두꺼운 나무로 만들어진 입구나 창이 전혀 없는 가마였다. 가마의 주인이 자신이라는 것을 아낙은 쉽게 알 수 있었다. 가마로 향했다. 가마 한 면은 뻥 뚫려있었다. 안에는 큼직한 보따리가 놓여 있었다. 소록도까지 갈 때 먹을 음식들을 담고 있었다. 옆에는 아낙이 타고나면 뚫린 면을 막을 판자가 대기하고 있었다.

아낙이 주위를 둘러보며 지아비를 찾았다. 멀리서 자신을 바라보는 지아비가 눈에 들어왔다. 아낙은 정신줄을 놓은 사람처럼 가마를 지나쳐 지아비를 향해 걸어갔다.

지아비는 아낙의 걸음이 누구를 향하는지 알 수 있었다. 급하게 뒷걸음질을 치며 소리쳤다.

"저년을 막아라! 어서 막아라!"

절절하고 강압적인 말투에 하인들은 사정을 두지 않았다. 아낙을 에워싼 하인들의 손이 가차없이 휘둘러졌다. 아낙은 힘없이 쓰러져 웅크려 매를 받아들이며 지아비를 향해 말했다.

"서방님! 아이를 한 번만 보게 해주시오! 이제 마지막이지 않소! 부탁이오. 내 마지막 부탁이니 아이를 보게 해주시오!"

아낙의 외침은 곳간에 갇혀 있을 때 내질렀던 소리와는 비교도 되지 않을 만큼 처절했다. 아낙의 몸이 주저앉자 지아비가 뒷걸음질을 멈췄다.

"아이는 볼 수 없소. 우리 집안 독자요. 부인이 이해해주길 바라오. 몹쓸 병에 걸리게 되면 우리 집안은 대가 끊기게 되오. 내 약조하겠소. 부인을 버리지 않을 터이니 꼭 나아서 돌아오시오. 부인이 가는 소록도 원장에게 넉넉하게 재물을 보냈소. 그곳에 가서도 편하게 지낼 수 있을 터이니 너무 불안해하지 마시오."

"서방님, 먼발치에서 얼굴만이라도 보게 해주시오. 어찌 이리 떠난단 말이오. 내 아이지 않소! 제발, 멀리서라도 보게 해주시오. 그럼 내 꼭 나아오겠소. 첩을 들여도 되오. 갓난쟁이이니 어미가 필요할거 아니오. 그 정도는 인내하고 받아들일 터이니 대신 마지막으로 녀석 얼굴만 보게 해주시오! 서방님이 지금 서 계신 자리에서 안고 있는 모습만이라도 보여주면 되오. 마지막 부탁이오! 정말 마지막 부탁이오!"

아낙의 말은 간곡했다. 모성의 본능은 하인들을 두려워하지 않고 또렷또렷하게 지아비에게 말을 전할 수 있게 했다. 하인들이 몇 발자국 물러나 지아비를 바라봤다. 다음 명령을 기다린다기보다 그렇게 해달라는 눈빛이었다.

"잠시만 기다리시오."

지아비의 결정은 오래 걸리지 않았다. 잠시 자리를 비워 아이를 데리러 갔다. 아낙은 무릎을 꿇고 사라진 지아비가 서 있던 자리를 바라보며 이마를 땅에 가져갔다.

"고맙소! 정말 고맙소."

지아비가 돌아올 때까지 아낙의 머리는 쉴 줄 몰랐다. 지아비가 금세 돌아왔다. 두 손에는 비단 이불을 감싸고 있는 아기가 보였다. 아낙의 무릎이 빠르게 펴졌다. 지아비가 급히 막아섰다.

"다가오면 안 된다! 자식을 생각해라! 네 병이 옮을 수도 있다."

어미의 한없는 인내심이 발동됐다. 눈은 당장이라도 아이를 안고 싶어 했다. 두 손은 앞쪽으로 벌려져 언제라도 아이를 품에 안을 준비를 하고 있었다. 딱 한 번만이라도 아이의 두 볼을 자신의 볼에 비벼보고 싶었다. 단 한 순간만이라도 아이의 숨소리를 듣고 싶었다. 단

한번뿐이라도 아이의 얼굴에 입을 맞추고 싶었다.

하지만 두 다리는 지아비의 말에 굳어 있었다. 하인들도 저지하지 않았다. 다리는 나무와 같이 뿌리를 내린 양 절대 움직이지 않을 것이라는 걸 집안사람들은 알고 있었다.

아낙이 큰소리를 내려 숨을 깊게 들이쉬었다. 이제는 두 번 다시 볼 수 없을지 모른다는 먹먹함에 유언과 같은 당부를 아이에게 하고 싶었다. 말을 내뱉으려는데 아찔한 무언가가 머리를 빠르게 스쳐 지나갔다. 열다섯 걸음 정도 떨어진 지아비와 아이를 향해 소리쳤다간 혹여나 침이 튀어 전염되지는 않을까 걱정이 됐다. 말을 하려 들이쉰 숨도 함부로 내쉬지 않았다. 조용히 아이에게서 등을 돌려 곳간을 바라보며 가느다랗게 뱉어냈다. 눈물이 터져 나오려 했다. 억지로 숨을 삼켜가며 눈물을 참아야 했다. 행여 눈물이 바람을 타고 아이에게 흘러간다면 병이 전염될까 신경이 쓰였다.

아이를 보면 발길이 떨어지지 않을 줄 알았는데 아니었다. 사람들의 상상과는 다르게 아낙은 가마에 스스로 걸음을 옮겼다. 아낙이 걸음을 떼는 만큼 아이와 지아비는 멀어졌다. 아이를 쳐다볼 자신도 없었다. 아낙은 시선을 땅으로 깔고 가마로 성큼성큼 들어갔다.

"어서 판자를 닫아주시오. 내 아이에게 몹쓸 병을 옮기면 안 되지 않소. 대신 부탁이 있소. 판자가 닫히는 순간 아이에게 말을 전하게 해주시오. 막혀있으니 병이 전염되지 않을 거요."

지아비가 고개를 끄덕였다. 하인들은 아낙이 가마에 들어가자마자 뚫려있던 한 면을 굳게 닫았다. 칠흑 같은 어둠만이 아낙에게 남겨졌다. 판자를 단단히 고정하는 못질소리가 끝나자마자 참아왔던 소리를 냈다.

"아들아! 어미가 꼭 다시 올 것이다! 이 몹쓸 병 다 치료하고 올 터이니 건강하게 잘 자라거라! 아프지 말고 밥도 잘 먹고 아비 말도 잘 듣고 있어라! 꼭 다시 안아보련다! 그때까지 어미를 잊지 마라. 열 달을 품고 있던 이 어미를 절대 잊으면 안 된다! 너만은 이 몹쓸 병에 걸리면 안 된다! 하루도 빠지지 않고 기도할 터이니 우리 아들아! 꼭 건강해야 한다!"

어미의 마음을 알아서일까? 아이가 울음으로 아낙과의 이별을 아파하고 있었다. 아낙은 무슨 말을 더 하려다 입술을 깨물었다. 아이의 울음이 가까운 곳에서 들려왔다. 입을 열고 소리내어 우는 아이가 떠올랐다. 아낙의 손은 자신의 입을 순식간에 틀어막았다. 작은 공간으로 더러운 공기가 새어 나가 아이의 입속으로 들어갈 것이 겁이 났다. 나지막한 목소리로 "서둘러 출발해주시오!"라고 말했다. 그리움보다, 보고 싶은 마음보다 근심과 걱정이 크게 자리 잡았다. 가마가 움직여지지 않자 여전히 입은 틀어막은 채 "어서 빨리 출발해 주시오!"라고 소리를 높였다. 잔인하게도 눈물이 뺨을 타고 흘러내리려 했다. 황급히 무릎을 올려 치맛자락으로 두 눈을 가렸다. 아이가 가까이 있다는 예감은 숨까지 쉬지 못하게 만들었다. 깊게 숨을 들이쉬고 가마가 출발할 때까지 숨을 쉬지 않았다. 마음속으로 빨리 출발해 달라, 어서 이집에서 떠나자 외치고 외쳤다. 더 큰소리를 내어 출발하자 말하고 싶었지만 나쁜 기운이 빠져나올까 주먹을 쥐고는 입안으로 완전히 밀어 넣어 틀어막아버렸다. 아낙의 바람은 다행스럽게도 즉각적으로 이뤄졌다. 가마가 덜컹, 하고 움직였다. 흔들거림이 이어질수록 지아비와 아이가 멀어지고 있다는 것을 느낄 수 있었다.

제법 멀리 떨어졌다는 생각이 들자 그제야 근심과 걱정이 물러나고 그리움이 진하게 찾아들어왔다. 참았던 울음이 터졌다. 숨통이 트이며 한숨이 절로 새어 나왔다. 보고 싶은 마음은 아이의 이름을 쉴 새 없이 부르게 만들었다.
 그렇게 아낙은 소록도로 내쫓겼다.

 "나을 수 있을 거여. 그래야 내 새끼 얼굴이라도 보지. 얼마나 컸을까?"
 아낙이 눈물을 훔쳤다. 서수철의 눈이 빠르게 움직였다. 아낙의 병세는 심해져 있었다. 아주 심한 중증 환자였다. 아낙이 그의 마음을 읽었다.
 "왜 그리 보냐? 내 나을 수 있는 방도를 안다."
 그가 놀란 눈을 하고 물었다.
 "방도가 있소? 무슨 방도 말이요?"
 아낙이 웃었다.
 "아이의 간을 먹으면 된다."
 그가 새파랗게 질려 손을 세차게 흔들었다.
 "그건 속설이요. 아기의 생간을 먹는다고 나을 병이면 나을 수 있었을 거요."
 질겁하는 그의 모습에 아낙이 소리를 내어 껄껄 웃었다.
 "녀석아, 나도 안다. 농으로 한 소리에 그리 겁을 먹느냐. 너도 아직 아이구나!"
 아낙이 농담을 한 것을 안 그의 얼굴이 심통으로 가득 찼다.
 "농이라도 그런 말씀은 하지 마시오. 얼마나 놀랐는지 아오?"
 "그래, 알겠다. 그런데 분명 방도가 있을 게다. 고치지 못하는 병이라면 우린 진즉에 죽었어야 하는디 그렇지 않지 않느냐. 죽지 않는 병은 반드시 방도가 있을 거다. 의원을 했다 하지 않았느냐? 내 말이 맞지 않느냐?"

그는 강하게 "방도가 있소. 다만 우리가 찾지 못했을 뿐이오."라며 긍정을 나타냈다. 아낙과 그에게는 병의 치유만이 희망이었다. 아니, 소록도에 거주하는 환자들이라면 모두가 같았다. 그런 희망이라도 없다면 버틸 수 없었다. 원장도 약속했다. 병이 낫는 사람이 있다면 보내주겠노라고. 그 약속만을 믿고 환자들은 버티고 있었다.

다시 그리운 사람을 볼 수 있다는 희망. 그 희망이 이곳 소록도를 이끌어가고 있었다.

잔인하고 악랄하게 환자들을 내쫓는 사회인들이 오히려 그들에게는 가장 큰 희망으로 다가오고 있었다.

언젠가는 함께 어울리며 살 수 있다는….

그들에게는, 소록도에서 만큼은 당연한 일들이 죽음을 이겨내는 유일의 희망이었다.

늦은 새벽. 잠을 청하던 서수철을 아낙이 흔들어 깨웠다.

아낙의 말을 듣던 그는 어느새 깊은 잠에 빠져 있었다. 배가 부르니 졸음이 밀려왔다. 흥미롭게 들리던 아낙의 이야기가 육체의 피곤으로 몽롱하게 들려왔다. 스르르 잠에 들었다. 죽은 사람처럼 잠을 청했다. 달콤한 시간은 아낙으로 인해 깨졌다.

"어서 일어나거라. 기다리던 계집이 왔다."

'조금만 더 자면 안 돼요?'하고 물으려던 그는 말보다는 손으로 눈을 비비는 것으로 대답을 대신했다. 앞에는 그토록 기다리던 노인의 딸이 주먹밥을 먹고 있었다. 그가 옷을 서둘러 매만졌다. 얼굴이 뜨거워졌다. 말을 하지 못하는 그를 대신해 그녀가 말했다.

"편지를 오늘 낮에야 봤소. 요즘 직원들이 일을 많이 시킨다오."

앵두 같은 입술이 벌어졌다. 그는 그녀의 얼굴을 빤히 바라보다 눈을 껌벅거리며 시선을 피했다. 살결이 하얗고 고왔다. 가녀린 손은 작은 주먹밥이 커 보일 정도였다. 짙은 쌍꺼풀에 큰 눈은 깊고 짙은 검은 눈동자를 돋보이게 만들었다. 그녀의 눈동자는 자신이 빤히 쳐다보는 모습이 비춰질 정도로 맑았다.

"노인께서 낭자가 아프다며 많이 걱정하시오. 그때 이야기를 들었을 테지만 내 의원이었소. 해서 노인이 나를 이곳으로 보냈다오. 진맥을 좀 해봐도 되겠소? 문둥병은 누군가에게 옮기기도 하지만 나는 누군가에게 옮길 정도로 심하지 않소. 여기 있는 아낙도 마찬가지로 옮기는 병이 아닌 듯하오."

그가 겨우 말을 꺼내 그녀를 안심시켰다. 그녀가 대수롭지 않다는 듯 말했다.

"내 아버지와 살면서 한 번도 병을 앓지 않았소. 아마도 나는 옮지 않는 몸인 듯하니 신경쓰지 마시오. 근데 아직 고뿔은 안 떨어진 듯하오. 목이 좀 아프고 기침도 심해졌소. 직원들이 아픈 가운데서도 일을 시키니 몸이 쉴 날이 없어 그런 듯하오."

그녀가 가느다란 손목을 들이밀었다. 그가 헛기침을 한번 하더니 허공에 눈을 두고 진맥을 보기 시작했다. 어색했다. 땀이 삐질삐질 이마에서 흘러내렸다. 아낙이 침묵 가득한 방 안을 정리했다.

"너희도 무슨 일을 하느냐?"

그녀도 고요한 적막이 힘들었는지 즉각 대답했다. 그는 여전히 허공에 눈을 향한 채 진맥을 봤다.

"일본군 옷을 만들어요. 군복도 만들고 속옷도 만들어요."

"핵교가 있다는디 책을 보는 게 아니구나."

"책은 안 봐요. 매일같이 사상 교육을 받긴 해요."

"그나저나 참 곱다. 이곳에 있기는 아깝다."

"아버지가 다 나으시면 나갈 거예요. 원장이 약속했어요."
"그려. 나을 수 있으니 걱정 말거라."
그녀가 아낙과 이런저런 대화를 나누다 진맥을 하는 그에게 얼굴을 돌렸다.
"어떠오?"
그녀가 묻자 그의 손이 서둘러 멀어졌다. 그녀보다 그가 더 아픈 듯했다. 땀이 목줄기를 타고 흘러내리고 있었다. 귀는 벌게져 있었다. 손은 미세하게 떨리고 있었다. 그의 모습에 아낙이 소리를 죽여 웃었다. 그는 아낙을 무시하고 서둘러 말했다.
"고뿔이 맞소. 열이 좀 있는 것 같으니 내가 나가서 이 근처에서 약초를 좀 캐다가 달여 주겠소."
그가 벌떡 일어나 문을 박차고 나갔다. 그녀는 알쏭달쏭한 눈으로 문을 멍하니 바라봤다. 아낙이 말했다.
"오랜만에 이 집에 온기가 느껴지는구나. 참… 좋… 다."

"오랜만이었지. 누군가와 방에 앉아 밥을 먹는 일이."
서수철이 말했다. 공원 의자에 앉아 십자가에 못 박힌 예수를 바라보며 그는 과거를 떠올렸다. 그가 나지막하게 혼잣말로 중얼거렸다.
"지옥만 있었던 건 아니었어. 꼭 힘들지만은 않았어. 이모와 학순이로 인해서 그래도 버티고 웃을 수 있었어."
유소영이 그의 새어 나오는 듯한 말소리를 귀담아 듣고 있다가 질문했다.
"계속 그 집에서 서로 만나셨던 건가요?"
"그렇지. 오래 만났지."
그가 말이 끝나기 무섭게 정정하는 말을 뱉었다.

"아니, 너무 짧았어. 소록도에서 보낸 시간에 비하면, 지독한 시간들에 비하면 너무 짧았어. 짧기도 했지만 억울했어. 유일한 시간이자 순간을 빼앗겼으니께. 그런데 힘든 이곳 생활보다 이모와 학순이와 지냈던 짧은 추억이 가슴팍에 더 깊게 새겨져있어."

"행복했었나 봐요."

"암만. 가족이 생겼으니께."

"가족?"

그의 얼굴이 공원 분위기와 비슷했다. 소록도의 전경을 함축적 은유로 표현하자면 그의 미소와 같다 말 할 수 있을 것 같았다.

"그려. 가족, 가족이 되었어. 나와 이모, 학순이. 우리는 새로운 가족이 되었어."

그녀가 이해가 가지 않는 듯 고개를 갸우뚱거렸다. 그녀의 속내를 읽은 그가 설명했다.

"가족이 어떤 의미인 줄 아나? 피가 섞여야 가족인가? 아니여. 결혼했지?"

"네."

"등본 떼보면 피 섞인 부모나 형제자매 이름이 나오던가? 아니제. 간단한 거여. 저녁에 일 끝나고 집에 들어오는 사람이 바로 가족인거여. 일을 끝내고 한 밥상에서 밥을 먹고 테레비를 보고 담소를 나누는 사람이 바로 가족인거여. 그래서 우리는 가족이 될 수 있었어. 늘 일을 끝내고, 같이 밥을 먹고, 담소를 나누었으니께. 우리는… 가족이었어."

그녀가 긍정을 나타냈다. 그가 회상으로 머리를 가득 채운 뒤 그리움을 가득 담아 말했다.

"이모도, 학순이도 나도 말은 안 했지만 가족이었어. 그래서였어.

탈출하지 않은 이유는. 가족이 있기 때문에 나가지 못했어. 가족이 이곳에 묻혀 있으니께 떠나지 못했어. 힘들고 대간한 하루가 이어져도 가족이 남아있었기 때문이여. 또 그렇기에 다 죽었지만 살 수 있었어."

 아낙의 집을 찾은 지도 두 달이 넘어갔다. 서수철의 낯빛은 예전과 비해서 많이 좋아져 있었다. 만주에서, 낯선 소록도에서 아낙을 만나기 전까지와 비교를 해보면 다른 사람이 되어 있다는 말이 정답일 것이다. 일주일이면 사흘은 아낙을 찾아가 이런저런 이야기를 나누고 강학순을 만나고, 두 부녀의 소식을 전해줬다.
 아낙은 그와 그녀에게 이모라는 호칭을 선물 받았다. 아낙도 그들을 조카라 부르며 어느새 친밀한 가족이 되어 있었다. 각자 호칭을 선물 받던 날 그가 말했다.
 "내가 나이도 어린데 자꾸 아낙이라 부르는 것이 마음에 쓰이요. 그렇다고 어머니라 부르기에는 나를 낳아주신 어머니께 죄를 짓는 기분이요. 앞으로 이모라 불러도 되겠소? 아낙보다, 이름보다 훨씬 좋은 호칭일 듯하오."
 호칭을 선물 받은 아낙은 그를 꼭 껴안았다. 학순도 덩달아 동의를 한다는 뜻으로 아낙을 안았다. 소록도에 와서 가장 잘한 일이었다. 가장 행복한 시간이었다. 가장 간직하고 싶었던 시간이었다. 이런 날만 이어진다면 이곳도 그다지 살기 힘든 곳만은 아니라는 생각이 들었다. 그만의 뜻은 아니었다. 그도, 학순도, 아낙도 같은 마음이었다.
 어김없이 주먹밥과 수다가 이어지고 있었다.
 그녀가 뜬금없이 물었다.
 "오라버니는 정혼자가 많이 생각나지 않소?"

이런저런 이야기 쏟아내던 그의 입에 슬픔이 찾아들었다.
"보고 싶지."
"어찌 지내나 궁금하지 않소?"
"궁금하지."
"이모도 그러세요?"
아낙의 얼굴에도 그와 비슷하게 그늘이 졌다.
"암만. 보고 싶고말고."
그녀의 다음 말이 분위기를 전환시켰다.
"편지를 써 보는 건 어떠할까요? 제가 전해줄 수 있어요."
언제 그랬냐는 듯 그와 아낙의 얼굴에 화색이 돌았다.
아낙이 급하게 물었다.
"참말이냐?"
"네. 참말이죠. 우리 아버지에게 오라버니가 편지도 전해주고 소식도 전해주니 나도 도와야지요. 이모도 우리가 이렇게 쉴 수 있게 도와주시고 먹을 것도 챙겨주시는데 당연히 제가 노력해 봐야죠."
 그와 아낙의 손이 부딪혔다. 기쁨이 넘쳐났다. 하지만 기쁨도 잠시 아낙에게 걱정이 몰려왔다. 아낙이 답답한 심정을 토로했다.
"난 손이 없다."
그가 대수롭지 않게 말했다.
"이모, 내가 써주면 될 거 아니요. 불러주기 낯부끄러워 그러는 거요? 가족끼리 어떻소."
그녀가 거들었다.
"오라버니에게 말씀하기 그러시면 제가 써드릴게요."
"귀찮게 해서 미안하긴 헌디. 그럼 번거롭게 해서 미안하지만 부탁 좀 해도 되겠어?"

그녀가 "그럼요."라고 말하며 주먹밥을 아낙의 입에 넣어줬다. 아낙도 그녀의 입에 주먹밥을 넣어줬다. 그녀가 그의 입에 주먹밥을 넣어줬다. 그가 아낙의 입에 주먹밥을 넣어줬다. 아낙도 그의 입에 주먹밥을 넣어줬다. 그가 그녀의 입에 주먹밥을 넣어줬다.

: : :

오순덕은 한참동안 고인이 된 할머니들의 동상에서 흐느낌을 이어갔다. 한기준은 최대한 예의를 갖춰 그녀의 어깨를 다독거리는 일 이외에는 아무것도 할 수 없었다. 시간의 재촉은 그에게 초조함의 압박을 건네지 못했다. 그저 허락되는 한 어떤 구애도 받지 않고 그녀를 위로 하고 싶은 마음뿐이었다. 과거를 이해하고 살아보지는 못할지언정 나누고 공유하고 싶었다.

아주 오랫동안 한스러운 눈물은 이어졌다. 그녀의 한은 천 년을 운다한들 씻기지 않을 것 같았다. 동상으로 남겨진 할머니들도 마찬가지일 것이다. 영혼이 사라지는 영원을 넘어선 시간이 찾아온들 어찌 사라질 수 있을까?

구천을 떠도는 원귀가 된다 하더라도 저승사자조차 이들의 한을 알기에 데려가지 않을 것 같았다. 고인들을 향해 그녀와 같이 원 없이 울라는 기도도 할 수 없었다. 가슴에 응어리진 한이 풀릴 때까지 울려면 49제로는 어림도 없었다. 영혼이 세상의 미련을 씻어야 하는 49일. 원 없이 울고 정리하는 시간을 이들에게 주려면 억겁의 시간도 부족해 보였다. 그래서일까? 그는 그녀의 눈물을 다독일 마음이 전혀 없었다.

얼마나 곡소리가 흘러나왔을까? 그림자가 꽤 많이 방향을 바꿨다.

차가 잘 다니지 않는 위안부역사관에 세 대의 차가 오고갔다. 한 스님이 법당에서 명상을 끝내고 나와 사무실 집무를 다 보고 퇴근을 하는 시간이 돼서야 그녀가 겨우내 눈물을 걷어냈다. 한복 소매로 눈을 훔친 그녀가 다리를 세웠다. 그는 "더 우셔도 돼요."라고 말하며 다리를 움직이지 않았다.

"됐어. 후련하구먼. 이쪽으로 가봄세."

그녀가 '위안부' 역사관 쪽으로 걸음을 옮겼다. 그는 이미 취재 의지를 잃었다. 묵묵히 그녀를 뒤따르기만 할 뿐 질문은 던져지지 않았다.

역사관은 동상을 정면으로 바로 옆에 입구가 있었다. 역사관 입구에 들어서자마자 '위안부' 피해자 할머니가 남긴 짧은 문구가 눈에 들어왔다.

"우리가 강요에 못 이겨 했던 그 일을 역사에 남겨 두어야 한다."

그가 묵념을 했다. 그녀는 가만히 지켜보며 그가 애도를 끝낼 때까지 침착하게 기다렸다. 그는 얼굴도 알지 못하는 글귀의 주인공에게 가슴 속 깊이 외쳤다.

'절대 잊지 않겠습니다.'

그는 사회운동가가 아니다. 그렇다고 기자정신이 투철하고 대나무와 같이 곧은 펜을 쥔 기자도 아니었다. 자신의 펜에 관심을 보이고 환호하는 사람들을 바라보며 카타르시스를 느끼는 그저 그런 기자에 불과했다. 아내와 불편한 관계 속에서 얼굴을 보는 것이 거북스러워 상사와의 거래를 통해 내려온 흔하디흔한 어느 누군가와 다르지 않았다.

그런 그가 약속을 하고 있었다. 절대로 잊지 않겠다고.

짧은 묵념은 그를 기자가 아닌 사람으로 변화시키고 있었다. 그가 감은 눈을 떴을 땐 더 이상 뭔가에 쫓기고 캐내려는 조바심은 비춰지지 않았다. 잘 정돈된 눈으로 애정을 가득 담아 그녀를 바라볼 뿐이었다.

그녀가 아까와는 다른 그의 시선을 느끼고 편하게 말했다.

"수치심이라는 걸 아는가?"

그가 선생님의 질문에 대답하는 학생처럼 공손하게 "네. 알고 있습니다."라고 대답했다.

"느껴본 적은 있는가?"

이번에도 그가 말 잘 듣는 학구열 높은 학생처럼 "네. 느껴본 적 있습니다."라고 대답했다.

"어떤 일로 느껴봤는가?"

"초등학교 때였어요. 아침 조회 시간에 학생들이 운동장에 모여 있었거든요. 하필 그날따라 늦잠을 자서 화장실을 들리지 못하고 등교했어요. 워낙 저학년 때라 똥, 오줌을 참기가 힘들었어요. 소변이면 선생님께 말씀드리고 당장 화장실로 달려갔겠지만 대변이 마렵다는 이야기는 왠지 모르게 창피했어요. 그래서 참다 참다 결국은 바지에 보고 말았죠. 엉덩이가 묵직해지면서 냄새가 얼마나 나던지 아직도 그 냄새가 생생해요. 그날 이후로 저는 '똥싸개'라는 별명을 얻었어요. 초등학교를 졸업하면 별명도 사라질 줄 알았는데 고등학교에 들어갈 때까지 별명은 사라지지 않았어요. 한 친구 때문이었죠. 여섯 살 때부터 유치원도 함께 다니고 초, 중, 고를 저와 같이 다녔거든요. 그 친구가 입학을 하기만 하면 친구들에게 어렸을 때 별명이 똥싸개였다면서 그때 일을 말하곤 했어요. 친구들이 하나같이 놀리는 건 당연했죠. 그래서 그 친구와 주먹다짐까지 한 적도 있었어요. 직장인이 돼서 동창회에서 대판 치고 박고 싸웠었죠. 똥싸개라는 별명이 얼마나 상처였는지 아냐면서 죽어라 쥐어 패 버렸어요. 그 뒤로 친구들은 놀리지 않았어요. 친구는 그렇게 두들겨 맞고도 미안했다며 저에게 술을 한잔 샀어요. 덕분에 저희는 아직도 친구로 남을 수 있었던 것 같아요."

그의 이야기가 마무리 되자 그녀가 입을 열었다.

"그래도 자네가 나보다는 낫고만. 사과도 받고 두 번 다시 친구가 이야기도 꺼내지 않으니. 아직도 냄새가 생생하다 했나? 행복한 기억은 사라질 수 있고 슬픈 기억은 묻어둘 수 있어. 하지만 수치스러운 기억은 절대 사라지거나 묻히지 않아. 방법이 있다면 자네와 같이 수치심을 준 사람이 고개를 숙이고 용서를 구하는 길이 유일해. 수치심이라는 건 상처를 준 사람만이 사라지게 만들 수 있어. 그것도 공개적으로 말이여. 이해가 잘 가지 않나? 그럼 이렇게 생각해 보면 어뗘? 나보다 힘센 녀석이 내가 말을 듣지 않는다며 사람들이 많은 곳에서 바지를 벗게 했어. 나는 맞는 게 두려워서 바지를 내렸지. 얼마나 수치스럽것어? 힘센 녀석은 그래놓고 아무 일도 아닌 것처럼 돌아댕겨. 시간이 지나도 바지를 내린 나는 수치심을 평생 기억하고 살어. 난 수치심과 창피함, 주위의 놀림 땜시 사람들과 연락도 못하고 일도 제대로 하지 못하는데 녀석은 친구도 많고 잘 먹고 잘 살고 있어. 얼마나 화가 나겄어. 그런데 말이여. 내가 용기를 내서 동창회에 나가 녀석을 만나 공개적으로 사과를 하라고 혔어. 그때 만약 녀석이 내게 무릎을 꿇고 많은 사람들 앞에서 잘못했다고 용서해 달라고 한다면 수치심은 금방 사라져. 녀석이 내 앞에서 무릎을 꿇었잖혀. 그리고 나를 놀리던 동창들도 녀석이 잘못한 걸 아는데 잘못한 녀석의 이야기를 유머로 생각하고 말할 수 없지. 말을 하는 순간 자기들도 잘못을 하는 것이기에 나를 놀리지 않는 거여. 자기들도 잘못을 한 사람의 편이 되어 버리는 것인게. 그럼 수치심은 꺾이게 되어 있어. 근데 녀석이 그런 일이 없었다면서 나보고 스스로 바지를 내린 거라 말혀 봐. 수치심은 배가 되는 거여. 또 억울함까지 더해져서 더 큰 상처로 나는 무너져 내리는 거여."

그가 적절한 예시를 가만히 듣고 있었다. 듣는 도중 복잡한 수학공식을 깨달았다는 표정을 지어보이기도 했다. 친절한 그녀의 설명은 어떤 의도로 이야기 하는지 쉽게 이해할 수 있었다. 그녀의 다음 이야기는 들어보나마나 예상을 벗어나지 않을 것이라는 걸 알 수 있었다. 그래도 들어야 했다. 왜인지는 알 수 없으나 들어야만 했다. 마치 결과를 알고 있지만 봐야만 아쉬움이 남지 않는 영화들과 같았다.

"일본놈들은 우리에게 수치심도 줬지만 억울함까지 전해 줬어. 억장이 무너지고 죽어서도 눈을 감지 못할 거여. 수치심을 준 놈들은 떵떵거리며 아니라고 태연하게 거짓말을 하고 있어. 그뿐이겠는가? 오히려 우리를 매춘부라고 이야기허고 겁박하고 있잖여. 아무런 잘못도 없는 우리가 왜 대사관까지 찾아가서 잘못을 인정하라 해야 하는 것이여? 잘못한 놈들이 먼저 찾아와야 하는 거 아니여? 잘못한 놈들은 감옥도 안 가고 뭐가 잘났다고 뻔뻔하게 우리를 오히려 매춘부라 범죄자로 만드는 거냔 말이여!"

그녀가 울부짖었다. 그가 묵념을 한 문구가 새겨진 투명한 유리를 어루만졌다. 눈물을 타고 흘러내린 뺨을 글귀에 가져가 부벼댔다. 그녀가 "살아만 있지. 살아만 있지."라고 말하며 서러움을 펑펑 쏟아냈다. 그녀가 그의 손을 찾았다. 그의 힘없는 손에 힘이 들어갔다. 그녀도 손에 힘을 줬다. 그러면서도 뺨은 글귀를 쓰다듬고 있었다. 그의 입이 "개자식들."이라는 작은 소리를 냈다. 절규하며 그녀가 말했다.

"내 친구가 죽기 전에 쓴 글이여! 친구 때문에 내가 버틸 수 있었어. 내 친구가 나와 같이 살.았.어."

오순덕은 만주로 끌려갔다. 그곳에 도착했을 땐 이미 후회를 해도 늦은 상태였다. 동네에서 같이 출발을 한 처자들은 여기저기 흩어졌다. 만주는 본 적도 없는 낯선 처자들과 섞여 트럭을 타고 도착했다. 도착하기 전부터 뭔가가 잘못됐다는 느낌을 받았다.

오는 내내 밤낮으로 전쟁이 이어졌다. 그녀가 도착했을 때가 깊은 밤이었는데 여기저기에서 폭발음이 들려왔다. 폭발음이 들려올 때면 밤하늘이 번쩍번쩍 밝아지기도 했다. 트럭에 함께 탄 처자들의 겁먹은 비명소리가 들려왔다. 그녀도 비명을 지르며 몸을 웅크려 귀를 막았다.

비포장도로를 한참 내달렸다. 천둥과 같은 포탄 소리가 귀를 먹먹하게 만들었을 즈음이기도 했다. 어찌나 고함을 질러댔는지 쉰 목소리가 흘러나오고 진이 다 빠져 있었다.

차가 갑자기 멈췄다. 밖에서는 굵직한 남자들의 환호성이 들려왔다. 포탄 소리와 사내들의 괴성은 오싹한 소름을 만들어냈다. 처자들이 시선을 교환했다. 각자 불길함을 예감했다. 옷을 만드는 공장이 아니라는 것을 본능적으로 알 수 있었다. 이곳에 온 사연은 달랐지만 기분 나쁜 불안한 예감은 똑같았다.

어두운 짐칸 천막이 걷혀졌다. 군복을 입은 시커먼 사내들이 짐승과 같은 괴성을 질러대며 광기 어린 눈으로 잡아먹을 듯이 처자들을 쳐다봤다. 한 사내가 대뜸 올라왔다. 일본어를 쓰며 천천히 처자들의 얼굴을 들여다봤다.

트럭을 타고 온 서른 명의 처자들을 전부 둘러본 사내가 한 처자의 앞에 우뚝 섰다.

"요년이다!"

사내의 외침에 밖에서 구경을 하던 군인들이 꽥꽥 소리를 질렀다. 사내가 머리채를 거칠게 잡아 처자를 일으켰다. 처자가 '꺅!'하고 소리를 치며 손을 뿌리치려했다. 거친 반항을 보이자 사내의 두꺼운 주먹이 처자의 얼굴을 강타했다. 단번에 처자가 고꾸라졌다. 사내의 손이 거침없이 처자의 저고리를 찢어버렸다. 다시 '꺅!'하고 비명이 터져 나왔다. 사내의 행동은 조금 전 처자가 비명소리를 냈을 때와 같았다. 퍽! 소리와 함께 처자의 입에서 피가 터져 나왔다. 사내가 바지를 풀어헤쳤다. 사내의 다리가 해방되자 밖에서 구경을 하던 군인들이 미리 점찍어둔 처자들을 향해 밀고 들어오기 시작했다. 여기저기 처절한 외침이 들려오기 시작했다. 그때마다 사내와 같은 강압적인 폭력이 거침없이 이어졌다.

그녀에게도 두 명의 군인이 달려들었다. 한 군인이 그녀의 가슴을 향해 얼굴을 들이밀었다. 그녀가 있는 힘껏 두 팔로 얼굴을 저지했다. 다른 군인이 그녀를 뒤에서 껴안으며 양팔을 저지시켰다. 그녀가 힘차게 다리를 들어 올려 달려드는 군인의 얼굴을 걷어찼다.

얼굴이 돌아갈 정도로 타격을 받은 군인이 자신의 턱을 만져 상태를 점검했다. 턱을 위아래로 움직여본 군인의 인상이 찌푸려졌다. 다른 처녀들과 다를 바 없이 그녀에게도 잔인한 폭력이 쏟아졌다.

군화로 명치를 걷어찼다. 그녀의 숨이 턱 막혀왔다. 뒤통수에 둔탁한 충격이 전해졌다. 정신이 몽롱해지며 눈앞이 어지러웠다. 다리에 힘이 풀리며 주저앉았다. 치마가 벗겨지는데 몸에 힘이 들어가지 않았다. 사타구니가 아파왔다. 짐승들의 웃음소리가 멀어져갔다. 그녀는 정신을 잃고 기절했다.

　오순덕이 정신을 차렸을 땐 군 막사 안이었다. 같이 온 처자들 모두가 발가벗겨져 있었다. 울음소리가 막사 안에 가득했다. 하나같이 몸을 웅크리고 몸을 가리려 했다. 그녀도 재빨리 몸을 웅크렸다. 여기 저기 쑤셔왔다. 그 중 자신의 순결을 빼앗기며 생겨난 아픔이 가장 고통스러웠다. 허벅지에는 처녀막이 터져 생긴 혈흔이 묻어있었다. 눈물이 왈칵 쏟아져 나왔다. 왜 다들 울고 있는지 알 수 있었다. 모두가 비슷한 상황으로 생긴 억울하고 황당하며 믿을 수 없는 현실의 눈물이었다.

　서수철이 떠올랐다. 그저 그를 구하기 위해 돈을 벌고 싶었다. 아니, 사실 그가 왜 끌려가야하는지도 타당한 영문을 알 수 없었다. 총칼을 만들고 사람을 죽이는 일에 쓰이는 도구를 만들기 위한다는데, 더군다나 조선을 침략한 놈들이 달라하는데 태연하게 쇠그릇을 주는 일이 더 이상하지 않은가?

　그저 사람을 죽이는 일에 동참하고 싶지 않았을 뿐이었다. 누군가의 아들이자 아버지일 남자들이 가족을 지키려 침략을 해서 죽이려는 일본의 행동을 최소한의 양심으로 막고 싶었을 뿐이다. 죄악을 저지르지 못한 아비일 뿐이었다. 악마가 아니라서 그리 행동한 것뿐이었다. 누군가를 살리고픈 사람다운 행동을 한 것뿐이었다. 구타당하는 모습에 분노해서 몇몇의 악마들을 붙들고 말리는 행동을 한 것뿐이었다.

　그런데 정당한 행위가 죽을죄가 되어버렸다. 내 나라를 침략한 일본을 위해 총칼을 들어야 했다. 그런 말도 안 되는 사실을 인정하고 정혼자를 구하기 위한 수단으로 공장에 들어가려했다.

　공장이라고, 분명 공장이라고 말했다. 동네 이장도, 이곳에 오기 전까지 만나온 사람들 전부 다 그렇게 말했다. 심지어 함께 일을 하기 위해 모인 처자들도 하나같이 공장에서 일을 한다는 말만을 들었다.

어처구니없는 상황이었다. 상상도 하지 못한 일이 벌어졌다. 대부분이 처녀였다. 이런 끔찍한 일을 알고 떠나온 처자들은 단 한 명도 없었다. 그녀와 같이 눈물을 쏟아내는 처자들 대부분이 사타구니에 처음임을 알리는 혈흔을 잔인한 흔적으로 간직하고 있었다.

믿을 수 없었다. 혀를 깨물고 싶었다. 자꾸만 죄스러운 마음에 견딜 수가 없었다.

그가 곶감을 가져다 줬던 일이 떠올랐다. 열이 많은 그녀가 설사를 자주하니 꼭 아껴서 배앓이가 있을 때 먹으라 했었다. 하얗게 잘도 만들어진 곶감은 아직도 다 먹지 못한 채 그녀의 방 안에 고이 잠들고 있었다.

심한 열병으로 앓아 누워있을 때가 떠올랐다. 새벽 밤공기가 시원하다 느꼈던 날이기도 했다. 정신을 차렸을 땐 밤하늘의 별들이 그녀에게 쏟아져 내렸던 날이기도 했다. 싸늘할 법도 했던 날씨로 기억하건만 왠지 모르게 서늘한 바람이 온몸에 열을 개운하게 걷어가던 날이기도 했다. 그녀의 얼굴이 제 빛을 찾고 열이 내려가자 눈물을 훔치며 그녀에게 방그레 웃어보이던 그의 얼굴이 참으로 잘생겼다 생각했던 날이기도 했다. 아프지 마라. 아프지 마라. 제발 아프지 마라. 동이 틀 때까지 그가 지겹도록 이야기했던 날이기도 했다.

그녀의 생일이었을 때도 떠올랐다. 흉년으로 배를 곯았던 해이기도 했다. 모두가 입에 풀칠을 하기도 힘겨울 때였다. 온 동네가 나누고 아꼈지만 굶어 죽는 이들이 간간이 나오기도 했었다. 미역국은 커녕 보리밥도 기대하지 못했었던 생일이었다. 그가 이른 새벽 모두가 잠들어 있을 시간에 찾아왔다. 몰래 방문 밖으로 "순덕아! 순덕아!"라고 낮은 소리를 냈었다. 워낙 작은 목소리라 그는 한참 동안 그녀의 이름을 불러야 했다. 참새들이 지저귀고 해가 방 안에 살짝 들어와서야 그녀의 귀가 반응했다. 졸린 눈으로 문을 활짝 열었다. 그가 마루에 살짝 걸터앉아 이름을 부르다 깜짝 놀라 눈을 휘둥그레 뜨며 뒤로 물러섰다. 그녀가 '이른 아침부터 웬일이오?'라고 소리를 내려는 찰나 그가 급하게 조용히 하라는 신호를 보냈다. 손에는 보자기가 들려 있었다. 그가 밖으로 나오라며 손짓했다. 가족들이 깰까 그녀의 발이 새걸음을 흉내냈다. 그가 손을 잡고 집 뒤로 그녀를 끌고 갔다.

"네 생일이 아니냐. 받아라."

그가 보자기를 그녀의 손에 쥐어주었다.

"뭐요?"

따뜻한 온기가 전해졌다. 그녀가 보따리를 풀었다. 새하얀 떡이었다.

"먹어라. 십 리를 갔다가 왔다. 요즘 흉년이 길어져서 먹을 것이 없다지만 내가 네 생일을 그냥 지나칠 수 있느냐. 부족하지만 어서 먹어둬라."

"어디서 났소?"

그가 칭찬을 받으려 며칠 동안 있었던 일들을 늘어놓았다.

"내 건너건너 동네에 가서 의원질 좀 했다. 그래도 그 동네는 쌀이 좀 남아 있더구나. 약초도 팔고 일어나지 못하는 송아지 새끼도 고쳐줬다. 괴팍한 노인이 말을 타고 다니는데 낙마를 하여 허리를 쓰지 못하더구나. 마침 내가 침술을 익힌 터라 밤낮으로 정성껏 치료했다. 어찌나 역정을 내며 엄살을 부리던지 그냥 정수리에 대침을 놓고 싶을 정도였다. 그래도 성심껏 치료하니 거동은 어느 정도 할 수 있게 되더라. 덕분에 쌀을 좀 얻을 수 있었다. 다행이다. 이렇게라도 챙겨줄 수 있어서."

그녀가 빤히 그를 바라봤다. 피곤으로 절어있었지만 고단은 묻어나오지 않았다. 그에 비해 그녀의 얼굴은 딱딱하게 굳어갔다. 그녀가 주먹을 쥐고 그의 가슴을 두들겼다.

"얼굴이 왜 그 모양이오? 의원이라면서 자기가 얼마나 피로한지는 모르오? 누가 이딴 떡 달라 했소? 오라비나 들고 가서 드시오. 나는 먹고 싶지 않소."

그의 손에 억지로 떡을 되돌려주고 씩씩거리며 걸음을 옮겼다. 그의 손이 그녀의 걸음을 저지시켰다.

"왜 그러느냐? 생일이지 않느냐. 어서 먹어라. 네가 그러면 나는 어찌하냐. 어서 먹어라. 밤잠도 안 자고 달려왔다."

그녀가 휙 돌아서 그를 매섭게 노려봤다.

"누가 이런 거 가지고 오라했소? 왜 그렇게 미련하오? 이걸 어찌 먹는단 말이오! 의원이 소를 왜 고치오? 괴팍한 노인네 역정을 왜 다 받아주오? 그 노인은 나도 알고 있소! 얼마나 성을 잘 내면 우리 동네까지 소문이 난단 말이오. 그런 노인은 그냥 죽게 놔둬버리지 떡 때문에 이리 고생을 하고 왔단 말이오?"

노인의 소문은 삼십 리 밖에서도 자자했었다. 말을 타고 다니며 온갖 사람들을 괴롭혔다. 원래 천민 출신으로 남의 집 똥지게를 지고 다니던 노인이었다. 일본 사람들이 마을의 땅을 하나 둘 빼앗을 때 가장 앞장을 섰던 노인이기도 했다. 삼십 리 밖의 모든 땅을 일본 사람들이 싼값에 매입할 수 있도록 이자놀이를 도왔던 노인인 것이다. 노인의 악행은 그 뿐만이 아니었다.

일본의 힘을 얻어 여러 동네 청년들 군 징병 시키는 일을 주도했다. 그렇게 쌓아올린 부는 절대 누군가와 나누지 않았다. 기생을 사고첩을 들이고 음주가무를 즐기며 호화로운 생활을 이어갔다. 또한 얼마나 사람들을 못살게 구는지 하인들이 버티지 못하고 도망가기 일쑤였다. 잠도 재우지 않고 일을 시키고 달빛이 남아있는 새벽 죄다 불러 모아 천황을 위한 맹세를 외치게 했다.

그녀는 그가 노인의 집에서 얼마나 고생을 했을지 쉽게 짐작할 수 있었다. 그녀가 모를 줄 알고 떠벌린 이야기에 그의 입이 굳어졌다.

"오라비나 드시오. 난 못 먹겠소. 그리 고생해서 떡을 왜 만들어 오시오? 내가 이 떡을 어찌 먹는단 말이오!"

"순덕아. 생일이지 않느냐. 내 성의를 봐서라도 한입만 먹어봐라."

그가 떡을 조금 떼서 그녀의 입에 가져갔다. 그녀가 고개를 돌렸다.

"어찌 먹으란 말이오! 오라비의 성의는 고맙지만 그런 노인을 고쳐줬다는 사실이 화나오."

"어서 먹어라. 떡이 많이 식었다."

"싫소!"

그가 어쩔 줄 몰라 했다. 그가 "조금이라도 먹어봐라."라며 애간장 녹는 소리를 냈다. 아까와는 다르게 그의 얼굴에 웃음이 없어지자 초췌함이 그대로 전해졌다. 얼마나 고생하고 왔는지 말을 하지 않아도 알 수 있었다. 그녀의 가슴이 울컥했다. 그녀는 그가 볼 수 없도록 손을 뿌리치고 돌아섰다.

"더 화가 나는 건 말이요. 오라비의 얼굴이 너무 상했소. 며칠 사이 살이 쏙 빠져서 돌아왔소. 내 마음이 좋지 않소. 이 상태로 떡을 먹었다가는 체할 것 같소. 오라비나 든든히 먹고 어서 가서 주무시오."

그녀가 집으로 들어가려했다. 그가 그녀의 앞을 막아섰다.

"잘못했다. 내가 너무 잘못했다. 헌데 네게 해줄 게 없었다. 쌀독은 비었고 그렇다고 이렇게 네 생일을 지나가긴 미안했다. 내가 약속했지 않느냐. 삼시세끼는 꼭 든든히 먹여주겠다고. 그딴 노인 고쳐주고 욕 좀 먹으면 어떠냐. 사람들이 손가락질 좀 하면 어떠냐. 내가 잠을 좀 못자면 어떠냐. 그래도 네 배가 든든하다면 족하다. 그러니 어서 먹어라. 부탁이다."

그녀가 주저앉았다. 두 손으로 얼굴을 가렸다. 그도 주저앉았다.

"어여. 한입이라도 먹어라. 벌써 많이 식었다."

그가 다시 그녀에게 떡을 가져갔다. 그녀가 그를 와락 안았다.

"오라비 그러지 마오. 앞으로는 절대 그러지 마시오. 오라비가 그러면 얼마나 내가 아픈지 아시오? 의원이 돼서 내 병을 고쳐주면 뭐하오? 마음이 아픈데 말이오. 마음의 병은 약도 없소. 그러니 앞으로는 제발 이러지 마오."

"맛있냐?"

"맛있소."

"어여 더 먹어라."

"오라비도 드시오."

"그래."

"오라비."

"응?"

"밥은 굶어도 되오. 오라비가 나는 더 소중하오."

"순덕아. 내가 순정을 바친다 했지 않느냐. 내게 순정이라는 건 말이다. 네가 아프지 않고 매일매일 배부르게 하는 것이다. 네가 배고픔을 느끼지 않았으면 좋겠다. 아픈 게 뭔지 몰랐으면 좋겠다. 이게 바로 내 순정이다. 내 평생의 염원이다."

순정은 흔한 바람이 아니다. 소원보다 큰 염원의 바람이고 그 바람은 결코 사라지지 않는다. 이루기 전까지는 절대로 사라지지 않는다. 이룰 것이다. 그래서 더 큰 염원을 바라고 그것도 이룰 것이다. 해서 내 순정을 꼭 보여줄 것이다.

얼마나 지났을까? 겁탈 당한 처자들의 울음이 막사 밖으로까지 새어나갔다. 포탄 소리를 두려워하는 처자들은 없었다. 지금의 상황과 앞으로의 상황에 대한 두려움이 죽음의 공포를 가볍게 넘어서고 있었다.
서글프고 구슬픈 소리들을 한순간에 씻어 버리는 인물이 등장했다. 긴 칼을 차고 등장한 군인 뒤로 세 명의 권총을 찬 군인들이 따라 들어왔다.
긴 칼을 찬 군인이 큰소리로 말했다.
"너희들은 대 일본제국 천황 폐하의 자식들을 위로해주기 위해 봉사를 해야 할 의무를 가지고 이곳에 왔다. 하루 백 명의 자랑스러운 용사들을 상대할 영광을 거부할 자가 있느냐!"
순결을 빼앗긴 처자들은 누구도 군인의 말을 신경 쓰지 않았다. 자신의 처지를 생각하기에도 부족한 시간이었다. 보기 좋게 무시당한 군인이 두리번거리며 한 처자의 턱을 움켜쥐고 일으켰다.
"자랑스러운 천황 폐하의 자식들을 위해 하루에 백 명의 용사들을 상대할 수 있느냐!"
눈물만 흘리던 처자가 발가벗겨진 부끄러움도 모르고 턱이 움켜쥐어진 상태에서 또박또박 말했다.
"못하겠소. 돌려보내 주시오."
"칙쇼(ちきしょう, 남을 욕할 때 쓰는 말)!"

군인이 처자를 내팽개쳤다. 칼집에서 날카로운 일본도가 뽑혔다. 칼은 인정이 없었다. 그대로 처자의 목을 향해 휘둘려졌다. 걸리적거리는 것이 없는 듯 반원을 그렸다. 모든 시간이 정지된 듯했다. 대꾸하던 처자의 입은 더 이상 열리지 않았다. 머리가 땅으로 떨어졌다. 안에 있는 사람들은 순간 침묵했다. 그 누구라 할 것도 없이 땅에 떨어진 머리에 시선을 고정했다. 머리가 없는 몸통이 쓰러지며 옆에 있는 처자의 무릎을 베었다. 피가 솟구쳐 흘렀다.

처자들은 새하얗게 질려 소리치려 했다. 하지만 소리는 새어나오지 않았다. 군인이 피가 잔뜩 묻은 일본도로 처자들을 가리키며 다시 물었다.

"자랑스러운 용사들을 위해 하루 백 명을 상대 못할 년들은 저 꼴이 날 것이다. 다시 묻겠다. 자랑스러운 천황 폐하의 자식들을 위해 봉사하겠느냐!"

처자들의 입은 벙어리가 되었다. 군인이 잔인한 웃음으로 반복해서 물었다.

"봉사하겠느냐!"

뒤에 서 있던 군인들이 입맛을 다시며 처자들을 바라봤다. 처자들의 입이 웅얼거렸다. '네'라고 대답하는 시늉이라도 해야 일본도가 자신을 피할 것 같았다. 그때였다. 한 처자가 벌떡 일어났다.

"난 보내주시오! 정혼자가 있소!"

오순덕이었다. 무거운 살기가 가득한 막사 안에서 침묵을 깨버린 외침이었다. 일본도를 든 군인이 그녀에게 다가왔다.

"뭐라? 정혼자? 천황 폐하의 자식들이 그딴 천한 식민지에 있는 짐승보다 못하다는 것이냐!"

흥분한 군인의 두 눈은 붉었다. 그녀가 미친 사람처럼 군인의 팔을 붙들고 말했다.

"나는 모르오. 식민지고 천황 폐하고 그딴 거 전혀 모르오. 보내주시오. 정혼자가 있소. 내가 순정을 바친 정혼자가 있소이다. 제발 보내주시오."

그녀가 무릎을 꿇고 군인의 바짓가랑이를 부여잡았다. "제발 보내주시오. 제발 보내주시오!"라는 말만을 반복하며 이마를 수십 번도 넘게 땅에 세차게 박아댔다. 바지를 잡은 손은 거세게 흔들렸다. 군인의 얼굴에 잔인한 미소가 번졌다.

"그렇다면, 죽어라."

군인의 일본도가 하늘을 향했다.

"차라리 죽여주시오. 내 이렇게는 못 살겠소. 내 정혼자를 두고 이리는 못 살겠소. 그냥 죽여주시오. 목을 베어 버리시오. 어차피 정혼자도 전쟁터에 있으니 내가 귀신이 되어서 지켜줄 것이오. 그 편이 훨씬 나을 것 같소. 어서 죽여주시오!"

그녀가 고개를 뻣뻣하게 들어 올리고 군인을 매섭게 노려보며 말했다. 날카로운 일본도가 무섭지도 않은지 목소리는 막사 안을 쩌렁쩌렁하게 울렸다. 그녀가 아랫입술을 깨물었다. 어찌나 세게 깨물었는지 피가 흘러 나왔다. 전혀 눌리는 기색 없이 죽음을 각오하고 끝까지 군인을 당당하게 바라봤다.

"네년이 죽기를 각오했다는 것이냐?"

"죽는 것보다 두려운 것이 뭔지 아오? 내가 가장 두려운 건 바로 당신들에게 짓밟히는 것이오. 차라리 죽어서 지키겠소. 정조라고 아오? 이미 정조를 빼앗겼소. 죽어도 괜찮소. 보내주지 않아도 되오. 죽음보다 두려운 일을 이미 당했소. 나는 죽음이 두렵지 않소. 차라리 죽어서 원귀로 남아 정혼자에게 갈 것이오. 그래서 총알도 피하게 해주고 아프지도 않게 해주고 꼭 살아서 고향으로 가게 할 것이오. 나는 믿소. 내가 죽었을지언정 내 정혼자는 나를 잊지 않을 것이오. 우리는 서로 순정을 바쳤소."

군인이 비아냥거리며 말했다.

"네년 따위가 감히 천황 폐하께 충성할 수 있는 영광을 버리겠다는 것이냐?"

그녀가 목에 핏대를 세우며 단번에 반박했다.

"말 한번 잘했소. 당신들의 충성이 뭐요? 당신은 천황을 위해 싸우다가 죽는 게 충성이오? 영광이 뭐요? 전쟁터에서 천황을 위해 죽는 것이 영광이오? 나도 같소. 나는 순정이오. 당신은 천황에게 충성을 바쳤듯이 나는 정혼자에게 순정을 바쳤소. 당신이 천황을 위해 죽는 것이 영광이면 나는 내 정혼자를 위해 죽는 것이 영광이오. 그러니 차라리 죽이시오. 죽여서 산짐승들 먹이로 나를 던져버리시오. 전쟁터에서 포로로 잡히느니 죽는 게 장수의 충성이라 들었소. 나도 그러오. 여기에서 노예처럼 살 바에는 그냥 죽어버리는 것이 내 정혼자를 위한 순정이오. 보내주지 못할 바에는 그냥 죽여주시오. 제발, 나를 죽.여.주.시.오."

그녀의 강직하고 확고한 대꾸가 막사 안을 더욱 살벌하게 만들었다. 군인은 잠시 주위를 둘러보더니 잔인하고 비열한 웃음을 지어보이며 그녀를 싸늘하게 내려다봤다. 눈빛은 당장이라도 일본도가 휘둘려질 것 같았다. 몇몇 처자는 눈을 질끈 감았다. 오줌을 지리는 처자도 있었다. 각자 공포를 표출하는 방법은 달랐지만 하나같이 손의 근육이 수축되며 손가락이 오그라들고 있었다. 곧 그녀의 목에 일본도가 휘둘려질 것이라는 판단 역시 같았다.

하지만 모두의 단언과는 다른 광경이 펼쳐졌다. 일본도는 그녀의 목이 아닌 칼집으로 향했다. 철컥! 소리와 함께 완벽하게 칼집 안에 봉인됐다. 뒤에 있던 부하 군인들이 어리둥절한 모습으로 마주봤다. 처자들은 긴 숨을 내쉬기도 했고 가슴에 손을 가져가기도 했다. 군인이 말했다.

"네년의 눈을 보니 진정 죽음이 두렵지 않구나. 그럼 죽일 필요가 없지. 그렇다고 그냥 보낸다면 천황 폐하를 욕보이는 짓이니 안 될 터. 네년이 죽음보다 두려워하는 일을 시키는 게 가장 잔인한 형벌일 것이다. 자결도 안 된다. 너는 평생 용사들을 위해 희생해야 한다. 몸이 지쳐 죽을 때까지."

"무슨 소리요! 차라리 죽이시오! 아니면 내가 당신을 죽이겠소! 다 죽이고 이곳을 나가겠소!"

그녀가 벌떡 일어나 군인의 일본도를 향했다. 군인은 큰 손으로 그녀의 목덜미를 쥐어 잡았다. 숨을 쉴 수 없자 정신이 어지러워졌다. 꼼짝달싹 할 수 없었다. 군인이 뒤에 서 있던 군인들에게 고개를 돌렸다.

"저년은 2막사로 끌고 가라! 저년에게 흥이 있는 용사들을 상대하게 해라! 혹시 혀를 깨물거나 자결할 수 있으니 입을 봉하고 손을 묶어 두어라!"

군인이 그녀를 바닥에 내동댕이치고는 낄낄거리며 막사 안을 빠져나갔다. 그녀가 혼미한 정신으로 혀를 깨물려 했지만 부하 군인들의 행동이 더 빨랐다. 부하 군인이 권총 머리 부분으로 그녀의 입을 막아섰다. 다른 하나가 그녀의 손을 제압하고 허리춤에 있던 밧줄로 움직이지 못하게 단단하게 포박했다.

그녀가 미친 듯이 새어나오지도 않는 소리를 지르며 저항했다. 입을 틀어막고 있던 군인이 그녀의 뒤통수를 잡고 자신의 이마로 총 머리가 들어가 있는 그녀의 입을 인정사정없이 박아버렸다. 입 안 가득 피비린내가 진동했다. 그녀는 참기 힘든 고초 속에서도 격렬한 저항을 멈추지 않았다. 군인의 이마가 쉴 새 없이 그녀의 얼굴로 날아들었다.

그녀는 끝까지 정신을 잃지 않았다. 죽을 힘을 다해 잔인한 폭력 앞에 불응하며 몸부림 쳤다. 어찌 그런 힘이 나왔을까? 손이 묶이고 입이 틀어 막혀 있는 상태에서 두 명의 사내를 뿌리치며 밖으로 기어 나갔다.

"오호! 이년 봐라?"

그녀의 손을 제압한 군인이 재미난 장난감을 발견한 듯 말했다. 군인은 그녀의 머리를 군화로 툭툭 치며 길을 방해했다. 그녀는 아랑곳하지 않고 기어갔다.

"독한 년일세. 밖으로 나갈 수 있으면 집에 보내주지. 용 써서 한번 나가 봐."

그녀의 입을 봉쇄한 군인이 배를 잡고 웃으며 말했다. 그녀의 머리를 군화 발로 지그시 바닥에 눌렀다. 그녀가 머리를 흔들어대며 저항했다.

"크크. 제정신이 아니로군. 에라이! 미친년!"

손을 포박했던 군인의 발이 그녀의 얼굴을 쾅! 하고 밟아버렸다. 그녀는 포기하지 않았다.

"이런 미친 조센징을 봤나!"

발로 강하게 내리쳐도 고집을 굽히지 않자 손을 포박했던 군인의 화가 치밀어 올랐다. 그녀는 못들은 척 꿋꿋하게 밖을 향해 힘차게 움직였다. 그럴수록 군인들의 몸은 거칠어졌다. 둘이 합심하여 그녀의 머리를 사정없이 걷어차고 밟아댔다.

"나가봐! 나가보라고 조센징 년아!"

그녀의 몸 여기저기 살이 터졌다. 피 범벅이 된 가운데서도 그녀는 끊임없이 전진했다. 군인들의 발을 이리저리 피하면서 움직임을 멈추지 않았다. 땀과 피가 섞여 얼굴을 타고 흘러내렸다. 입에서는 피와 섞인 침이 흘러나왔다. 머리카락에서도 핏방울이 뚝뚝 떨어졌다. 어떤 응징에도 그녀는 굴하지 않았다. 막사 밖까지는 세 걸음 정도가 남아있었다. 험한 발길질 속에서도 그녀는 조금만, 조금만이라고 마음속으로 외치며 조금씩 조금씩 나아가고 있었다.

어느새 군인들도 때리다가 지쳤는지 숨을 헐떡거렸다. 입을 틀어막았던 군인이 그녀에게 돌진했다. 힘차게 뛰어간 군인은 축구공을 차듯 엄청난 발차기로 그녀의 머리를 걷어찼다. 차라리 죽어버리라는 식이었다. 그녀의 몸이 축 늘어졌다. 어깨를 움직이려 했으나 움직여지지 않았다. 미세한 움직임도 몸은 허락하지 않았다. 그녀를 걷어찬 군인이 땀을 훔치며 그녀의 코에 손가락을 갖다 댔다.

"아직 살아있다. 끌고 가자."

숨이 붙어 있는 것을 확인한 군인은 그녀의 머리채를 잡고 질질 끌고 나갔다. 몸은 전혀 항거 할 수 없었지만 두 눈은 여전히 그들에게 저항하는 듯 피눈물을 쏟아내고 있었다.

서수철이 청혼을 하던 늦은 밤이 떠올랐다. 개구리 소리가 들려오고 달빛이 환했던 밤이 떠올랐다. 그가, 그녀가, 서로 순정을 바쳤던 그날이 떠.올.랐.다.

오순덕이 정신을 차렸을 땐 한 사람이 겨우 누울 수 있는 낡은 각목으로 대충 만들어진 침대에 누워 있었다. 방 안은 두 평 남짓한 판자로 만들어진 초라한 공간이었다. 햇빛조차 들어오지 않는 곳이었다. 작은 창문은 초록색 두꺼운 도포로 가려져 있었다. 문은 대충 만들어져있었다. 문틈으로 바람이 심하게 들어오자 지저분한 천으로 막아놓은 것이 전부였다.

한 처자가 그녀를 돌보고 있었다. 그녀가 주위를 둘러보자 "깨어났네?"라며 몸을 닦아주던 수건을 내려놓았다. 그녀는 대꾸를 하지 않고 멍하니 천장을 바라보았다.

어떤 일을 당한 걸까? 알몸으로 머리채를 잡혀 끌려간 막사 안에는 쾌쾌한 사내들의 냄새가 진동했다. 온몸이 피범벅임에도 불구하고 사내들은 신음소리를 내며 그녀를 괴롭혔다. 어느 사내는 그녀가 정신을 잃자 뜨겁게 달군 쇳덩이를 살에 지지며 비명과 함께 몸부림치게 만들기도 했다. 그런 모습이 재밌는지 그녀가 고함을 지르고 몸을 비틀 때마다 웃음소리가 들려왔다. 정신을 잃고 살점이 타들어가고 사타구니의 쓰라림으로 정신이 오락가락 하기를 수도 없이 반복하고 나서야 그녀의 신산은 멈춰졌다.

그녀가 치욕스러운 악몽을 떠올리며 스스로 목숨을 끊으려 혀를 깨물려했다. 그녀를 간호하던 처자가 황급히 그녀의 입에 자신의 손을 넣었다. 있는 힘을 다해서 깨물었는데 딱딱한 느낌만이 전달 될 뿐 혀는 아무렇지 않았다. 혀에 피 맛이 전해졌다. 처자가 "악!"하고 짧은 소리를 뱉어냈다. 그녀가 어금니의 힘을 풀었다. 처자가 자신의 손은 안중에도 없이 누워있는 그녀의 목을 감싸 안으며 말했다.

"이렇게 죽으면 안 돼. 우리는 꼭 살아야 해. 분명 일본은 패망할 거야. 반드시 패전해서 대가를 치를 거야. 우리는 우리가 강요에 못 이겨 했던 치욕스러운 지금의 일들을 역사에 남겨 둬야만 해. 반드시 살아야 해. 어떻게든 살아서 그들을 심판대에 올.려.야.해."

"우리가 강요에 못 이겨 했던 그 일을 역사에 남겨 두어야 한다."
('위안부' 역사관 입구에 새겨진 피해자 할머니의 말씀)

오순덕은 한기준을 데리고 역사관 아래층으로 갔다. 두 명이 겨우 다닐 수 있는 계단을 지나오자마자 칙칙한 목조건물이 눈에 띄었다. 그는 그곳이 위안소라는 것을 쉽게 알 수 있었다. 그녀가 덤덤하게 위안소 안으로 들어갔다. 그가 주위를 둘러봤다. 그녀의 설명과 똑같은 구조의 방이 눈에 들어왔다. 옆에 양철로 만든 대야가 나무의자에 놓여있었다. 무슨 용도인지 묻고 싶었지만 물어보기가 여간 어려운 일이 아니었다. 그녀가 그를 대신해 말했다.

"내가 증언한 대로 만든 곳이여. 똑같이 생겼어. 양철대야는 청결을 위해 그 짓을 하고 우리 몸을 세척하는데 쓰였고 낡은 이놈의 침대에서 쉬지도 못하고 사내들을 상대했어. 이런 곳에서 나를 간호해주고 저 입구의 푯말에 있는 말을 남긴 친구를 처음 만났어. 동갑인디 언니 같은 친구였어. 살려는 의지도 강했고 꿋꿋하고 강직했어. 하춘희라고 참으로 예뻤지."

그녀의 입이 먼저 터져 나오자 그가 한결 수월하게 말문을 열 수 있었다.

"그분과 같이 지내셨어요?"

"그랬지. 바로 옆에 방에서 지냈어. 내가 몸이 약한 게 대신해서 사내놈들을 받아주기도 했어. 참으로 고맙고 소중한 친구였어. 내가 그분께 편지를 전해줄 수 있도록 도와준 친구이기도 했지. 다음 생에 다시 태어난다면 그때는 내가 친구의 친언니로 태어나고 싶구먼. 그래서 꼭 죽어도 갚지 못할 은혜를 갚고 싶어."

"소중한 분이시군요."

"아주 소중하지. 그리고 현명하기도 혔어. 우리를 억울하게 성노예로 만든 일본은 반드시 패망하고 우리에게 머리 숙여 사과할 날이 있을 거라 혔어. 그래서 살아야 한다고 포기하지 말자고 혔어."

그녀가 끔찍한 기억을 간직한 침대를 바라봤다. 하춘희가 침대에 앉아 자신을 간호해주던 과거를 떠올렸다. 그러자 하춘희가 했던 말들이 생생해졌다. 그녀는 보이지 않는 하춘희와 대화를 시작했다.

"춘희야, 니 말이 다 맞았는디, 아직 일본놈들은 니 말대로 사과를 하지 않았어. 내가 친구인 너를 믿기에 아직도 버티고 있는 거여. 아직도 춘희 니가 한 말이 사실이라는 걸 굳게 믿고 있으니께 수요일날 하루도 안 빠지고 일본놈들 대사관 앞에 나가고 있단 말이여. 언제나 넌 옳았잖여. 니가 하는 말은 틀린 적이 없잖여. 일본놈들은 망혔고 전쟁을 일으켜서 큰 폭탄을 받아 벌도 받았잖여. 근디 우리에게 무릎 꿇고 사과할 거라는 말은 아직, 이여. 너무 오래 걸리는 거 아니여? 수요일마다 네 말을 믿고 22년 동안 쉬지 않고 일본놈들에게 찾아갔단 말이여. 뻔뻔한 놈들이 문밖에 나와 보지도 않고 있어. 그래도 갈 거여. 일본놈들을 믿어서가 아니여. 춘희 니 말을 믿는 거여. 넌 한 번도 내게 거짓말 하지 않았잖여."

그녀의 대화를 듣자니 그에게도 하춘희라는 인물이 곁에 존재하는 것 같았다. 친근했다. 그가 용기를 내어 하춘희에게 심심한 위로를 전했다.

"할머니. 할머니 말씀이 틀리지 않았다는 걸 우리 손자들이 증명하겠습니다. 여기 계신 오순덕 할머니와 같이 저도 할머니 말씀을 굳게 믿고 있습니다. 우리가 증명할게요. 꼭 지켜봐 주세요."

그의 말은 다정했다. 형식적이지 않았다. 힘없이 앉아있는 인자한 할머니에게 건네는 손자의 따뜻한 말과 같았다. 그녀가 그의 등을 토닥였다. 고맙다, 장하다는 표현이라는 걸 느낄 수 있었다.

 "정말 말도 안 되는 게 뭔 줄 알어? 스스로 위안소로 걸어갔다는 것이여. 나도, 춘희도, 같이 끌려간 언니들이나 동생들도 스스로 걸어서 갔어. 끌려간 게 아니란 말이여. 그래서 더 화가 나는 거여. 거짓부렁으로 우리가 반항 한번 해 볼 기회조차 없었어. 그래서 더 억울한 거여. 더 기가 막히고 코가 막히는 건 말이여. 지금도 수요일마다 일본놈들을 만나러 내 발로 가고 있다는 것이여. 과거에는 재봉공장에 취직시켜준다는 거짓말로 스스로 찾아가 끔찍한 일을 겪게 하고, 지금에 와서는 그런 사실이 없다는 복창 터지는 거짓말로 억울하게 만들어서 스스로 찾아가게 만들고 있어. 내 평생을 죽어도 싫고 살아도 싫을 그놈들 쫓아다니게 만들어버린 거여. 어찌 이리 잔인할 수 있단 말이여. 사람의 탈을 쓰고 어찌 우리 인생을 이렇게도 힘들게 만들 수 있단 말이여."

 위생적인 공중변소. '위안부'의 또 다른 이름이었다. 즉 위안소는 대변, 소변과 같이 더러운 욕망을 배설하는 곳이라는 상징이었다. 좀 더 깊이 들어가 보자면 위생적인 공중변소라는 표현은 일본인들이 위안소 안에 있는 '위안부'들을 사람으로 여기지 않고 오로지 성적인 욕구 해소를 위한 도구로 여겼다는 증거이기도 했다. 사람으로 인식하지 않았기 때문에 위안소 안의 생활은 어떤 잔인함을 상상하더라도 그 이상일 수밖에 없었다.
 아무리 노력해도 적응할 수 없는 곳이었다. 이처럼 힘들고 잔악한 경험은 사람이 평생을 살아간다 하더라도 인생의 페이지에 기록될 일은 없을 것이다. 사람이 할 수 없는 짓. 그 짓거리를 일본은 자행한 것이었다.

전쟁터에서 살인마로 변해버린, 평화를 짓밟고 살육을 즐기는 무리들의 끝없는 욕망을 채워줘야 한다는 사실을 받아들이기란 불가능했다.

어떤 처자들은 미쳐버렸다. 정신을 놓아버리고 자살을 하거나 소리를 지르며 뛰쳐나가기도 했다. 정반대로 밖으로는 한 발짝도 나오지 않는 처자도 있었다. 대소변조차 가리지 못하게 된 처자도 있었고 말을 잃은 처자도 있었다. 한 가지 행동을 끊임없이 반복하는 처자들도 있었다. 강한 누군가에게 잘 보이려고 성노예를 자처하는 처자도 있었다. 처자들의 정신은 곪아가건만 일본인들은 어떤 누구도 집으로 돌려보내지 않았다. 오히려 상태가 심한 처자들을 골라 차마 같은 사람에게 할 수 없는 행위로 욕구를 해소했다. 뛰쳐나가는 처자들에게는 가차 없이 총칼을 휘둘렀다. 정신줄을 놓아버리고 도망치는 처자를 죽이기 위해 떼로 달려들기도 했다. 제정신이 아닌 채로 피를 흘리며 죽어가는 가녀린 여인의 모습을 내려다보는 일이 그들에게는 꽤나 자극적인 즐거움이었다.

지옥이 있다면 이보다는 훨씬 좋은 곳일 것이다. 뜨거운 지옥 불에서 영원보다 긴 시간을 보내야 한다고 했던가? 신에게 차라리 지옥 불에 보내 달라 청하고 싶을 정도였다. 악마는 세상에서 제일 무서운 존재라고 했던가? 차라리 악마가 미치광이 전쟁 놀음을 하는 이들보다는 순하고 착할 것이다.

그들에게 살인은 장난과 놀이였다. 아니, 어쩌면 영광과 삶의 가장 큰 보람이었을지도 모른다. 오순덕을 찾아오는 악마보다 더한 그들은 하나도 다를 바 없이 사람을 죽인 이야기를 자랑스럽게 늘어놓았다.

말을 타고 가는데 어느 노인이 길을 막고 걸어가고 있어 칼로 베어버렸다든지, 포로로 잡힌 아이를 도망가라 풀어놓고 살기 위해 도망치는 아이를 총을 쏘아 죽이는 내기를 했는데 자신이 이겼다는 자랑을 당당하게 지껄였다.

그들이 죽이는 사람들은 대부분이 노인이나 여자, 어린아이였다. 건장한 적병을 죽였다는 이야기는 거의 들어볼 수 없었다. 그럴 수밖에 없었다. 대부분 사지로 나가는 사람들은 그들의 식민지배를 받는 억울한 조선인이나 다른 나라의 청년들이었다. 자신들보다 약한, 보호받아야 마땅한 이들을 죽이는 치졸하고 몰상식한 일이 그들에게는 무척이나 영광스럽고 위대한 일이었던 것이다.

가끔 그들이 행위 도중 폭력을 행사하거나 거칠어지는 경우가 있었다. 또한 이유 없이 불쑥 들어와 군화로 걷어차고 나가버리는 날이 있었다. 여러 번 그런 나날들이 반복되니 이유를 알 수 있었다. 그런 날이면 독립군들의 기습을 받거나 크게 패한 날이었다.

"조센징 놈들이 자랑스러운 우리 천황의 군대를 습격했다. 같은 조센징이니 네년들이 벌을 대신 받아라!"

그들은 말도 안 되는 이유를 들먹이며 여자들을 무차별적으로 집단 폭행했다. 처음엔 독립군을 원망하는 처자들이 간혹 있기도 했지만 대부분의 처자들은 얻어맞으면서도 심장이 뛰고 있음을 느끼고 있었다.

모두가 하춘희 덕분이었다.

위안소에 들어온 지 2주 만에 여러 일본인들에게 집단 폭행을 당했던 날이었다. 비가 퍼붓는 날이었고, 독립군의 습격으로 한 부대가 쑥대밭이 된 날이었다. 일본인들이 방 안에 있는 처자들을 이유도 없이 위안소 넓은 방으로 몰아넣었다. 그리고는 영문도 모르는 집단 구타가 시작됐다. 얼마나 맞았는지 위안소 안에 있는 모든 처자들의 얼굴은 통통 부어올랐다. 모두가 일주일 이상 누워 있어야만 했던 날이기도 했다. 다행이라고 해야 하나? 위안소를 운영하는 책임자들의 아첨과 달램, 만류로 폭력은 멈춰졌다.

그때 일본군 하나가 "너희 조센징 반역자들을 원망해라!"라고 소리치며 침을 뱉고 씩씩거리며 밖으로 나갔다.

몸을 움직이면 아프지 않은 곳이 없을 정도였다. 그래도 움직여서 살이 터진 곳들을 닦아내야만 했다. 폭력은 걷어졌지만 아픔의 비명은 아직 끝나지 않았다. 상처를 물로 소독하는 여기저기에서 끙끙거리는 소리들이 들려왔다.

서로 말은 안했지만 독립군으로 인해 자신들이 맞았다는 사실에 억울해 하는 분위기가 하춘희에게 전해졌다.

하춘희가 자신의 몸을 닦아내다 목소리를 높여 말했다.

"니들이 무슨 생각을 하는지 알아. 영문도 없이 맞아서 억울하니?"

아무도 선뜻 말하지 않았다. 한동안 침묵이 흐르고 누군가 입을 열었다.

"솔직히 나는 억울해. 내가 왜 맞아야 하는지 모르겠어."

어느 처자가 "나도."라고 조용히 말했다. 다른 처자도 용기를 얻었는지 "나도 억울해."라고 말했다. 몇몇이 더 억울하다는 볼멘소리를 냈다. 하춘희가 다시 말했다.

"우리 억울하지? 그치? 그런데 너희는 누굴 원망하고 있니? 독립군들? 독립군들을 원망해? 솔직히 말해봐. 독립군을 원망하고 있는 거니?"

질문에 대꾸가 없었다. 각자 눈치를 보고 있었다. 두리번거리던 많은 시선이 기가 세어 보이는 한 처자에게로 통일됐다. 시선을 받은 처자가 용기내서 대답했다.

"솔직히 얼굴도 모르는 독립군 때문에 우리가 맞았어. 원망스럽지."

　용기를 낸 처자의 말에 대부분이 동의를 하고 있었다. 하춘희가 대꾸한 처자를 바라보며 말했다.

　"너희를 때린 게 독립군이니? 우리는 지금 때린 사람을 원망해야 하지 않나? 독립군이 우리를 때렸니? 네 생각이 얼마나 무서운 생각인 줄 알아? 독립군이 잘못한 게 뭐지?"

　하춘희의 말에 처자는 벙어리가 됐다. 하춘희가 다른 질문을 던졌다.

　"그럼 독립군이 우리를 핍박하려 의도적으로 그랬니?"

　이번에도 처자의 입은 열리지 않았다. 하춘희가 또 다른 질문을 던졌다.

　"우리가 독립군을 원망해야 하는 이유가 뭐지?"

　처자의 입은 끝내 변명하지 못했다. 옳았기 때문이다. 처자는 독립군에게 패했기 때문에 같은 민족인 우리가 미워서 그러는 거잖아, 따위의 말을 떠올렸지만 내뱉어지지 않았다. 방안에 있는 처자들이 비슷한 이유를 머리에 담고 있었다. 그렇다고 누구도 입으로 그런 입장을 말하지 않았다. 옳지 못하다는 걸 알기 때문이었다. 하춘희는 처자들의 머리를 꿰뚫어보고 있었다. 입을 열어 강하게 말했다.

　"여기에서 평생 노예로 살아가고 싶은 사람이 있니?"

　처자들은 침묵했다.

　"저들의 장난감으로 죽임을 당하고 싶은 사람은?"

　처자들은 침묵했다.

　"우리의 생각이 우리를 바꿔 놓는 거야. 독립군을 원망하면 평생 저들의 노예로 살아가며 이곳에서 벗어날 수 없어. 점점 우리는 성노예인 스스로를 받아들이겠지. 빠져나갈 생각도 못하고 미쳐서 죽은 다른 아이들처럼 비참하게 죽을 거야. 우리는 독립군을 지지해야 해. 우리를 해방시켜 줄 사람들은 독립군뿐이야. 우리는 나라를 빼앗겨서 이렇게 되었어. 독립군은 우리에게 다시 나라를 되찾아 줄 거야. 우리는 여기에서 독립군을 응원하고 견뎌야 해."

아픔의 방은 생각의 방으로 변모했다. 하춘희가 힘겹게 몸을 일으켰다.

"우리 좀 맞으면 어때? 우리를 탐하는 더러운 새끼들이 하나씩 죽어나가는 건데. 독립군이 승리할수록 우리는 고향과 가까워지는 거야. 그리고 우리의 고달픔도 조금씩 줄어드는 거야."

처자들이 고개를 끄덕였다. 긍정이었다.

하춘희의 말은 이어졌다.

"독립군과 같이 싸우는 것만이 독립운동이 아니야. 여기에서 나는 또 다른 독립운동을 시작할 거야. 맞는 거 따위 두렵지 않아! 비록 반항하지 못하고 당하기만 할 테지만 끝까지 버텨낼 거야. 버텨내는 게 우리가 이기는 거야. 그래서 꼭 고향으로 돌아갈 거야. 돌아가서 공부를 할 거야. 서양 말과 글을 배울 거야. 전 세계의 글을 다 배워서 일본이 얼마나 끔찍한 일을 우리에게 강요하고 자행했는지 알릴 거야. 분명 일본은 패망할 거야. 확실해. 많은 사람들이 일본을 공격하고 있어. 일본은 외톨이야. 수많은 나라들과 독립군이 일본을 패망시킬 테지만 그 뒤가 중요해. 우리는 일본이 우리에게 했던 일들을 알려서 다시는 일어나지 못하게 만들어야 해. 그게 우리가 할 일이야."

하춘희의 이야기는 처자들에게 희망을 불어넣고 있었다. 한 처자가 "나도 글을 배울래."라고 말했다. 한번 터져 나온 다짐의 말은 위안소 안을 강한 열정과 의지로 가득 채우고 있었다. 각자의 중얼거림들이 이어졌다. 조금씩 다른 말이었지만 하춘희가 꾸는 꿈과 별반 다르지않았다.

그렇게 위안소에서 작지만 큰 독립운동이 시작되었다.

"그렇게 우리는 독립운동을 시작했어. 사람들이 볼 땐 그게 뭔 독립운동이냐 하겠지만 우리가 할 수 있는 최선의 선택이었어. 춘희가 우리에게 한글과 한자를 가르쳐주기 시작했어. 우리는 자는 시간을 쪼개서 열심히 배우기 시작했어. 그리고 그 이후로 더 이상 미치거나 자살하는 친구들이 없었어. 우린 독립운동을 하고 있었거든. 외치지도 않고 무력을 사용하지는 않았지만 독립된 우리 조국을 위해, 두 번 다시 일본 놈들이 우리 땅에서 자라는 처자들을 짓밟지 못하도록 그때부터 이미 준비하기 시작했어."

하춘희. 그녀는 올곧은 선비 집안의 장녀로 경성에서 자랐다. 비록 배는 고프지만, 대대로 선비로서의 곧음을 지켜온 집안이었다. 고운 얼굴에 청혼을 하는 청년들도 많았다. 성정이 맑은 하춘희의 아버지를 찾는 이들 또한 많았다. 그들은 늘 하춘희의 아버지에게 조언을 구했다. 나라를 빼앗겼을 때 식음을 전폐하고 보름 동안이나 통곡을 했던 인물이기도 했다. 하춘희가 여자라고 해서 공부를 게을리 시키지 않았다. "배워야 산다. 배워야 일본을 조선 땅에서 몰아낼 수 있다." 며 신신당부 하던 앞을 내다보는 인물이기도 했다. 높은 학식과 열린 사고를 지닌 아버지 덕분에 하춘희 또한 한글과 한자를 빠르게 익힐 수 있었다. 아버지를 만나러 오는 중국인에게 중국어를 배웠다. 글에 유난히 밝았던 하춘희를 예뻐하던 중국인 하나가 영국 사람들을 집으로 데려와 말을 배우게 해줬다. 덕분에 서양의 문화를 접할 수 있었다. 애국이라는 것이 뭔지도 눈을 뜨게 됐다. 지식은 하춘희를 실천하게 만들었다. 깨어있는 학생들과 조국을 위한 시를 짓기도 했고 신문을 만들어 배포하기도 했다.

하지만 이 땅은 애국지사에게 험난한 길을 가게 했다.

늦은 밤이었다. 순사들이 하춘희의 집을 급습했다. 독립운동을 위한 자금책이 바로 하춘희의 아버지라는 것이다. 온 방 안이 쑥대밭이 됐다. 아버지는 제대로 된 항변 한 번 하지도 못하고 끌려갔다. 사랑방 마루 밑에서 순사들은 독립운동을 위해 쓰인 돈의 출처가 적혀있는 장부를 발견했다고 소리쳤다. 어머니가 아버지를 부여잡다 곤봉에 맞아 쓰러졌다. 하춘희가 순사에게 부르짖었다.

"무슨 잘못을 했다고 늦은 밤에 와서 요란들이시요!"

아버지를 끌고 가는 순사의 팔을 거칠게 잡고 항의했다. 순사가 하춘희를 뿌리쳤다.

"반역이다! 네년도 관련 있는 게냐?"

하춘희가 당당하게 말했다.

"반역? 내 나라를 되찾는 일이 반역이요? 빼앗긴 것을 되찾는 사람은 그럼 도둑이요? 내 아버지를 빼앗아가니 당신들은 그럼 잡배들이요? 이게 바로 당신들의 논리 아니요?"

"이년이!"

순사의 곤봉이 하춘희의 머리를 내리쳤다. 고꾸라진 하춘희가 꿋꿋이 일어났다. 머리에서는 피가 흘러 나왔다. 아픈지도 모르는 걸까? 하춘희는 순사들을 강하게 훈계했다.

"당신들이 내 아버지를 끌고 갈 이유는 세상 어디에도 없소. 반역이라니? 어디에서 말도 안되는 죄를 뒤집어씌우는 게요? 내 아버지가 황제를 해하려 했소? 당신들이 반역자이지 않소? 국모를 무참하게 살해한 그대들이야 말로 반역자이자 처벌받아야 하는 역적이지 않소이까? 뭐가 그리 뻔뻔하단 말이요!"

하춘희의 꾸지람은 순사들을 험악하게 만들었다. 답변 대신 "이년도 잡아가!"라고 순사 중 한 명이 소리쳤다. 아버지와 같은 모습으로 하춘희도 포박 당했다. 끌려가면서도 하춘희는 논리정연하게 논박했지만 순사들은 하춘희와 아버지를 차디찬 감옥에 가둬버렸다.

매일 밤 그녀와 그녀의 아버지에게 번갈아 고문이 이어졌다. 온갖 고문을 당했지만 아버지와 다르게 하춘희에겐 또 하나의 고문이 더해졌다. 바로 성폭력이었다. 배가 나온 고문관은 가장 먼저 하춘희를 강간한 인물이었다. 더 슬픈 일은 그 고문관이 조선 사람이라는 점이었다. 그는 하춘희의 온몸에 침을 묻혀가며 뱀처럼 탐닉했다. 고문관의 귀를 물어뜯으려 시도했지만 말처럼 쉽지 않았다. 육중한 몸에 눌려 평생의 수치심을 가슴에 박아 넣어야 했다. 참혹하게도 하춘희를 괴롭히는 남자들 대부분이 조선 사람이었다. 그리고 하춘희를 '위안부'로 넘겨버린 사람들 역시 조선 사람이었다.

하춘희는 강인했다. 자신과 같은 처지의 친구들을 돌보고 정신적으로 흔들리지 않게 도왔다. 우리나라의 억울한 역사를 가르쳤다. 식민지배라는 현실을 더하지도 덜하지도 않고 정확하게 인지할 수 있도록 입이 얼얼할 때까지 설명했다. 끝에는 그렇기에 우리가 배워야 한다는 사실을 열변했다. 대부분이 무지했다. 배움이 적었기에 일본이 이 땅에 들어와 있는 사실을 억울해 하는 친구들은 많지 않았다. 하지만 배울수록 위안소는 달라졌다. 일본에 대한 적대심을 강해졌고 독립이 왜 필요한지를 깨닫게 됐다.

나라를 잃은 자신들의 지금에 눈뜨게 됐다.

오순덕은 우선 한글을 배우기 시작했다. 대부분의 처자들이 그랬다. 까막눈이 많았던 터라 한글을 먼저 배워야 했고, 그 속도도 느렸다. 그럼에도 하춘희는 한 번도 포기하지 않았다. 이해가 느린 친구들에게도 짜증내지 않고 글을 가르쳤다. 다른 이들보다 진도가 우수한 몇몇을 집중적으로 가르쳐 다른 친구들을 가르칠 수 있게 했다. 꽤 체계적인 교육 방식이었다. 의지가 강하니 더디게 배우던 친구들의 속도도 점차 빨라졌다.

그녀가 하춘희에게 글을 배우는 첫날 물었다.

"혹시 서수철이라고 어떻게 쓰는지 알어?"

"서수철?"

"응."

그녀가 똥마려운 강아지 마냥 하춘희의 시선을 피했다. 하춘희가 눈을 흘기며 밝게 웃었다.

"순정을 바친 정혼자?"

"아이! 참!"

그녀가 하춘희의 팔을 가볍게 툭 쳤다. 어느새 얼굴은 홍당무가 되었다. 하지만 추하지 않았다. 고왔다. 생기 넘치는 얼굴에 행복이 가득하니 어떤 여인인들 아름답지 않을까!

하춘희가 작은 종이에 서수철의 이름을 적어줬다. 그녀가 힐끔 보더니 다 쓴 종이를 재빠르게 빼앗았다.

"이거여?"

"응. 서. 수. 철."

손가락으로 글자를 하나하나 짚어나가며 다정다감하게 말했다. 그녀가 하춘희의 손을 따라 짚으며 "서. 수. 철."하고 따라 읽었다.

"서. 수. 철. 서. 수. 철. 서. 수. 철."

하춘희가 새로 종이를 꺼내 급하게 뭔가를 적어 내려갔다. 무심코 서수철을 반복해서 불러보던 그녀에게 종이를 건넸다.

"따라 읽어봐."

조금 전과 같은 방법으로 하나하나 글씨를 짚어 읽었다.

하춘희가 먼저 읽었다.

"순."

"순."

"정."

"정."

"순정. 이렇게 쓰는 거야. 알겠지?"

그녀가 서수철과 순정이 적힌 종이를 소중하게 두 손으로 감쌌다. 아주 대단한 걸 선물 받은 느낌이었다. 종이를 가슴으로 고요히 가져가 "서수철, 순정."이라고 속삭이듯 말했다.

하춘희가 다른 종이에 또 써내려갔다. 이번에는 큼직하게 적은 글씨였다.

"한글을 배울 때 가장 먼저 배우는 말이야. 이 말을 배워야 한글을 빨리 깨우칠 수 있어."

오순덕이 눈을 감고 서수철과 순정을 반복하며 읽다 글씨를 바라보았다.

"빨리 따라 읽어봐. 서."

"서."

그녀가 하춘희의 손과 입을 똑같이 따라했다.

"서."

하춘희가 두 번째 글씨를 읽었다.

"방."

그녀가 따라 읽었다.

"방."

"님."

"님."

그녀가 당황했다. 하춘희가 그녀의 볼을 살며시 꼬집으며 장난기 섞인 모습으로 능글맞은 거짓말을 더했다.

"읽어야 해. 한글을 배울 때 가장 먼저 배우는 거라고 했잖아. 나도 처음에는 부끄러웠는데 원래 누구나 배우는 거니 부끄러울 필요 없어. 빨리 배워야 정혼자에게 편지도 쓸 거 아니야."

"편지를 써도 보낼 수 없잖여."

"걱정 마. 내가 책임지고 보내줄게. 그러니 어서 배우기나 해."

"정말이여?"

그녀의 얼굴이 믿기 어렵다는 낯빛을 띠었다. 하춘희가 새끼손가락을 들이밀었다.

"약속."

그녀의 입이 귀에 걸렸다. 실실 웃는 그녀에게 하춘희가 허리를 꼬집으며 "빨리 따라 읽어봐."라고 재촉했다. 그녀는 또박또박 글을 따라 읽었다.

"사."

"사."

"랑."

"랑."

"해."

"해."

"요."

"요."

다 읽은 그녀의 머리를 하춘희가 기특하다는 듯 쓰다듬었다.

"그래. 그거야. 잘했어."

그녀가 반복해서 손가락으로 글자 하나하나를 정성스럽게 짚어보며 읽기 시작했다.

"서. 방. 님. 사. 랑. 해. 요."

그녀가 종이를 내려다보며 머리를 긁적였다. 히힛! 하고 쑥스러움과 즐거움이 섞인 소리를 내면서도 눈은 엄청난 죄책감과 슬픔을 담고 있었다.

그녀는 끊임없이 글씨를 반복해서 읽었다.

"서. 방. 님. 사. 랑. 해. 요. 서. 수. 철. 순. 정."

하춘희의 눈에 눈물이 고였다. 그녀와 하춘희가 약속이나 한 듯 서로를 부둥켜안았다. 서로의 등을 감싸줬다. 하춘희가 "괜찮아."라고 말했다. 그녀는 "서방님. 사랑해요. 서수철. 순정."만을 되풀이했다. 하춘희가 "우리는 더러운 게 아니야. 절대 더럽지 않아."라고 말했다. 하춘희의 위로를 아는지 모르는지 그녀는 쉼 없이 "서방님. 사랑해요. 서수철. 순정."이라고 말하며 끊임없이 고해성사를 할 뿐이었다. 하춘희가 더욱 세차게 그녀를 껴안으며 말했다.

"내가 글공부를 많이 해서 잘 알아. 네 정혼자는 의원이니 뜻을 더 잘 알고 있을 거야. 순정은 몸을 바치겠다는 말이 아니야. 영혼을 바치겠다는 말이야. 네 영혼은 깨끗하잖아. 걱정하지 마. 걱정하지 마. 걱정하지 마. 제발 걱.정.하.지.마."

그녀에게 위로가 전해지지 않는 모양이다. 그녀의 입은 오직 한 사람만을 위한 속죄로 가득했다.

"서방님. 사랑해요. 서수철. 순정."

"사실 춘희가 거짓말을 하는 걸 알았어. 그런디 쓰고 싶더라고. 불러보고 싶더라고. 그날 밤새도록 글씨를 썼어. '서방님. 사랑해요. 서수철. 순정.' 수십 장의 종이가 시커멓게 변할 때까지 쉬지 않고 적었어. 일주일 만에 한글을 뗄 수 있었어. 빨리 배웠제?"

"정말요? 할머니 대단하신데요."

"쓰고 싶은 말이 있는디 차마 그건 춘희에게 부탁하지 못하겠더라고. 그래서 후딱 배울 수밖에 없었어. 내가 몰래 써보고 싶으니께 죽어라 배우게 되드만."

"어떤 글이 그렇게 써보고 싶었는데 일주일 만에 한글을 다 배우셨어요?"

"미안해요. 보고 싶소."

"네?"

"미. 안. 해. 요. 보. 고. 싶. 소."

도움

"커피 마실까?"

서수철이 주차장을 빠져나와 입구 바로 앞에 있는 매점으로 향했다. 매점 직원은 상냥한 웃음으로 그와 유소영을 맞이했다. 그가 "냉커피 두 잔 주소."라고 말했다. 직원이 즉각 인스턴트커피를 시원한 얼음 잔에 담아냈다. 그가 "얼마요?"라고 물었다. 그녀가 "아니에요. 제가 살게요."라며 가방에서 지갑을 찾았다. 그의 손이 그녀를 만류했다.

"내 이야기가 한참 남았어. 노인네 이야기가 괴롭더라도 좀 들어달라고 뇌물 주는 거여."

그녀가 지지 않았다.

"아니요. 제가 할아버지 이야기를 너무 듣고 싶어서 한잔 사드리고 싶어요. 이야기보따리를 풀어주셔서 감사하다는 뇌물을 드리고 싶은 거예요."

그녀가 상냥한 어조로 농담을 건넸다. 그녀의 손을 잡은 그의 손이 자리를 찾아갔다. 매점직원도 그보다는 그녀에게 시선을 돌려 돈을 받을 준비를 하고 있었다. 둘은 자연스럽게 매점안에 놓인 낡은 테이블에 마주 앉았다. 그가 편지 꾸러미를 조심스럽게 올려놓았다. 그녀가 편지를 한참 동안이나 바라봤다. 아무리 방도를 떠올려 봐도 편지를 전할 수 있는 방법은 없어보였다. 일제강점기였다. 감금과 비슷한 생활을 했다. 할머니도 마찬가지다. 대략 스무 통이 넘어 보이는 편지다. 지금처럼 교통수단이 좋은 것도 아닌데 스무 통이나 된다.

의아한 그녀와는 달리 깊게 눌러 쓴 모자 사이로 보이는 그의 눈은 한번 맞춰보라는 심산이었다. 결국 그녀가 참지 못하고 말했다.

"아무리 생각해도 방법이 없어요. 어떻게 편지를 서로 주고받을 수 있었던 건지. 계속 궁금했는데 이야기에 빠져 잠시 잊고 있었어요. 대체 어떻게 주고받으신 거예요? 할머니는 할아버지가 소록도에 계신 것도 모르고 할아버지는 할머니가 고향에 계신 줄만 아셨을 거 아녜요. 강학순 할머니가 전달해 준다는 건 알겠는데 어떻게 할머니가 끌려가신 걸 아신 거예요? 너무 궁금해요."

그의 해답은 누구도 예상하지 못한 방법이었다.

"학순이가 우리 동네에 편지를 전달해 줬는데 답장이 오지 않았어. 그래서 포기했었어. 그런데 뜬금없는 사람이 학순이에게 편지를 전달해 줬지."

"뜬금없는 사람?"

"적십자."

"적십자요?"

적십자라는 이야기에 그녀는 머리를 쿵 하니 얻어맞은 기분이었다. 하지만 영 불가능한 것은 아니었다. 적십자를 떠올리면 대부분의 사람들은 전쟁과 가난으로 병든 민간인들을 구호하는 목적으로만 알고 있었지만 제2차 세계대전 당시 이산가족을 찾아주기도 했다. 또 포로들이 감옥이나 기차 안에서 친구들의 이름이 적힌 종이를 담뱃갑에 넣어 던지면 주워다가 전달해주는 역할도 해왔었다. 한동안 그녀가 알고 있는 모든 지식들을 종합해보더니 '아!'하고 수긍했다.

"그려. 적십자. 서양인인데 학순이가 전달 받았어. 나는 한 번도 본 적 없어. 스위스라고 했었어. 그 스위스 적십자 간호사가 머나먼 만주에서 보내는 그 사람의 편지를 내게 전달해 줬어."

강학순이 편지를 부친 지 두 달이 지나가고 있었다. 우편물의 발송과 수신은 보육원에서 담당했었다. 그녀는 담당하고 있는 친구를 통해 편지를 부쳤지만 소식은 까마득했다. 밤마다 친구에게 어찌되었는지 물었지만 아낙에게도, 그에게도 답장은 오지 않았다. 두 사람은 실망이컸다. 버림 받았다는 마음보다는 몹쓸 병이 원망스러웠다. 원망도 처음 보름만 그랬다. 그 뒤로는 상대를 위한 마음을 담아냈다.

"이모, 포기하시오. 나도 포기하겠소. 차라리 우리를 당분간 잊게 놔둡시다. 서로 애달파만 지면 뭐하겠소? 만일의 경우 우리 병이 낫지 않으면 평생 만나지 못할 텐데 불쌍하지 않소? 어미를 그리워하는 자식이나 정혼자를 늙어 죽을 때까지 기다려야 하는 순덕이나. 얼마나 불쌍한 삶이요. 훨훨 털어버립시다. 설사 낫는다고 하더라도 시간이 많이 걸릴 것이요. 그러니 우리가 놓아줍시다. 가슴에 묻어둡시다."

아낙은 "에구!"하고 한숨만 내쉬었다. 강학순은 미안함으로 가득한 마음을 표현했다.

"미안해요. 괜히 나 때문에 이모랑 오라버니가 더 아픈 것 같아요."
그가 덤덤하게 말했다.

"아니다. 괜찮다. 우리가 이렇게 모여 있는 것만으로도 좋다. 나도 순덕이가 좋은 사람 만나면 좋을 것 같다. 정말 그랬으면 한다."

아낙이 거들었다.

"학순아, 뭐가 미안하냐. 어미는 떨어져 있어도 가슴에서 자식을 키울 수 있는 거여. 내 가슴에서 잘 키우련다. 그리고 학순이도 있고 수철이도 있으니 충분하다."

오히려 위로를 받은 그녀가 그와 아낙의 손을 꼭 잡았다. "고마워요."라고 말하며 서로 체온을 나눴다. 그의 다른 손이 그녀의 어깨를 토닥였다. 아낙의 다른 손이 그녀의 등을 토닥였다. 충분했다. 아쉬움을 던져버리고 서운함과 미련을 삭혀두기에는.

두 달하고도 2주가 지나가고 있었다. 서수철이 오기 전 강학순이 해가 떨어지기 무섭게 아낙의 집을 찾았다. 얼굴에 함박웃음이 가득했다. 아낙이 "무슨 좋은 일 있는 거냐?"라고 물었다. 그녀가 "오라버니는 아직 안 왔어요?"라고 되물었다. 아낙이 "무슨 좋은 일 있냐?"하고 다시 물었다. 그녀가 손을 번쩍 들었다.

"오라버니 정혼자에게 편지가 왔어요!"

아낙은 뒤로 자빠질 듯 놀랐다. "참말이냐?"라고 되물었다. 그녀가 "참말이죠. 편지가 왔어요."라며 편지봉투를 확인시켜줬다. 아낙은 "잘됐네!"라며 팔을 마주쳤다. 기쁨으로 들뜬 아낙과는 달리 그녀는 흥분을 가라앉히고 침울한 목소리를 냈다.

"이모 편지는 안 왔어요."

아낙이 애써 웃음을 지었다.

"괜찮다. 수철이가 받았으면 됐다. 수철이에게는 나도 편지를 받았다고 전해라. 그래야 미안하지 않지. 알겠지?"

그녀가 마지못해 알겠다고 말했다.

서수철은 밤이 깊어서야 아낙의 집을 찾았다. 화장실을 오가는 사람이 유독 많았던 터라 때가 늦어졌다. 강학순에게 편지를 받은 그는 세상을 다 얻은 기분이었다. 편지를 감싸 안고 무릎을 꿇고는 '감사합니다.'라고 신에게 머리를 조아렸다. 한동안 기쁨으로 넘치는 마음을 주체 못하던 그가 삽시간 감정을 걷어내고 아낙의 눈치를 살폈다.

"이모는 받았소?"

아낙은 선견했던 질문에 그보다 더 흥분된 어조로 말했다.

"나도 받았다."

"뭐라고 왔소?"

"건강히 잘 지낸다더라. 근디 나는 마을에서 왔는디 너는 적십자가 전해줬다더라. 정혼자가 만주에 있다는디."

"만주요?"

그가 강학순에게 고개를 돌렸다. 그녀가 올 것이 왔다는 형색으로 태연히 준비한 대로 말했다.

"소록도는 민간인 질병 지역이기 때문에 적십자에서 한 달에 한 번 약을 받아요. 그런데 오늘 서양인 간호사가 약을 주면서 사람들에게 서수철이 있느냐고 물어보는 거예요. 제가 안다고 하니까 정혼자가 주는 거라면서 전해주더라고요."

"헌대 왜 만주냐? 만주에는 왜?"

그녀가 머뭇거렸다. 그는 숨기는 것이 있다는 걸 알고 재차 물었다.

"넌 왜인지 알고 있지?"

"저기."

그녀가 안절부절 몸 둘 바를 몰라 했다.

"왜 말을 못 해? 어여 말해 봐."

"확실한 건 아닌데…."

그녀가 차마 입을 열지 못하고 말끝을 흐렸다. 그가 갑갑한 가슴을 치며 살짝 화가 난 투로 물었다.

"여자가 총칼을 들고 전쟁터에서 싸우는 것도 아니고 왜 만주에 있는 거여? 그리고 전쟁터에 있는 적십자가 왜 순덕이 편지를 전해주는 거여?"

그녀가 끈질기게 다그치는 그에게 항복했다. 차마 그를 보고 이야기할 자신이 없어 두 눈을 질끈 감고 말했다.

"위안소에 적십자가 들어가요."

"위안소?"

"저도 적십자 간호사에게 오고가다 듣기만 했어요. 강제로 끌려온 조선인 처녀들이 있는데 일본군들에게 매일 밤 시달린대요. 그래서 성병을 검사하기도 하고 약을 주기도 하느라 적십자가 들어간대요. 위안소에서 온 거라고 간호사가 말했어요. 자기도 만주에 파견된 간호사에게 경성에서 전달받은 거라 자세히는 모른다고 했어요. 그냥 위안소에 있는 여인이 준 거라고만 말했어요."

그의 머리가 백지로 변했다. 방 안이 핑 돌았다. 정신이 나른해졌다. 침이 흘러내리는데도 닦을 수 없었다. 어안이 벙벙해져 바보처럼 멍하기만 했다. 아낙도, 그녀도 그를 위로할 엄두를 내지 못하고 있었다.

그가 미친 사람처럼 혼잣말을 했다.

"순덕아, 미안하다. 너무 보고 싶다."

"내가 지키지 못했어. 순정을 준다고 지껄여놓고는 내가 순덕이를 지키지 못했어. 사내대장부가 되어서는 병만 고칠 줄 알았지 정작 그 사람의 순정을 지켜주지 못했어. 내가 못난 놈이여. 빨리 병이 나았으면 달려갔을 터인디. 일본 놈들을 죄다 죽여 버렸을 거인디. 그놈들을 못 죽인 게 천추의 한이 되네. 진짜 다 죽여 버렸어야 하는 건디. 더 화가 나고 분통터지는 건 말이야. 내가 그놈들을 위해, 내 순정을 가진 그 사람을 더럽힌 놈들을 위해 총칼을 들었다는 것이여."

시체처럼 축 늘어져 있던 그가 몸부림치며 발광했다.
통곡도 이런 통곡은 없을 것이다. 오열도 이런 오열은 없을 것이다. 턱 막혀오는 숨 막힘도 이런 막힘은 없을 것이다. 어디에도 존재하지 않는 절망을 안고 서수철은 그렇게 오랜 시간 통곡하고 오열하고 숨이 막혀오는 감정을 받아들여야만 했다. 얼마나 격하게 몸을 비틀어댔는지 그의 입이 하얗게 질려버렸다. 탈수가 왔다. 얼굴에서 핏기가 사라졌다. 어느새 하얗던 입술은 검붉은 색으로 빠르게 변해갔다. 눈물은 피눈물이었다.
그가 혼절 직전까지 가서야 방 안에 드러누웠다. 가만히 지켜만 보던 아낙이 그의 몸을 쓸어내리며 혈액순환을 도왔다. 아낙이 "더럽혀졌다 생각하느냐?"라고 물었다. 서수철의 고개가 좌우로 흔들렸다. 아낙이 "버릴 것이냐?"라고 물었다. 그가 힘없이 고개를 좌우로 흔들었다. 아낙이 "안아줄 것이냐?"라고 물었을 때야 비로소 고개가 위아래로 끄덕여졌다. 아낙이 "근데 뭐가 문제냐. 지난 일들이야 싹 지워버리면 되지 않느냐."라고 말했다.
그제야 그가 입을 떼었다.
"이모, 순정을 바쳤소. 그냥 이렇게 내게 편지를 보내준 것만으로도 감사하고 다행이오. 그저 살아서 만났으면 좋겠소. 그래서 과거사 일랑 다 묻어두고 오순도순 살고 싶소. 그런데 두려운 건 말이오. 순덕이가 미안함에 나를 버리지 않을까 하는 것이요. 더 두려운 건 내 이런 모습이요. 그따위 것들보다 더 두려운 건 말이요. 몸이 약한 순덕이가 아프지 않을까 하는 걱정이요. 그 때문이요. 더럽다 생각이 들어서가 아니요. 그저 바람이 심하고 추운 만주에서 아프지 않을까 하는 걱정이 너무 두렵소. 이 전쟁이 끝나지 않을까 봐. 그래서 순덕이가 평생을 그곳에서 병마에 찌들어 보낼 수밖에 없을까 봐. 그게 너무 두.렵.소."

: : :

오순덕은 한글을 배우자마자 서수철에게 편지를 써 내려갔다. 또박또박 예쁘게 쓰기 위해서 여간 공을 들이는 것이 아니었다. 하춘희도 그렇게 빨리 그녀가 글을 배울 거라 생각하지 못했다. 하루라도 서둘러 서수철의 행방을 알아내야만 했다.

오순덕으로부터 그가 만주에 있다고 들었다. 사람이 아무리 많다 한들 같은 하늘아래 있으니 찾을 수 있다고 믿었다. 해서 의연하게 약조를 했다. 헌데 아무리 찾아도 그는 보이지 않았다. 위안소에서 고된 하루가 끝나면 그를 찾아보기 위해 남몰래 일본에 의해 끌려온 조선인들과 접촉을 시도했다. 일본군이 주고 간 먹을거리를 뇌물 삼아 발이 부르트도록 수소문을 했다. 2주일이 지났지만 서수철이라는 이름을 아는 사람을 만날 수 없었다.

강제징병을 당해 만주에 있는 조선인들은 한곳에 갇혀 있었다. 아무도 모른다는 것은 불가능했다. 목숨이 붙어있는 조선인은 줄어들었고 죽은 조선인들은 전사자 명단에 올라와 있기 때문에 알아보기란 누워서 떡먹기와 같았다.

그런데 생존자 명단에도 전사자 명단에도 서수철의 이름은 없었다. 하다못해 안면이 있는 사람도 없었다. 즉 서수철은 만주에 없다는 결론뿐이었다. 하춘희는 곰곰이 추리를 해봤다. 분명 만주에 있을 사람이 없다면? 다른 곳으로 끌려갔거나 크게 다쳐서 치료를 받는 상황뿐이었다.

치료를 받을 상황은 극히 희박했다. 일본인만 치료하는 비열한 그들이 조선인을 치료할 리 만무했다. 그렇다면 다른 곳으로 끌려갔을 텐데 만주에서 다른 곳으로 끌려가는 경우는 극히 드물었다.

막막했다. 허나 하늘이 무너져도 솟아날 구멍은 있다고 했던가? 총기가 가득한 하춘희는 기발한 추리를 해나갔다.

치료를 받는 상황을 배제하고 살지도, 죽지도 않았다면 극히 드문 어디론가 끌려갔을 상황뿐이었다. 죄를 지어 끌려갔을 리는 없다. 조선인은 군법을 어기면 즉시 처형이기에 군법을 어겼다면 사망자 명단에 올랐을 것이다. 결국 죄를 짓지는 않았다는 이야기다. 그런데도 끌려갔다면 분명히 이유가 있을 것이다. 끌려갈 이유란? 죄를 지으면 죽고 죽으면 사망자 명단에 올라간다. 죄도 없는데 가장 힘든 전쟁을 치루고 있는 만주에서 사람을 빼내어 이송하지 않았을 것이다. 또한 어지간히 아프거나 불구가 되어도 절대 이송되지 않는다. 차라리 전쟁터에서 총알받이로 죽게 하는 편이 훨씬 이득이니까. 결론은 하나다. 전염병이다. 다수의 아군을 감염시킬 수 있는 전염병에 걸렸기에 이송되거나 버림을 받았을 경우가 가장 큰 확률이었다. 최종 판단이 서자 하춘희는 매달 위안소를 방문해 약을 주고 검사를 주도하는 적십자를 떠올렸다. 전염병에 걸린 조선인을 일본이 치료하지 않는다면 적십자에서 도움을 줬을 것이 자명했다.

하춘희는 적십자가 오는 날을 눈이 빠지게 기다렸다. 아무쪼록 자신의 판단이 옳았기를 총망하며 기다리고 기다렸다.

오순덕에게 못 찾았다며 단념을 권할 수도 있었지만 그녀의 순정을 바라보노라니 쉽사리 포기가 되지 않았다. 그리고 부러웠다. 분명 그녀보다 지혜롭고 아름다웠다. 지식도 뛰어나고 그녀는 비교도 되지 않을 만큼 우월한 면모가 다분했다. 객관적인 시선으로 보더라도 하춘희는 위대했다. 역사에 이름을 남길 만큼 충분히 가치 있는 인물이었다. 하지만 하춘희에게는 없는 하나가 그녀에게 있었다. 아니 위안소에 있는 모든 친구들이 가지고 있지 않은 하나를 그녀는 가지고 있었다.

바로 순정. 포기를 모르는 사랑.

솔직한 심정으로 하춘희는 과연 정혼자가 그녀를 받아줄 수 있을까 의문이었다. 그녀가 말하는 순정이 진실인지가 궁금했다.

자신의 확신대로 그가 살아있다면 편지를 전달 할 수 있을 것이다. 적십자를 통해 전달한 편지를 그는 받을 것이다. 그럼 어디에서 편지가 쓰였는지 알 수 있을 것이고 그녀가 위안소에 있다는 걸 알게 될 것이다. 의원이기에 위안소가 뭘 하는 곳인지 손쉽게 알아낼 수 있을 테고 사실을 안 그가 과연 '어떻게 받아들일까?'라는 확인을 하고 싶었다.

태어나면서부터 일제의 식민 지배를 받았다. 곧은 선비를 아버지로 뒀다. 사랑보다는 애국을 위한 일에 앞장서야 했다. 여자가 가장 원하는 사랑을 포기했다. 고문을 당하고, 강제로 성폭행을 당했다. 위안소에서도 사랑도 없이 욕구를 배설하는 더러운 자들만을 봐 왔다. 그래서였다. 그녀의 사랑, 순정이 어떤 것인지 무척이나 궁금했다. 하춘희는 알고 싶었다.

진정 모든 여자들이 원하는 순정이 진실로 존재하는 지.

기다렸던 적십자에서 약을 가지고 위안소를 방문했다. 하춘희가 살며시 간호사를 따로 불렀다. 혹시나 감시하는 일본인들이 듣지는 않을까 주위의 경계를 늦추지 않았다. 남몰래 간호사의 귀에 속삭였다.

"혹시 조선인 병사들 중에서 전염병에 걸려서 이송된 사람이 있나요?"

간호사는 까닭은 몰랐지만 본능적으로 일본인의 동태를 살폈다. 안전하다는 것을 느낀 간호사가 곰곰이 지난 일들을 떠올려 봤다. 일본은 전염병을 철저하게 방지했다. 만주를 방문하면서 한 번도 전염병으로 이송된 사람을 본 적이 없었다. 간호사가 없어요, 하고 대답하려는 찰나 불현듯 한 사람이 떠올랐다. 한센병에 걸려 소록도로 끌려갔던 조선인이었다. 바로 서수철이었다. 한센병 발병으로 인해 적십자 측에서 대대적인 방역활동을 했었던 사건도 덩달아 떠올랐다. 간호사가 "전염병은 아니고 한센병으로 소록도로 이송된 조선인은 있어요."라고 대답했다. 하춘희의 눈이 번뜩였다. 속으로 '찾았다!'라고 기쁨의 탄성을 내질렀다.

"부탁이 있어요. 이곳에 그분의 정혼자가 있어요. 위험하다는 건 알아요. 하지만 그 둘은 억울하게 일본의 전쟁으로 희생되었어요. 편지를 전달해 주실 수 있으신가요?"

하춘희는 간호사가 수월하게 허락할 것이라는 걸 알았다. 적십자는 일본이 허술하게 관리하는 유일한 단체였다. 정의가 기본인 적십자에게 도와주지 않을 이유가 없었다. 하춘희의 선견대로 간호사가 의미심장한 형색을 보였다.

적십자 간호사가 하춘희에게서 편지를 건네받았다. 그녀는 "잘 전해주시오."라고 말하며 숨겨두었던 사탕을 간호사의 손에 쥐여 줬다. 간호사는 괜찮다고 한사코 거절했지만 그녀는 지지 않고 간호사의 주머니 깊숙이 사탕을 넣어주었다.

편지를 전달할 수 있어서 다행이라고 여겼다. 하지만 안도는 간사하게도 걱정으로 바뀌었다. 오순덕 때문이었다.

적십자가 자리를 떠났다. 오순덕이 그녀의 방 안에 들어왔다. 그녀는 고맙다고 하춘희를 껴안고 펄쩍펄쩍 뛰었다. 하춘희가 그녀의 팔을 풀고 걱정 어린 눈으로 말했다.

"적십자에서 편지를 전달하면 네가 위안소에 있다는 걸 알 수 있을 거야. 그때 네 정혼자가 이해할 수 있을까?"

그녀의 심장이 쿵! 하고 떨어졌다. 하춘희가 연거푸 말했다.

"그리고 네 정혼자는 문둥병에 걸렸어. 그래서 소록도라는 곳으로 끌려갔다고 해."

그녀가 털썩 침대에 앉았다. "설마…. 그럴 리가 없어."라고 말했다. 하춘희가 쪼그려 앉아 그녀의 목을 끌어안았다. 말하고 싶지 않았다. 상처를 주기 싫었다. 그래도 말해야 했다. 그녀는 그의 정혼자다. 그녀에게 그의 소식을 전해주는 것도 잘못이지만 그의 소식을 말하지 않는 것도 잘못이다. 진실을 말해야 했다. 떳떳하고 싶었다. 가벼워지고 싶었다. 그들의 순정을 믿고 싶었다.

"걱정하지 마. 그분은 분명 이해하실 거야. 너도 문둥병에 걸린 네 정혼자를 이해할 수 있겠지?"

그녀는 질문의 답을 주는 대신 하춘희에게 물었다.

"거기는 전쟁이 없나?"

"응?"

"거기는 전쟁 없는 곳이여? 환자들만 사는 곳이여?"

"그렇대. 문둥이들만 사는 곳이래. 전쟁을 하는 곳은 아니야. 거긴 환자들을 격리하는 곳이래."

하춘희의 지레짐작과는 달리 그녀가 '휴!' 하고 숨을 내쉬며 "다행이다."라고 말했다. 그 속을 알 수 없는 하춘희가 어슴푸레한 자태로 그녀를 관찰했다. 그녀가 해맑게 말했다.

"다행이다. 전쟁이 없는 곳에 오라비가 있어서. 적어도 목숨이 왔다 갔다 하는 곳은 아니잖여. 문둥병이면 어뗘. 살아있기만 하면 되지. 내가 더럽다고 버리면 어뗘. 오라비가 살아있으면 난 그걸로 족혀."

하춘희는 비로소 순정이 무엇인지 조금은 알 수 있을 것 같았다.

: : :

"그분과 나는 서로 알고 있었어. 내가 '위안부'로 갔다는 사실, 그분이 한센병이라는 사실. 서로 알고 있었어. 서로가 알고 있는 걸 알면서도 서로 모른 척 혔어. 굳이 우리가 서로 말하지 않아도 됐으니께. 거짓 편지라는 걸 알면서도 우리는 행복했어. 평생을 서로 모른 척 살아갈 거라는 걸 말하지 않아도 알았으니께. 이해할 수 있으려나, 그게 바로 순정이여."

대화

오라비 보시오.

내가 글을 배웠소. 나는 만주에서 지내고 있소. 이곳에 오라비가 있을 줄 알았는데 감쪽같이 사라졌구려. 나는 밥도 잘 먹고 친구들도 많아서 그럭저럭 살만하오. 돈을 벌려고 왔는 디 많이 벌어 갈 거요. 오라비는 밥은 잘 챙겨 드시오? 글공부가 어려울 거라 생각했는디 배우니 그리 어렵지 않은 것 같소.

나는 잘 지내니 오라비 몸조심 하시오.

욕보시오.

: : :

순덕이 보아라.

글을 배웠다니 축하한다. 내가 덩달아 기분이 좋아지는 구나.

나는 전쟁터에서 다행히도 빠져나왔다. 경치 좋은 섬에서 동무들과 잘 살고 있다. 조만간 나갈 것 같다. 나는 여기에서 병자들도 고쳐주고 정원도 가꾸면서 잘 살고 있다. 밥은 잘 먹고 다닌다. 어디 아픈 곳은 없는 게냐? 만주는 엄청 바람이 매섭다. 늘 단단히 챙겨 입고 다녀야 한다. 만주에 양파는 많이 있을 게다. 서쪽에서 재배를 많이 해서 넘치는 게 양파다. 생양파는 속앓이를 할 수 있으니 뜨거운 물에 양파물을 우려 자주 챙겨먹도록 해라.

나는 남쪽이라 따뜻하게 잘 지낸다. 순덕아. 아프면 안 된다. 자주 자주 편지하도록 하겠다. 너도 글을 배웠으니 편지를 많이 보내도록 해라.

욕보거라.

: : :

오라비 보시오.

오늘은 친구들과 서양말을 배웠소. 춘희라는 친구가 있는디 총명하고 다정다감하오. 서양 꼬부랑말도 제법하고 한자도 잘 쓰오. 나는 건강하오. 친구들도 나를 좋아하오. 오라비는 아픈 곳이 없소? 사실 오라비에게 편지가 전달될 거라고는 상상도 하지 못했소. 살았는지 죽었는지 얼마나 걱정했는지 아오? 열심히 공장에서 일하고 있으니 걱정 붙들어 매고 아프지 마시오. 나는 괜시리 오라비가 많이 걱정되오. 왜인지는 잘 몰긋는 디 오라비가 자꾸 걱정되니 아프면 안 되오. 의원이 아플 리는 없겠지만 그래도 아프면 안 되오. 몸이 상한 곳은 없소? 없으면 다행이지만 혹시나 상했으면 서슴없이 말하오. 몸 좀 상했다고 지아비 버리는 년이 있소이까? 내 걱정일랑 말고 꼭 몸

챙기시오.

공장에 일이 많소. 돈을 많이 벌어갈 수 있을 것 같소. 돈 못 번다고 답답해하지 말고 계시오. 내가 벌고 있으니 그래도 우리 고향에 돌아가면 작은 의원이라도 할 수 있을 것이오.

친구들하고 잘 지내고 밥도 잘 먹고 지내오. 아프시지 마시고 어디가 상하면 주저 말고 이야기 하시오. 나는 다 받아들일 수 있으니께. 또 예전 내 귀빠진 날 했던 것처럼 미련하게 뭔가 주려고 꽁꽁 숨겨두지 말고 배 따뜻하니 먹을 거 잘 먹고 계시오.

오라비 내가 사탕을 보내오. 이거 귀한 거요. 달달하니 맛이 괜찮으니 먹어보시오.

욕보시오.

: : :

순덕이 보거라.

사탕이라는 거 달달하니 좋구나. 네가 준 사탕을 여기에서 사귄 가족들과 같이 먹었다. 쪼개서 먹었는데 모두가 잘 빨아먹었다. 나는 풍족하게 잘 먹는다. 정원을 가꾸는 일에 이제는 일가견이 생겨서 고향에 돌아가면 근사한 마당을 만들 수 있을 것 같다. 내가 노인 하나를 치료해 주는데 몸이 하루가 다르게 좋아져서 다행이다.

여기에서 내가 이모라고 부르는 사람이 있다. 가족같이 지내는데 부유한 사람이라 잘 챙겨준다. 여동생도 생겼다. 참하게 생겼는데 우리 앞집 만득이 놈을 주선해 주고 싶구나.

순덕아, 나는 말이다. 어떤 일을 겪더라도 너와 함께 할 것이다. 우리 약조했지 않느냐. 그 약조를 지킬 터이니 너도 나를 믿어주기 바란다.

 어떤 시련이 있어도 우리는 서로가 믿어야 하는 것이다. 내 너를 위해 의원이 됐다. 내 소망은 바로 너라는 걸 잊지 말거라. 돈 많이 벌려고 하지마라. 돈 벌지 말고 그냥 요령껏 쉬었으면 좋겠다. 내가 많이 벌고 있고 이모가 고향에 갈 때 단단히 한몫 챙겨줄 거라 했다. 여기에서 정원을 다 만들면 수당도 두둑이 준다고 했다. 그러니 너는 돈 일랑 걱정하지 말고 쉬면서 있거라.
 내가 약초를 다려주고 싶지만 만주까지는 삼천 리가 넘는 길인지라 줄 수가 없다. 사탕이라는 건 썩지도 않는가보다.
 잊지 말거라. 내가 너를 책임지겠다고 약조했고, 나는 어떠한 일이 있더라도 그 약조를 지킬 것이니, 어떤 힘겨움이 있든 나를 믿거라.
 나는 너를 언제나 이해할 수 있다.
 지아비라면 그래야 하는 것이다.
 오늘도 욕보거라.

: : :

 오라비 보시오.
 적십자가 늦게 와서 이제야 편지를 쓰오. 사탕이 얼마나 된다고 그걸 나눠드시오? 그냥 혼자 몰래 먹어야지. 이번에도 보낼 터이니 숨겨놓고 혼자 드시오. 대신 내가 이모꺼랑 여동생 것도 조금 보낼 터이니 딱 그것만 주시오. 근디 여동생이 예쁘오? 홀라당 홀리는 거 아니오? 그랬다가는 보시오. 내가 달려가서 혼쭐을 내줄터인게. 농담이요. 내 오라비를 믿어야지 누굴 믿겠소.
 오늘은 바람이 약하오. 나는 만주에 있는데 오라비는 반대쪽에 계시는 구려.

그래도 우리 다시 만날 수 있겠지요? 적십자를 따라 오라비에게 가고 싶지만 그리 할 수 없어서 슬프오.

서양말을 많이 배웠소. 꼬부랑 글씨가 영어라는 건 아오?

내가 영어로 오라비에게 하고 싶은 말을 적어보려 하오.

오라비는 영어를 모르지요? 알려면 공부를 해야 할 것이오. 오라비가 알아내기 전까지 절대로 뜻을 이야기하지 않을 거요.

I LOVE YOU.

적어보니 글씨가 야들야들한 것이 예쁘오.

오라비.

나는 오라비를 떠날 다짐을 한 번도 해본 적이 없소. 그러니 오라비도 어떤 일로 하여금 나를 보내려고 하지 마시오.

나는 다 이해하오. 오라비가 아프든 다리가 부러졌든 봉사가 되든 이해하고 받아들일 준비가 되어 있소. 우리 쓰잘데기 없는 잡생각 하지 말고 있었으면 좋겠소. 내가 오라비를 믿는 만큼만 오라비가 나를 믿어주시오.

우리가 믿는 건 염려치 않는데 말이오.

오라비. 우리 언제쯤 고향에 갈 수 있는 거요?

고향에서 우리 예전처럼 살 수 있는 거요?

춘희라는 친구가 그러는디 일본 놈들은 서양인들이 가만두지 않을 거라 하더이다. 그럼 우리는 고향으로 가는 거요? 만약 오라비가 그곳에 있을 거라면 내가 그리 가겠소. 내겐 오라비가 있는 곳이 고향이오. 거기에도 오라비 여동생도 있고 이모도 있으니 내가 가는 길이 더 편할 수도 있겠소. 그러니 거기에서 어쩔 수 없이 살게 되더라도 맘 놓고 말해주시오.

알겠다고 말해주시오.
욕보오.

: : :

순덕이 보아라.
사탕은 몰래 숨겨두었다. 이모랑 동생에게는 줬는데 좋아한다. 앞으로 보내지 말거라. 네가 많이 먹는 게 좋다. 나는 사탕이 달달하고 좋긴 한데 많이는 못 먹겠더라. 보내준 사탕이면 두어 달은 족히 먹고도 남을 것 같다.

영어라는 글씨는 처음 본다. 한자와는 많이 다르구나. 네 고집을 아니 무슨 뜻인지 귀찮게 물어보지 않을 것이다. 좋은 의미라 믿고 있다. 여기에서는 영어를 공부할 수 없으니 내가 차후에 공부해서 알도록 하겠다.

순덕아! 고향에 꼭 갈 수 있다. 걱정하지 말거라. 내가 말한 것 중 실천 안 한 것이 있더냐? 고향에 가서 우리 의원을 차려서 오순도순 같이 살자. 예전처럼 살 수 있느냐는 말이 무슨 뜻인지 모르겠다. 이곳에서 나가지 못할 일은 없다. 염려로 인해 마음고생하지 말거라. 나는 반드시 나간다. 그래서 너와 고향에서 살아갈 것이다.

내가 말했지 않느냐. 어떤 일을 하든 나는 네 지아비가 될 사람이다. 네가 내가 병신이 되도 이해한다 했느냐? 나도 그렇다. 네가 무슨 일을 당하고 어떤 상황에서 살았든 다 이해할 수 있다. 너는 내게 과분한 사람이다. 너를 아내로 부족함이 없이 여기는 마음은 변하지 않을 터이니 걱정 말거라.

신선한 바람이 분다.
내가 너에게 했었던 말을 기억하느냐? 우물가에서 말이다.

내 마음은 그대로다.

오늘 그때 맡았던 바람 냄새가 코를 자극했다. 우리 조금만 참고 기다리자. 예전과 같이 우리는 함께 할 수 있으니 괜한 걱정으로 상심하지 말길 바란다.

욕보거라.

: : :

오라비 보시오.

사탕을 또 보내오. 나는 든든히 먹고 남아서 그러오. 오라비가 바람 냄새를 맡았던 날이 아마도 오라비가 내게 청혼했던 날이 아닐까 싶소. 편지가 오는데 한 달 정도 걸리니 대충 맞을 것이오. 내가 글을 배울 때 오라비에게 쓰고 싶었던 글자가 있었소.

다 배우고 나서 맨 처음 써 봤었소.

'미안해요. 보고 싶소.'

이 글자요. 그냥 다 미안하오. 그런데 참말 너무 보고 싶소. 내가 오라비에게 얼마나 큰 죄를 짓는지 아시오? 모를 것이오. 그래도 오라비가 날 이해해줬으면 좋겠다는 마음뿐이요. 사람은 간사한 것 같소.

그저 살아만 있어달라고 애원했는데 막상 오라비가 살아있으니 나와 동행해주길 바라지 않소.

그저 살아만 있어 달라고 애원했는데 이제는 오라비가 성한 몸으로 잘 살고 있었으면 하고 바라지 않소.

내가 나쁜가 보오. 나쁜 맴에 하늘이 벌을 주지나 않을까 걱정스럽소.

오늘따라 오라비가 무척이나 보고 싶어지오.
우리 다시 만납시다. 오라비. 미안하오. 그리고 보고 싶소.
욕보오.

: : :

순덕이 보아라.

순덕아. 뭐가 미안하단 말이야. 나에게 미안한 건 하나도 없다. 바라는 것도 없다. 다만 딱 한 가지, 건강하길 바랄 뿐이다. 어찌 내가 너에게 미안하다는 말을 받는단 말이냐. 그 말을 빨리 걷어가라. 오히려 내가 미안하다. 너를 만주까지 가게 한 내가 참으로 미안하다. 몸도 약한 네가 만주에 가 있는 걸 생각하면 가슴이 찢어질 듯 아파온다.

너무 듣기 고달프고 아픈 말이다. 그 말을 들으니 내가 너를 사지로 몰아넣은 놈 같아 잠을 이룰 수 없구나.

순덕아!

보고 싶다. 나도 네가 너무 보고 싶다. 보고 싶어서 죽을 것 같다.

내 하루 빨리 너를 찾으러 갈 것이다. 그러니 나를 기다리고 있거라. 미안한 마음일랑 다 버리고 기다리고 있거라.

내가 성한 모습으로, 적어도 네 바람대로 사지는 멀쩡하게 갈 터이니 조금만 참고 기다려 주거라.

우리 고향에 가자마자 혼례를 올리자. 모든 절차 따위는 삼가고 혼례부터 올리자. 내 너를 꼭 아내로 맞이하여 살아가고 싶다.

순덕아! 나도 많이 보고 싶다.

욕보거라.

이별

　매점 직원이 문을 열어 놓은 탓에 시원한 바람이 유소영의 볼을 스쳐 지나쳐 갔다. 그녀는 서수철이 받은 편지들을 읽고 있었다. 세월을 머금은 편지지는 힘이 없었다. 그녀의 손은 조심조심 편지를 넘겨 갔다. 금방이라도 찢어질 것 같은 종이 안 내용은 절대 사라져서는 안 되는 안타까움과 절절한 그리움이 가득했다. 투박하고 별 내용도 없었다. 딱딱하고 재미있지도, 간지러운 말도 없었다. 그래도 예뻤다. 왜인지는 모르겠지만 그냥 예뻤다. 그녀의 손은 천천히 움직였다. 한 글자라도 놓친다면 아쉬움이 깊이 새겨질 것 같았다. 아니, 그녀는 그 안에서 뭔가를 배우려 하는 것 같았다. 아쉬움으로 위장한 배움이 아마도 정답일 것이다. 그녀가 깊숙이 편지에 빠져들어 있을 때였다. 다음 장을 넘기려는 그녀의 손이 멈칫했다. 그녀가 의구심을 안고 뜬금없이 "사랑하셨지요?"라고 물었다. 그가 "사랑하지."라고 답했다. 그녀가 또 물었다.

"사랑하셨는데, 아니, 지금도 사랑하시는데 전쟁이 끝나고 왜 만나지 않으셨어요?"

그가 답변 대신 몸을 일으켰다.

"그 이야기는 마지막 장소로 가서 이야기해주면 좋을 것 같아."

그녀가 아무런 말도 없이 따라나섰다. 그는 다시 왔던 길을 되돌아 병원 쪽으로 걸음을 향했다. 해는 어느덧 마지막 뜨거운 빛을 내고 있었다. 저 멀리 수평선 사이로 반쯤 고개를 들고는 소록도에게 내일 만날 것을 약속이라도 하는 듯 바다를 노란색으로 물들이고 있었다. 관광을 왔던 사람들은 소록도의 엄격한 규정에 의해서 빠져나가고 없었다. 아까와는 다른 분위기의 소록도였다. 포근해 보였지만 사람이 다니지 않으니 외롭게 느껴졌다. 태양의 따스한 색도, 향기로운 꽃의 향기도 사무치는 외로움을 쫓아내지 못하고 있었다. 마치 어머니가 다 큰 자식들을 타향으로 멀리 보내고 텅 빈 큰집에 홀로 남겨져 있는 것과 흡사했다. 그녀가 멀리 수평선을 바라봤다. 은은하고 깊은 태양을 삼킨 바다는 그녀의 살결과 그의 살결조차 태양의 색으로 물들였다. 꽃들조차 본연의 색을 잃고 노랑으로 물들고 있었다.

바다만이 황금물결이었는데 걸어오는 도중 소록도 전체가 황금빛으로 변했다. 분명 밤은 찾아오건만 지금의 소록도를 보자면 달빛이 지배하는 밤은 소록도를 침범하지 못할 것 같았다.

그는 걸으며 아무런 말이 없었다. 그녀는 어색해하지 않았다. 모든 만물이 침묵을 지켜야 한다고 말하고 있었다. 바람도 어느새 잠들었는지 찾아오지 않았다. 새들은 지저귀지 않았다. 물결은 잠잠했고 소록도 어느 곳에서도 그녀의 귀에 소식을 전하지 않았다. 오로지 그와 그녀의 발걸음만이 어디론가 향하고 있음을 알리고 있었다.

그가 병원을 지나쳤다. 그녀는 따랐다. 그가 공원으로 발길을 옮겼다. 사람이 없는 공원은 적막 그 자체였다. 지상낙원이었던 공간은 사람이 사라지니 삭막함만이 전부였다. 뭔가가 빠진 허전한 느낌이었다. 아마도 이런 분위기 속에서 그는 평생을 살았을 것이다. 누구도 찾지 않는 곳. 아무리 치장을 하고 어느 누가 봐도 찬사가 터져 나올 정도로 꾸며놓았지만 한센병이라는 낙인이 쓸쓸함과 고독만이 지배하는 소록도를 만들었을 것이다.

그녀가 그의 손을 찾았다. 따뜻한 체온 대신 장갑의 촉감이 전해졌다. 그가 움찔했다. 그녀는 그가 거부할 수 없도록 손에 힘을 줬다. 그는 손을 뿌리치지 않았다. 이렇게 하고 싶었다. 그의 손을 잡고 싶었다. 홀로 이곳을 지켜온 그를 위로하고 싶었다. 혼자가 아니라는, 이제는 누군가 같이 걷고 있음을 알리고 싶었다.

그가 걸음을 멈춰선 곳은 감금실 옆 건물이었다. 그녀의 손은 떨어지지 않았다. 그녀가 손을 놓아버린 건 단종대(斷種臺, 남성에게 불임 수술을 하기 위해 만든 받침대)와 수술실을 보고 나서였다. 벌어지는 입을 가려야 할 정도로 큰 충격이었다.

그가 감금실과 비슷한 건물 안으로 들어갔다. 안은 일곱 평 남짓한 공간이었다. 방 안 중간에 수술대와 비슷하게 생긴 침대가 덩그러니 놓여있었다. 무수히 많은 사람들이 누웠었는지 회색인 수술대는 붉은 기를 흠뻑 머금어 붉은 회색빛을 띠고 있었다. 일반 수술대와 다른 점이 있다면 나무와 비슷한 재질로 만들어졌다는 점과 다리 쪽 부분에 'T'자로 생긴 알 수 없는 물체가 자리 잡고 있다는 점뿐이었다. 그가 입을 열었다.

"한센병은 세 번 죽는다고 하지. 첫 번째 죽음은 한센병에 걸린 것이고 두 번째 죽음은 이곳에서 시작되지. 이곳은 바로 거세를 하는 곳

| 이별 | 149

이여. 환자들이 아기를 낳지 못하도록 이곳에서 거세를 당했지. 이 수술대가 바로 단종대라 불리는 잔인한 놈이여. 그리고 세 번째는 바로 저 옆방에서 죽어."

그는 걸음을 옮겨 문도 없는 방으로 들어갔다. 그곳은 칙칙한 세면대가 시멘트로 만들어져 있었다. 그 이외는 아무것도 없는 텅 빈 방이었다. 그가 말했다.

"여기는 시신을 해부하는 곳이었어. 환자들이 죽으면 이곳에서 해부를 당했어. 죽어서도 또 다시 죽임을 당하는 거여. 그리고는 무덤도 없이 화장되어 아무 곳에나 뿌려졌지."

그녀의 손은 단종대를 보자마자 이미 입으로 향해 있었다. 마취도 구도 없다. 사람의 손이 닿는 부분은 회색빛도 아니고 핏빛도 아니었다. 거세를 당하며 쓰라린 아픔을 참기 위해 손으로 부여잡았던 흔적인 손때가 시커멓게 자리 잡고 있을 뿐이었다. 단종대에서 수술을 당한 사람들의 일그러진 얼굴이 눈에 선했다. 두 눈을 감아도 머리는 자꾸 상상을 만들어냈다. 몸부림치는 환자들의 비명이 생생하게 들려오는 것 같았다. 'T'자형 물체가 다리를 강제로 고정하는데 쓰였다는 사실은 굳이 설명을 하지 않아도 알 수 있었다. 손발이 묶인 채 당했던 거세…. 믿어지지 않았다. 고작 병 때문에 신이 준 선물을 무참하게 거둬갔다는 진실을 납득할 수 없었다. 하지만 현실이었다. 그 어떤 권리도 주어지지 않는 곳. 그곳이 바로 소록도였던 것이다. 죽음조차 편히 쉴 수 없는 곳. 그곳이 바로 소록도였던 것이다. 마루타와 같은 비인간적인 행위가 천국과 비교해도 손색이 없는 소록도에서 자행되고 있었던 것이다. 길을 가는 사람을 붙잡고 물어봐도 이러한 얼토당토하지 않은 이야기를 이해하고 받아들일 누군가는 없어보였다.

그가 한 번도 벗지 않은 장갑을 벗었다. 모자와 마스크로 깊숙이

가려져 있는 눈을 향해 손이 옮겨졌다. 눈물을 훔치고 있었다. 그녀도 볼을 타고 눈물이 흘러내렸지만 닦아낼 수 없었다. 너무 놀란 나머지 눈물이 흐르고 있는지도, 그가 장갑을 벗어 눈물을 닦아내는 지도 모르고 있었다.

그가 말했다.

"학순이는 말이여. 평범한 사회인인데도 여기에서 세 번을 죽어나갔어. 낙태를 당하고 자궁을 들어내고 해부를 당혔어. 나는 다행인건가? 소록도에서 두 번만 죽은 나는 다행인건가? 이제는 어떤 게 옳은 건지도 모르것어. 이렇게 살아있는 것이 다행인지 아니면 항변해야 하는 일인지. 나를 원망해야 하는 것인지, 누굴 원망해야 하는 것인지. 나도 정말 모르것어. 근디 확실한 건 말이여. 내가 그 사람을 보내야만 했다는 것이여. 어느 게 옳은지 갈팡질팡하면서도 그 사람을 보내는 일에는 확고했었어."

행복이란 무엇일까?

누구나 원하는 답일 것이다.

서수철과 이모, 강학순은 찾은 듯 했다.

생살이 찢어지는 고통으로 일을 했다. 하루가 멀다 하고 학대를 당해야 했다. 몽둥이와 채찍은 이제 당연했다. 직원과 자신들은 같은 사람이 아니라는 걸 순순히 받아들이는 비정상적인 생활에 적응해 갔다.

그래도 행복했다.

저녁이면 셋이 모여 밥을 먹었다. 하루의 이야기를 나눴다. 했던 이야기를 반복해서 할 뿐이었다. 벽돌을 굽거나 땅을 파거나 나무를 심는 이야기. 노인의 소식이나 같이 일하는 사람들의 이야기. 누가 탈출을 하다 걸렸다거나 사고로 죽은 이야기.

그래도 그들은 행복했다.

모여 있을 수 있다는 사실. 밥을 같이 먹으며 이야기를 나눌 수 있다는 사실. 그리고 사랑하는 이에게 편지를 전달하고 소식을 들을 수 있는 사실.

그것만으로도 그들에게는 충분한 행복이자 만족이었다.

적어도 그들에게는 최고의 나날이었다.

강학순이 며칠 보이지 않았다. 아낙과 서수철은 둘만 있는 방 안이 허전하게 느껴졌다. 며칠 동안 그녀 걱정뿐이었다. 하루는 바빠서 못 나오겠거니 했다. 다음날도 일이 많겠거니 생각했다. 사흘이 지나고 나흘이 지나도 보이지 않자 점차 걱정이 되기 시작했다. 그와 아낙은 방 안에 있는 시간보다 철조망 사이의 땅을 파는 시간이 더 많았다. 혹시나 무슨 연락을 낮에 취하고 가지는 않았는지 그녀의 편지를 찾아내는 일에 몰두했다. 소식을 정하기로 한 정해진 장소 이외에도 여기저기 구덩이를 파봤다. 아무리 찾아도 그녀의 소식은 전해지지 않았다.

노인에게 그녀의 이야기를 해야 하는 건지 어떻게 해야 하는지도 문제였다. 일주일이 넘게 연락이 없는 그녀의 이야기를 털어놓기가 막막했다. 아낙은 바빠서 연락을 못하는 것일 테니 조금 더 기다려 보자고 했지만 그는 걱정을 떨칠 수 없었다. 오순덕의 편지도 편지지만 그녀의 걱정도 시간이 갈수록 깊어만 갔다.

보름이 넘었을 때였다. 어김없이 아낙의 집을 찾은 그였다. 언제나 밖에서 그가 오기를 기다리던 아낙이 마중 나오지 않았다. 집에는 불이 켜져 있었다. 그는 '학순이가 왔구나!'라고 속으로 탄성을 지르며 냅다 달렸다. 신발을 대충 벗어놓고 방문을 활짝 열었다. 그의 예측은 적중했다. 그녀가 그를 반겼다.

"오라버니, 오랜만에 왔어요."

말은 그를 반겼지만 목소리는 그렇지 않았다. 무겁고 어딘가 모르게 근심이 묻어나왔다. 아낙이 "어여, 앉어."라고 말했다. 아낙의 목소리도 그녀와 별반 다르지 않았다. 그는 무거운 분위기를 읽어내고 "무슨 일이냐?"라고 물었다. 그녀가 아무 말 없이 고개를 숙였다. 그가 아낙을 쳐다봤다. 아낙은 '휴!'하고 숨을 길게 내쉬었다. 그녀가 자리에서 일어나 방문을 열고 나갔다. 마루에 걸터앉은 소리가 전해졌다. 그는 그녀를 쫓아가지 않고 아낙 앞에 앉았다. 아낙에게 이야기를 미루고 있음을 알 수 있었기 때문이다.

"이모, 학순이에게 무슨 문제가 있는 거요?"

아낙의 입은 쉽게 열리지 않았다.

"이모, 말해보시오. 왜 그러요?"

아낙이 불안한 눈빛으로 그를 바라봤다. 그가 아낙의 손을 잡았다.

"어서 말해보시오. 내가 답답해 죽겠소. 어서요."

그가 보챘다. 그의 목소리가 밖으로 새어나갈 정도로 크자 아낙이 손을 입으로 가져가며 "조용히 하거라."하고 주의를 주었다. 아낙이 쥐 죽은 목소리로 그에게 물었다.

"의원이니 진맥을 보면 아이를 가졌는지도 알 수 있느냐?"

아낙의 말에 그가 잠시 할 말을 잃었다. 뭔 소리요? 하고 물으려다 별떡 일어나 방문을 열고 마루에 앉아있는 그녀의 손을 가로채 진맥을 했다. 눈을 감고 진맥을 하던 그의 눈이 번뜩 떠졌다. 그가 "학순아!"하고 떨리는 목소리를 냈다. 믿을 수 없는 눈으로 그녀를 바라봤다. 그녀가 엉엉 울기 시작했다. 아낙이 나왔다. 둘을 감싸고 "안으로 들어가자."라며 방 안으로 이끌었다.

한센병 환자들의 저주인 걸까?
과학적으로 증명되지는 않았지만 환자들의 자식들은 대부분이 인물자랑을 할 수 있을 정도로 잘났다. 강학순도 그랬다. 노인과 산속에 살 때부터 그녀의 소문은 동네에 자자했다.
사람들은 한센병에 걸린 환자 자식들이 예쁘고 잘생긴 이유가 아이들을 유혹해서 간을 빼먹기 위한 수단으로 마귀가 저주를 내린 것이라고 떠들었다. 그녀에게도 같은 소문이 적용됐다. 동네에서 그녀를 좋아하는 아이들이 있으면 부모들이 아이를 혼낸 뒤 "그년은 너 같은 아이를 홀려서 간을 빼가려고 곱게 태어난 것이다. 마귀가 그렇게 만든 것이여. 구미호가 예쁘지? 그래서 남정네들 홀려서 간을 빼먹잖여. 그년도 마찬가지여. 지 아비에게 간을 가져다주려고 예쁘게 태어난 거여."라고 꾸짖었다.
차라리 말도 안 되는 소문으로 그녀가 안전했으면 좋았을 것이다. 모든 비극은 소록도에서 비롯되었다. 노인과 그녀가 소록도로 온 뒤로 그녀의 삶은 송두리째 빼앗겼다.

직원지대에 따로 환자 아이들을 분류해 놓은 이유가 무엇일까?
임신을 하면 낙태를 시키고 거세를 하는 직원들이었다. 한센병에 걸린 아이가 나온다는 이유였다. 그런데 한센병을 보균하고 있을지도 모르는 아이들을 왜 부모들과 떨어져 일반인인 직원들과 지내게 한 것일까?
사실 직원들은 알고 있었다. 한센병은 유전적인 요인이 미비하다는 것을. 또한 거세나 중절수술은 그들의 실험을 위한 것이지 한센병을 막기 위한 수단이 아니었다.

　엑스레이가 없었던 시절. 그들은 태아의 형체를 알고 싶어했다. 또한 어떻게 아기가 생기는지에 대한 연구에도 목이 말라있었다. 그들은 마루타와 같은 실험체가 필요했다. 국제사회의 비난을 피하기 위한 수단으로 보기 좋게 '환자 격리'라는 포장을 했을 뿐이다. 소록도는 생체실험을 위한 공간이었던 것이다.

　뿐만 아니라 그들은 한센병을 가지고 생화학 무기를 만들고 싶어했다. 전염이 되는 병균, 신체를 훼손하는 병균이 필요했던 그들에게 한센병은 가장 좋은 무기가 될 수 있었다.

　나병, 문둥병이라 불리는 병은 사람들이 가장 무서워하는 병일뿐더러 격리를 주장해도 타당한 이유가 되는 병이었다. 섬에 갇혀있으니 밖으로 이야기가 새어 나가지도 않을 것이고, 생화학 무기를 만드는 연구를 하면서 생명에 관한 연구를 거리낌 없이 하기에도 한센병 환자는 아주 적절한 실험체였다. 조선에서조차 꺼려했던 환자들이기에 가능했다.

　그렇다면 왜 자식들까지 받아줬던 것일까?

　전쟁터에 위안소가 있다면 소록도에는 비슷한 기능을 하는 보육원이 존재했다.

　소록도는 환자들만을 격리하는 것이 아니었다. 섬이었기에 직원들도 자연스럽게 격리됐다. 환자들처럼 하루 종일 육체노동으로 피로하지 않았다. 직원들의 욕망이 꿈틀대기 시작했다. 환자들은 피곤에 찌들어 잠을 자는 욕망이 가장 컸다면, 잘 먹고 잘 입고 잘 자는 직원들에게는 다른 사치스러운 욕망이 쌓여가고 있었다. 바로 성욕이었다.

　초대 원장이 처음 보육시설을 만들었다. 일본인이지만 환자들이 해방 이후 원장을 기리는 탑을 세울 정도로 인자한 인물이었다. 보육원이 처음부터 더러운 시설로 사용되지는 않았던 것이다. 그렇다고 초대 원장이 거세를 하지 않거나 해부를 하지 않은 것은 아니었다. 그래도 환자들에게 죽을 정도의 노동을 시키지 않았으며, 심한 폭행 역시 존재하지 않았다. 적어도 그들은 그것만으로도 만족했다. 밖에서는 두들겨 맞아 죽는 일이 다반사였기에 환자들에게 이곳 생활은 그나마 버틸 만 했던 것이다. 아이들의 악몽은 2대 원장이 들어오면서부터 시작됐다. 환자들의 고통도 거기서부터 시작됐다. 2대 원장은 악랄했다. 환자들을 학대하고 보육원 아이들을 성노리개로 이용했다. 자신의 동상을 세우게 해서 신과 같은 대접을 받았다. 환자들은 아침마다 동상에 절을 해야 했다. 원장이 원하는 모든 것은 이뤄졌다. 정원이 가지고 싶다면 정원이 만들어졌고, 길이 불편하다 하면 단단히 다져진 길이 생겨났다.

　원장의 욕심은 끝이 없었다. 정원과 잘 닦긴 길만으로는 부족했다. 소록도 안에서 불가능한 딱 한 가지를 원장은 간절히 원했다. 바로 육체의 쾌락이었다. 보육원은 원장의 절대적인 권한으로 성을 학대하는 곳으로 변질됐다. 직원들 대부분이 남자였다. 그들은 일이 끝나고 나면 제일 먼저 보육원으로 향했다.

　단 원장이 아끼는 아이들은 탐할 수 없었다. 해가 떨어지면 원장의 예쁨을 받는 아이들은 번갈아가며 몸을 정갈히 씻고 원장이 쉬는 방으로 들어가야 했다.

　강학순도 원장의 노리개가 되어야 했다. 며칠에 한 번은 원장이 그녀를 불렀다. 상상할 수도 없는 행위를 원했고 그녀가 힘들어 할 때면 원장은 더욱 흥분하며 쾌감을 즐겼.

　아이들은 한 달에 한 번 수탄장에서 직원들의 감시와 함께 만나게 한 것도 그 이유였다. 아무리 말을 잘 듣는 환자들이라도 부모의 마음은 같았다.

 만약 아이들의 학대 사실이 알려진다면 한두 명도 아닌 수천 명의 환자들이 반란을 일으킬 것은 불 보듯 뻔했다. 힘겨운 생활 속에서도 환자들이 견딜 수 있는 이유는 그래도 아이들은 잘 먹고 잘살고 있다고 여기는 점과 밖에서 맞아죽느니 여기에서 버티는 편이 훨씬 낫다는 이유에서였다.

 아이들을 만나지 못하게 한다면 직원지대를 몰래 넘어오려는 시도가 있을 수밖에 없었다. 그땐 아이들의 학대를 목격하는 건 시간 문제였다. 해서 정해진 규칙이었다. 한 달에 한 번 아이들을 수탄장에서 볼 수 있도록 한 것은.

 수탄장에서의 만남을 위해 환자들은 몸이 부서져라 일했다.

 아이들을 소록도에 동행하게 하면 탈출하는 자들도 적어지고, 노동의 효과도 늘어나고, 직원들의 쾌락도 보장할 수 있으니 일석삼조의 판단이었던 것이다.

 끔찍한 날들이 반복됐다. 2대 원장이 눈여겨 본 아이들은 열두 명이나 됐다. 하루에도 서너 명의 아이들을 방으로 불렀다.

 아직도 생생했다. 원장이 자신의 순결을 빼앗았던 날이.

 새로운 원장이 부임했다. 원장은 소록도에 도착하자마자 보육원을 찾았다. 아이들을 한 줄로 세워놓고 차트에 뭔가를 체크를 했다. 그냥 지나치는 경우도 있었고 멈춰 서서 음침한 눈으로 아이를 바라보기도 했다. 멈춰서 기분 나쁜 시선을 받은 아이의 차트에는 뭔가를 써 내려갔다. 그런 행동이 긴 시간 이어졌다.

 배가 불쑥 나오고 대머리에 지저분한 피부를 가진 오십대의 원장은 아주 꼼꼼히 아이들을 살펴봤다. 오전에 이뤄진 검열 비슷한 행사는 점심때를 훨씬 넘기고 나서야 마무리 됐다.

늦은 점심을 먹고 있을 때였다. 직원들이 식당으로 찾아와 몇몇 아이들의 이름을 호명했다. 그 중에 강학순의 이름도 포함되어 있었다. 이름이 불린 아이들은 밥을 먹고 강당으로 모이라고 했다. 착실하게도 그녀와 서른 명 남짓한 아이들은 밥을 먹자마자 사이좋게 모여 강당으로 향했다.

강당에는 원장이 직원들의 호의를 받으며 왕처럼 앉아있었다. 징그러운 미소를 짓고는 머뭇거리는 아이들에게 가까이 오라며 손짓했다. 아이들이 명령대로 원장에게 가까이 다가가 일렬로 줄을 섰다.

원장은 아무 말도 하지 않았다. 기분 나쁜 음흉함으로 아이들을 세심하게 관찰했다. 중간 중간 원장의 손은 자신의 사타구니를 매만졌다. 아이들의 기분도 썩 좋지 않았다. 대놓고 몸을 훑어보는 원장의 행실이 그다지 좋아 보이지 않았다.

관찰은 오랫동안 이어졌다. 가만히 서 있는 자세가 불편해질 때까지 원장의 검사는 이어졌다. 아이들의 다리가 저려올 때쯤 원장이 시선을 거뒀다. 아이들은 찜찜함과 짜증나는 시선이 걷히자 가녀리게 숨을 내쉬었다. 원장은 차트에 고개를 처박고 골똘한 생각에 잠겼다. 뒤에서 원장을 호위하던 직원 중 하나에게 손짓을 했다. 직원이 원장 곁으로 다가갔다. 둘은 속삭거리며 차트를 신중하게 살폈다.

한 장 한 장…. 엄청난 시간을 들여 상의한 결과가 발표됐다. 허리를 굽혀 원장의 이야기를 듣던 직원이 이름을 지명했다.

"강학순, 여분이, 지순지, 장여쁜…."

열두 명의 아이들의 이름이 불려졌다. 직원은 이름이 불리지 않은 아이들을 나가게 하고 열두 명에게 웅변을 하듯 말했다.

"2대 원장님을 위한 봉사대가 너희들로 뽑혔다. 앞으로 너희에게 노동은 없다. 원장님을 모시게 되었으니 낮에는 충분한 휴식을 취할 수 있길 바란다."

노동이 없다는 소리에 아이들은 기뻐했다. 봉사대라는 의미가 무슨 의미인지도 몰랐다. 원장 곁에서 잡일이나 도와주는 것인 줄 알았다. 설마 자신들에게 파렴치한 짓을 할 줄은 열두 명 모두 예상하지 못했다. 직원이 말을 이었다.

"낮에는 편안하게 쉬고 저녁에만 봉사를 하면 된다. 2대 원장님을 보필하게 된 점을 자랑스럽게 생각하기 바란다. 위대한 수호 원장님을 위해 박수!"

아이들은 박수를 쳤다. 무슨 일이 벌어질지도 모르고 천진하게 열심히 박수를 쳤다.

강당에 모인 그날부터였다. 선발된 친구 한 명을 직원이 데리고 나갔다. 해가 지고 어둠이 깔렸을 시간이었다.

한 시간 뒤에 친구가 소리 없이 돌아왔다. 직원의 친절한 부축을 받으면서. 친구가 돌아왔을 땐 눈물과 콧물이 범벅된 채였다. 걸음을 제대로 걷지 못하고 있었다. 이불로 푹 고꾸라지는 친구 곁에 여럿이 모였다. 친구가 "저리들 가서 자."라고 말했다. 강학순이 "무슨 일이야?"라고 물었지만 친구는 이불을 뒤집어쓰고 울음소리만 낼 뿐이었다. 서로 시선을 나누며 불안에 사로잡혔다. 그때까지만 해도 두려움만 있을 뿐 원장의 욕구를 채워줘야 한다는 현실을 아이들은 전혀 알지 못했다.

같은 날 또 다른 친구가 원장에게 끌려갔다. 처음 갔다가 온 친구와 다르지 않았다. 강학순이 "무슨 일이야?"라고 물었다. 그 친구 역시 약속이라도 한 듯 이불에 얼굴을 묻고 눈물만 흘렸다. 이틀이 지나자 원장에게 불려갔던 친구들끼리 모여 이야기를 나눴다. 그녀도 끼어 이야기를 해보려 했지만 외면당하기 일쑤였다. 강학순이 끌려간 날은 3일째 되던 날이었다. 강학순 또한 끌려갔다가 온 친구들과 같은 행동을 보였다. 그녀도 당하고 나서야 그들의 대화에 낄 수 있었다.

해가 졌다. 친구들이 학순을 불렀다. 낮에만 하더라도 따돌림으로 일관하던 그들이 그녀를 보듬어 안았다.
"학순아, 우리 부모님만 생각하자. 알겠지? 어떤 일이 있더라도 우리 때문에 열심히 일하시는 부모님만을 생각해야 해. 여기에서 쫓겨나면 다 죽어. 밖에 나가면 다른 사람들에게 두들겨 맞아 죽을 수도 있어. 우리 살아계신 부모님만 생각하면서 어떻게 해서든 버티자."
처음 일을 당한 친구가 말했다.
알아듣지 못하는 말이었지만 그녀는 의미심장하게 "응!"이라고 대답했다. 아이들 중 다수가 아버지만 있거나 어머니만 살아있는 경우가 많았다. 그녀처럼 같은 동네 사람들에게 두들겨 맞아 누구 하나는 죽어버렸기 때문이다. 부모가 한센병에 걸렸다는 이유로 이곳에 모인 아이들은 아버지가 됐든 어머니가 됐든 대부분 한쪽은 그렇게 떠나보내야만 했다.
친구의 말이 그녀를 강하게 만들었다.
직원을 따라가면서도 아버지를 위해서라면 어떤 일도 참아낼 것이라 다짐했다. 그녀는 입술을 깨물고 두려움을 극복하려 애썼다. 직원은 보육원을 빠져나와 직원들이 살고 있는 기숙사로 향했다. 약한 노란 전구 몇 개만이 복도를 밝히고 있었다. 긴 복도 중간에 있는 계단을 올라갔다. 익숙한 곳이었다. 아침에 눈을 뜨자마자 청소를 하는 곳이었기에 능숙하게 직원을 따랐다. 계단을 끝까지 올라가 좌측으로 꺾어 복도 끝까지 가면 원장실이 있었다. 그녀는 '원장실로 가고 있구나.'라고 예상했고 예상은 빗나가지 않았다.

직원은 계단 끝까지 올라가 좌측으로 꺾어져 맨 끝에 있는 원장실의 문을 두드렸다.

"데리고 왔습니다."

직원은 정중하고 절도 있게 말했다. 안에서 "들여 보내."라는 걸쭉한 소리가 들려왔다. 직원이 문을 열고 그녀의 등을 밀었다. 그녀가 방 안으로 발을 들이자 문은 굳게 닫혔다. 어두웠다. 창문은 커튼으로 가리워져 달빛의 방문을 허락하지 않고 있었다.

그녀가 오싹함을 느끼고 등을 문에 기댔다. 어둠뿐인 방 안을 둘러본들 눈에 들어오는 것은 없겠지만 눈동자는 쉬지 않고 움직였다. 그때였다. 왼쪽 귓불에 뜨거운 바람이 전해졌다. 그녀가 놀라 "꺅!"소리를 질렀다. 원장이었다. 원장은 그녀의 등을 꼭 껴안고 자신의 사타구니를 그녀의 엉덩이에 밀착시켰다. 하악! 하고 소름 돋는 소리를 내며 그녀의 귓불에 더러운 침을 묻혀댔다. 그녀가 몸부림쳤다. "놔주세요!"라고 소리쳤다. 원장에게는 쩌렁쩌렁한 목소리가 들리지 않는 듯했다. 그녀를 완벽하게 무시한 원장의 손은 아래로 향했다. 그녀의 발이 발버둥치며 온몸을 비틀었다. 완강한 반항이 이어지자 원장이 다리를 걸어 그녀를 넘어뜨렸다. 딱딱한 마룻바닥에 그녀와 원장이 쓰러졌다. 원장은 큰 머리를 그녀의 가슴으로 가져갔다. 그녀는 황급히 원장의 머리를 밀어냈다. 하지만 소용이 없었다. 방법을 바꿨다. 그녀의 손이 몇 가닥 남지 않은 원장의 머리카락을 쥐어뜯었다. 그제야 원장에게서 짐승이 아닌 사람소리가 들려왔다. 아악! 하고 비명을 질렀다. 그녀가 "왜 이러세요. 놔주세요! 갈래요!"라고 말하며 더 세게 머리카락을 움켜쥐었다.

원장이 그녀의 손을 저지하며 말했다.

"네 아비를 생각해라. 네 아비를 쫓아낼 수도 있고 두들겨 팰 수도 있다. 아니면 지금 당장 총으로 쏴 죽여줄까?"

그녀의 손이 멈칫했다.

"네 아비를 당장이라도 죽일 수 있다. 나는 이곳에서 신이다. 내 마음대로 다 할 수 있다. 네 아비의 사지를 찢어 죽일 수도 있고 네 아비에게 넉넉한 먹을거리를 줄 수도 있다. 선택해라. 네가 어찌 하느냐에 따라 죽을 수도 배부를 수도 있다."

그녀의 손에서 힘이 풀려갔다. 친구들도 같았을 것이다. 아비를 죽인다는데, 하나뿐인 아비를 죽인다는데 반항할 수 있는 자식이 있을까? 지금만 참으면 아비가 배부르게 먹고 아픈 몸으로 일을 하지 않을 수 있다는데 거절할 수 있는 자식이 있을까? 아비를 죽고 살리는 절대 권력을 쥐고 있는 자에게 항변할 수 있는 자식이 있을까?

친구들의 마음이 이해가 갔다. 왜 말하지 못했는지도 깨닫게 됐다. 원장은 그녀의 저고리를 풀어헤치며 말했다.

"다른 아이들에게 입방정 떨었다가는 다 죽을 줄 알아!"

그녀는 주먹을 꽉 쥐고 인내했다. 헉헉거리는 토 나오는 숨결을 느끼면서도 손톱이 살을 파고들어가는 참을성을 가지고 노인을 생각했다.

그녀의 입이 '아버지….'라고 노인을 불렀다.

대답은 들려오지 않았다.

그녀가 '괜찮아요.'라고 대답 없는 노인을 향해 말했다.

대답은 들려오지 않았다.

그녀가 '용서하세요.'라고 노인에게 용서를 구했다.

대답은 들려오지 않았다.

그녀가 '사랑해요. 아버지.'라고 말하며 노인에 대한 사랑을 말했다.

대답은 들려오지 않았다.

그녀가 더럽혀지던 날, 노인은 벽돌공장에서 살이 타들어가는 노동에 괴로워하고 있었다.

강학순이 보육원으로 돌아왔다. 그녀도 다른 친구들과 마찬가지로 이불 속으로 파고들었다.

서수철을 만나고, 아낙을 만나면서 버틸 수 있었다.

보육원을 몰래 빠져나와 그보다 먼저 아낙을 만났다. 아낙과 함께 주먹밥을 나눠 먹으며 밖에서 그가 오기를 기다렸다. 그가 저만치 보이면 손을 흔들었다. 아낙도 흔들었다. 그가 흔들리는 손을 발견할 때면 양팔을 벌려 답례했다. 가까워지면 제일 먼저 꺼내는 말은 "오래 기다렸소?"였다. 그녀는 언제나 "나도 금방 왔어요."라고 대답했다. 소소한 이야기와 더불어 여기에서 나갈 수 있는 날이 얼마 남지 않았다는 그의 말이 듣기 좋았다.

그는 여러 가지 약초와 열매를 달여 병을 약화시킬 수 있는 방도들을 연구하고 있다고 했다. 하루는 솔잎으로, 하루는 이름 없는 열매들로 하루는 잡풀로 하루는 독성이 있는 풀들을 달여 시도를 해간다 했다.

그녀는 노인이 빨리 병마에서 벗어나길 누구보다 바랐다. 소록도를 빠져나갈 방법은 노인이 낫는 방법뿐이었다.

아니, 엄밀히 말하자면 소록도가 아닌 원장에게서 벗어나고 싶었던 것이다.
　　삼삼오오 모여 있는 어느 날이었다. 강학순이 오순덕의 편지를 전해줬던 날이었다. 서수철이 편지를 읽으며 순덕에 대한 이야기와 고향마을 자랑을 늘어놓았던 날이기도 했다. 그가 그녀에게 자신의 앞집에 살고 있는 친구 이야기를 꺼냈다.
　　"병이 나아서 이곳을 빠져나가면 어디 갈 데는 있느냐?"
　　그가 물었다.
　　"동네에서 쫓겨났는데 어딜 가겠어요. 어디든 아버지랑 발길 닿는 데로 정착해야죠."
　　"이모는 자식에게 갈 것이고 그럼 너는 노인과 같이 나랑 가자."
　　그의 말에 그녀가 괜스레 심장의 두근거림을 느꼈다. 그녀가 너무 앞선 말을 했다.
　　"오라버니는 정혼자가 있잖아요. 내가 어떻게 같이 가요."
　　그가 주먹밥을 가득 넣고는 오물거리며 말했다.
　　"내가 내 동무와 선 자리를 주선하고 싶다. 너 정도면 충분히 녀석의 배필이 될 자격이 있다. 나랑은 부랄친구인디 성실하고 반듯하다. 논도 꽤 가지고 있다."
　　그의 말에 그녀는 부끄러운 얼굴을 했다. 앞선 자신이 원망스러웠다. 아둔해서 눈치 없는 그와는 달리 아낙은 그녀의 마음을 읽고는 웃음을 참고 있었다. 아낙의 행동에 그녀는 조마조마한 가슴으로 아낙에게 눈치를 줬다. 그의 말이 이어졌다.
　　"내가 큰 벌이는 없지만 의원을 하면 괜찮을 것이다. 내가 외동으로 태어나 동생이 있었으면 하고 바랐었다. 우리 모두 함께 살자. 내 아버지가 돌아가셨다. 노인을 내 아버지처럼 여기고 너를 내 동생처럼 여길 터이니 같이 살자. 고향으로 돌아가면 집도 있고 방도 널찍하니 그리하자."

아낙이 거들었다.

"내가 병이 나으면 집으로 돌아가 아버지께 젊은 의원이 내 병을 치료해줬다고 말할 것이여. 그럼 지아비도 아버지도 수철이에게 단단히 한몫 줄것인 게 그걸로 너희들이 잘 살았으면 좋것다. 학순아. 네 아비랑 같이 수철이를 따라가거라. 너도 그랬으면 하고 있지 않느냐?"

아낙의 말이 그녀에게는 심술궂게 들려왔다. 그녀가 "아이! 몰라요!"라고 말하며 주먹밥을 입에 넣는지 코에 넣는지도 모를 만큼 정신없이 먹어댔다. 그런 그녀를 보며 그가 "체하겠다. 천천히 먹어라."하고 말했다. 그녀는 듣는 둥 마는 둥 연신 주먹밥만을 넘겼다. 그가 "물도 좀 먹어라."하며 바가지를 그녀에게 내밀었다. 그녀가 "내가 알아서 할 거예요. 상관마세요."라며 싸늘하게 말했다. 그는 갑작스러운 냉기에 당황했다.

급하게 주먹밥을 넘기던 그녀가 드디어 일을 냈다. 켁켁거리기 시작했다. 주먹밥이 목에 걸렸다. 그가 내민 바가지를 찾아 물을 마시기 시작했다. 아낙과 그가 웃었다.

"봐봐봐. 내가 천천히 먹으라고 하지 않았느냐."

그가 큰 웃음으로 말했다. 아낙도 배를 부여잡고 소리 냈다. 겨우 진정한 그녀가 밝은 분위기와는 다르게 뜬금없이 물었다.

"오라버니. 내가 오라버니를 따라나섰다고 치자고요. 같이 살게 되었다고 치자고요. 오라버니 동무와 선을 봐서 결혼을 한다고 치자고요. 만약에 말이죠. 내가 오라버니가 알고 있는 사람이 아니어도 보듬어 줄 거예요?"

"무슨 뚱딴지같은 소리냐?"

그가 수수께끼와 같은 질문에 되물었다.

"정혼자가 위안소 있잖아요."

그의 얼굴이 급격하게 어두워졌다. 그녀는 그를 배려하지 않고 물었다.

"순결을 빼앗겼을 거잖아요. 그래도 오라버니는 이해하잖아요. 만약 내가 위안소에서 일을 해도 나중에 같이 살 수 있어요?"

"그걸 말이라고 하냐. 그 말은 그만하자. 내 마음이 많이 아프다."

그가 대충 답하고 피하려 했다. 갑자기 분위기가 무거워졌다. 아낙은 그녀를 유심히 살폈다. 그녀는 그의 부탁을 무시하고 말했다.

"정혼자와 같이 위안소에 있었어도 정말 나를 가족으로 받아 줄 수 있어요? 그럼 내 아버지도 그럴까요? 내 아버지도 이해할 수 있을까요?"

그의 말문이 막혔다. 그가 "왜 있지도 않은 일을 물어보는 거냐."라며 면박을 줬다. 그녀는 포기하지 않았다.

"대답해줘요. 오라버니."

그가 귀찮은 듯이 말했다.

"나도 잘 모르겠다. 그런데 확실한 건 나는 네가 무슨 일을 당했든 받아줄 것이다."

그녀가 아무도 듣지 못하게 말을 뱉었다.

"두.렵.다."

서수철과 강학순이 밤이 짙어지자 돌아가려 했다. 아낙이 학순이를 붙잡았다.

"학순이는 잠시만 더 있다 가라. 내가 바느질을 좀 해야 하는디 구멍에 실 좀 꿰줘라."

그는 먼저 인사를 하고 감금실로 향했다. 그가 저만치 사라지자 그녀는 "바늘 어딨어요?"라고 물으며 방 안으로 들어가려 했다. 아낙이 그녀를 붙잡았다.

"학순아. 아까 네 아비가 이해할 수 있느냐고 물었냐?"

그녀는 심장이 굳어버리는 줄 알았다.

"나에게는 다 말해도 돼. 보육원에서 험한 일을 당한 거여?"

그녀가 아낙을 쳐다보지 못하고 하늘을 바라봤다. 잔인하게도 하늘은 구름이 많아 별 하나 보이지 않았다. 눈물이 고였다. 흘러내리면 안됐다. 인정하는 꼴이 돼 버리기 때문이다. 아랫입술을 꾹 다물고 턱에 힘을 줬다. 아낙이 그녀의 머리를 쓰다듬었다.

"내가 직원놈들 하는 꼬라지를 좀 알아. 우리 지아비께서 넉넉히 재물을 주는 덕에 직원들 곁에 종종 갈 수가 있다. 해가 떨어지면 변소간 간다고 낄낄거리며 가던 디 처음에는 진짜 변소간인 줄 알았어. 근디 나중에는 혹시나 하고 생각이 들더라고. 학순아. 당한 거여?"

그녀의 뺨으로 눈물이 주르륵 흘러내리고 말았다. 아낙은 더 이상 확인하려 들지 않았다. 소매로 그녀의 눈 밑을 조심스럽게 닦아냈다. 아낙이 "괜찮아, 괜찮아."라며 그녀를 다독였다.

"아비도 이해할 것이여. 아니, 우리 둘만 아는 건 어뗘? 내가 주둥이를 닫으면 누구도 모르는 거여."

아낙은 말이 헛 나왔다는 듯 크게 손을 흔들며 다시 말했다.

"아니다. 넌 나에게 어떤 이야기도 하지 않았잖여. 그럼 학순이 네가 주둥이를 닫으면 아무도 모르는 거잖여."

그녀가 아낙의 손을 내려놓고 자신의 손으로 눈물을 닦아내며 "어떻게 그래요…."라며 입을 다물었다. 여전히 눈은 어두운 하늘을 응시했다. 아낙이 차분하게 설명했다.

"니 넘어져서 다리 까진 적 없냐? 있지? 오줌 마려워서 몰래 산속에서 소변 눠 본 적 없냐? 있지? 그걸 일일이 다 말하고 다니냐? 아니지? 부끄러워서 말하지 못하지? 그게 죄냐? 아니지? 그렇다고 그걸 말 안 혔다고 답답하길 하냐? 아니지? 똑같은 거여. 무릎이 까지고 몰래 소변 본 거랑 똑같은 거여. 그러니 말 안 해도 괜찮혀. 다리 까진 거 괜히 말 혀고, 소변 몰래 본 거 괜히 말혔다가 철딱서니 없다고 혼나기만 허고 다 큰 처자가 못하는 짓거리가 없다고 욕만 먹잖여. 그거랑 같은 거여. 그러니 굳이 말할 필요 없어. 알것지?"

그녀가 아낙의 품으로 와락 얼굴을 묻었다.

"어떻게 그래요. 어떻게 그래요. 어.뗳.게.그.래.요."

서수철은 강학순의 중절을 결심했다. 그의 진맥으로 봤을 땐, 이미 뱃속 아기는 3개월을 넘어가고 있는 듯 했다. 그는 아낙과 일을 하는 도중 약초를 찾으려 이리저리 뛰어다녔다. 그녀보다 아낙과 먼저 집에 도착해서 부지런히 약초를 달였다. 그녀는 해가 지고 늦은 밤 도착했다. 힘이 없어 보였다. 어떤 일을 겪었는지 묻지 않았다. 아낙은 그녀를 데리고 방으로 들어갔다. 그는 모르는 척 외면하고 약초를 달이는 데 열중했다.

그녀는 쏟아지는 졸음을 참아내고 있었다. 감기는 눈을 억지로 떠 보기를 여러 번이었다. 정신이 몽롱한 그녀에게 그가 다가왔다. 그녀는 힘없는 눈꺼풀을 들어 그를 바라봤다.

"학순아. 아기를 가지면 졸음이 오는 거여. 참지 말고 푹 자. 일단 이거 먹고 자거라. 너무 늦게 알았던 터라 효과가 있을 진 모르것지만 일단 먹어보자. 먹으면 열이 나고 몸살기가 돌 것이다. 독성이 있는 약초들이라 그런건디 며칠 후면 괜찮아진다. 운이 좋으면 하루만에도 멀쩡해 지기도 한다. 일단 먹거라. 내가 할 수 있는 최선이다."

그녀가 약사발을 받아들었다. 뜨거운 약을 단번에 들이켰다. 뜨거워야 약효가 있다 믿었기 때문에 입안이 다 헐어버린 상태에서도 꿀꺽꿀꺽 탕약을 다 마셨다. 그녀의 몸이 스르르 잠을 청했다. 아낙은 그녀가 푹 잠들 수 있도록 자장가를 불렀다. 그도 따라 불렀다.

사흘이나 약을 먹었다. 그리고 일주일이 지났다. 긴장된 마음으로 서수철이 강학순의 진맥을 봤다. 손이 떨려왔다. 아낙은 눈을 감고 기도했다. 그가 "이런!"하고 짧은 신음을 뱉었다. 그녀가 울었다. 아낙이 울었다. 그가 울었다.

그 누구도 위로하지 않았다.

그저 눈물로 앞으로의 미래를 두려워했다.

늦은 밤이었다. 강학순이 병자들이 살고 있는 지대로 몰래 끌려왔다. 임신을 알게 된 원장의 지시가 내려졌다. 의사들과 직원들이 그녀를 수술대에 묶었다. 마취제를 대신하는 재갈이 입에 물려졌다. 그녀는 저항하지 않았다. 창백한 얼굴로 거칠게 숨을 쉬며 눈을 힘겹게 아래로 향한 채 자신의 배를 바라보고 있었다.

의사들은 그녀의 배를 갈랐다. 비명이 터져 나왔지만 참았다. 혹여 노인이 듣게 된다면…, 하는 걱정이 그녀를 참게 만들었다. 수술 도중 의사들은 아무렇지도 않게 잡담을 늘어놓았다. "피곤하네."라든지, "늦은 밤에 이게 웬 고생이야."라고. 심지어 태아를 발견했을 땐 "이야! 많이 자랐었네."라면서 앞 다투어 태아를 구경하기도 했다. 의사들은 꺼낸 태아를 유리병에 담았다. 그 장면을 목격한 그녀는 메스꺼

움이 밀려왔다. 정신이 혼미해졌다. 의사들은 아무 일도 아니라는 듯 그녀의 따귀를 때리며 잠들면 안 된다고 말하고 있었다. 그녀는 정신을 놓지 않기 위해 온 힘을 다해 재갈을 물었다.

짧은 수술에 비해 많은 양의 피가 바닥에 뿌려졌다. 환자를 전혀 염려하지 않은 수술이었다. 그녀의 고통이나 생명은 안중에도 없었다. 봉합을 하는 순간까지 배려는 전혀 없었다. 난지도 같이 대충 배를 봉합한 그녀는 다시 보육원으로 끌려갔다.

강학순이 서수철과 아낙을 찾았을 때는 수술을 하고, 사흘이 지나서였다. 안색이 창백했다. 아낙과 그가 서둘러 그녀를 부축했다. 방으로 들어간 그녀가 그에게 편지를 쥐어줬다. 죽을 위험을 감수하고 그에게 편지를 전달하기 위해 찾아온 것이었다. 그가 "미련하게 왜 움직이냐."라며 인상을 구겼다. 아낙이 부엌으로 나갔다. 어렵게 직원에게 구해온 미역으로 국을 만들기 위해서였다. 그녀가 그에게 말했다.

"오라버니. 우리 아버지에게 말했어요?"

그가 강하게 부인했다.

"아니, 말 안 했다. 미련하게 여길 오면 어떡하냐. 찬바람을 쐬거나 더러운 것에 노출되면 살이 썩는다. 몸조리를 하고 있어야 할 것 아니냐."

그녀는 상관없다는 듯 다른 이야기를 꺼냈다.

"나 또 수술한대요. 이번에는 원장이 거느리는 나머지 아이들 모두가 수술을 한대요. 자궁을 들어낸다고 하던데 나같이 임신하게 될까 봐 두려운가 봐요."

그가 소스라치며 놀라며 뒤로 자빠졌다.

"학순아! 그러다 죽는다. 진짜 죽는다."

"어쩔 수 없어요. 아니면 아버지를 죽일 거예요."

그가 그녀의 손을 자신의 얼굴에 가져갔다. 아낙이 미역국을 끓여 방으로 들어왔다. 불현듯 한 가지 방도가 그의 머리를 지배했다. 그가 말했다.

"내가 방도를 찾았다. 아무 생각하지 말고 쉬거라. 내일이면 우리가 웃을 수 있을 것이다."

그가 방문을 뛰쳐나갔다.

서수철이 찾아간 곳은 벽돌 공장이었다. 환자들이 바쁘게 움직이고 있었다. 능숙하게 노인이 일하고 있는 가마로 걸음을 옮겼다. 노인은 벽돌이 구워져 나오기를 기다리고 있었다. 그가 줄을 서 있는 노인 뒤로 가서 줄을 섰다. 노인이 그를 보자마자 무슨 일이 생긴 거냐고 물었다. 반가움보다는 불안이 앞서고 있었다. 그가 말했다.

"가마에서 벽돌이 나올 때까지 얼마나 걸리죠?"

"금방 들어갔으니 30분은 걸릴 것이다."

"빨리 나를 따라오시오."

"사람들이 본다. 무슨 일이 있는 거냐?"

"봐도 상관없소. 어차피 오늘 우리는 이곳을 떠날 것이요. 어서 준비하시오. 아니면 학순이가 죽소."

노인이 사람들의 시선을 신경 쓸 새도 없이 서수철을 따라나섰다. 그들의 행동은 다른 환자들에게 눈에 띄기 충분했다. 상관없었다. 오늘이 소록도에서의 마지막 밤이었다. 그가 뛰기 시작했다. 노인도 덩달아 뛰었다. 나뭇가지들이 얼굴을 할퀴기도 했지만 장해물이 될 수 없었다. 노인이 헐떡거리며 "무슨 일이냐?"라고 물었다. 그가 "가보면 다 알게 되오. 빨리 따라오시오."라고 말하며 대답을 피했다. 달리기는 무척이나 빨랐다. 거리가 꽤 있는 곳임에도 불구하고 아낙의 집까지 금방 도착할 수 있었다. 벽돌공장을 지나오면서부터는 그가 매일 다니던 길이라 나무의 방해도 받지 않을 수 있었다. 덕분에 노인의 궁금증을 빨리 해결 됐다.

아낙의 집에 도착하자마자 신발도 벗지 않고 그가 문을 열었다. 아낙이 미역국을 강학순에게 다 먹이고 치우려 하고 있었다. 아낙이 화들짝 놀랐다. 아낙보다 노인이 더 놀란 모습이었다. 노인은 "학순아!"라고 부르짖으며 그녀 곁으로 다가갔다. 그가 말했다.

"이모. 우리는 오늘 밤 이곳을 탈출할 것이요. 이모도 같이 갈 거면 따라오시오. 근데 이모는 굳이 가지 않아도 되오. 어차피 우리가 이곳에서 모인 건 아무도 모르오. 나와 노인과 학순이만 입을 닫으면 되오."

황급히 서두르는 그와는 달리 아낙은 여유가 있어보였다. 아낙이 말했다.

"우리 한집에 모인지도 꽤 오래 됐지?"

그가 답했다.

"반년이 넘었소."

아낙이 말했다.

"우리는 가족이냐?"

그가 단번에 답했다.

"나는 이모를 가족으로 생각하오."

아낙이 미소를 보이며 말했다.

"가족이 떨어지면 안 되는 거 아니냐. 같이 가자."

"이모…."

아낙은 이리저리 방 안을 두리번거렸다. 의연하게 짐을 챙기며 말했다.

"내가 죽어도 같이 죽고 살아도 너희와 살아야겠다. 같이 지내던 이 방 안에 나 혼자 덩그러니 남겨져 있으면 그게 사는 거냐? 딸 같은 학순이도, 아들 같은 수철이도 없는 이 방 안에서 혼자 덩그러니 남겨져 있으면 내가 살 수 있을 것 같으냐? 내 이곳에서 가장 행복했을 때가 언제인 줄 아느냐?"

" …."

아낙이 기억을 되짚어보며 행복한 추억을 꼬집었다. 아낙은 방과 이어진 부엌을 바라보며 힘차게 말했다.

"너희가 주먹밥을 다 비울 때다. 주먹밥이 부엌에 남아있으면 가슴이 아파 못 견딜 것 같다. 같이 가자. 가서 너희들 먹는 모습을 끝까지 봐야겠다."

그가 찡한 무언가를 느꼈다. 하지만 냉정하게 아낙에게 재차 확인했다. 탈출은 너무 위험한 선택이었다.

"갑작스러운 결정일 테요. 이모, 신중하게 결정하시오."

아낙은 신경 쓸 것 없다는 듯이 대충 말했다.

"그딴 거 없다. 신중할 게 뭐가 있느냐. 가족이 가는데 따라가는 건 당연하지. 준비할 것도 없다. 어서 가자."

아낙이 노인을 내려다 봤다. 아낙이 무릎을 꿇었다.

"미안하이. 내가 학순이를 잘 돌보지 못했네. 나가면 내가 더 잘 돌볼 터이니 어서 가세."

노인이 강학순을 끌어안고 절규했다. 그녀는 정신을 차리지 못하고 있었다. 아비가 왔는지도 모를 만큼 그녀의 몸은 쇠약해져 있었다. 노인이 말했다.

"어찌된 거냐! 왜 학순이가 이리 된 거냐."

미안함으로 어쩔 줄 몰라 하는 아낙을 대신해 그가 말했다.

"원장 놈이 겁탈을 했소. 그래서 임신을 했고 낙태를 했소. 차후에 말할 터이니 어서 준비하시오. 지금 가지 않으면 학순이는 진짜 죽소. 몸도 가누기 힘든 학순이에게 자궁을 들어내는 수술을 한다고 하오. 지금 학순이 몸은 피가 부족하오. 한 번 더 수술을 했다가는 버텨낼 힘이 없소. 차차 이야기할 테니 빨리 준비하시오."

노인은 더 묻고 싶었지만 그의 다급한 목소리에 일어나야만 했다. 그의 얼굴은 긴장한 모습이 역력했다. 준비도 없는 탈출이었다. 그렇기에 더 위험했다. 하지만 이렇게 앉아 있을 수만도 없었다. 가능성은 희박했지만 도전해야 했다. 누구라도 그랬을 것이다. 가족이 죽게 생겼는데 어느 누가 희박하다고 주저할까?

어리석어 보이는 즉흥적인 행동으로 보였지만 그들에게는 가장 현명하고 올바른 선택이었다.

서수철이 강학순을 업었다. 아낙은 보따리에 주먹밥을 가득 담아 허리춤에 묶었다. 노인은 낫을 챙겼다. 밤이 깊었다. 아직까지는 노인의 이탈을 눈치 챈 사람은 없어 보였다. 빠르게 수탄장쪽으로 뛰어갔다. 노인이 앞장섰다. 낫으로 학순을 업은 수철에게 방해가 될 나뭇가지들을 힘차게 쳐냈다. 그 뒤를 수철이 따랐다. 아낙은 축 늘어진 학순이 뒤로 넘어가지 않게 등을 받쳤다. 수탄장 근처까지 왔다. 잔인하게도 달이 무척이나 밝았다. 노인이 수탄장 철조망 앞에서 몸을 숙였다. 모두가 노인의 행동을 따라했다. 주위를 두리번거렸다. 아무도 없어보였다. 노인이 말했다.

"철조망을 넘어 수탄장만 지나면 바로 바다다. 그런디 수탄장은 공터다. 우리가 몸을 숨길만한 나무가 없다. 수탄장이 넓은 건 아니지만 바다로 나가려면 저쪽 철조망을 하나 더 넘어야 한다. 빠르게 지나갈 수 있을까?"

철조망 건너로 다른 철조망이 눈에 들어왔다. 바로 앞에 놓인 철조망보다 더 웅장하게 바다를 가로막고 있었다. 환자들이 탈출을 감행할수록 늘어난 철조망은 불길보다도 더 험난해 보였다. 아낙이 말했다.

"수철이가 나중에 건너 오거라. 나와 노인이 먼저 길을 터놓을 테니께 뒤만 따라오거라."

노인이 동의했다. 그도 동의를 했다. 넷은 긴장을 잠재우기 위해 숨을 고르기 시작했다. 철조망을 가로질러 가기란 어려워 보였다. 높이가 2미터는 족히 넘어보였고 넓이는 3미터가 넘어보였다. 머뭇거리는 모두를 노인이 응원했다.

"건너기만 하면 우리가 흙을 가지러 육지로 나갈 때 사용하는 배가 여러 척 있다. 철조망을 건너기만 하면 된다. 그럼 우리는 자유다."

그가 말했다.

"학순이가 철조망에 찔리면 위험할 수도 있소. 녹이 상처에 묻으면 약해진 몸이 썩어 들어갈 수 있으니 철조망을 잘 밟아주시오."

아낙과 노인이 굳은 의지를 보였다. 노인이 "슬슬 가볼까?"라고 말하며 허리를 굽히고 수탄장으로 들어갔다. 아낙이 곧바로 따랐다. 그는 그녀를 업고 상황을 지켜봤다. 수탄장을 지나쳤다. 아낙과 노인은 보호해 줄 어떤 것도 없는 허허벌판에서 철조망의 사나운 이빨을 짓누르려 여간 노력하는 것이 아니었다.

발로 밟아봤지만 철조망은 쉽게 길들여지지 않았다. 시간이 지체되자 급한 마음에 노인이 낫을 허리춤에 차고 손으로 철조망을 바닥에 눌러댔다. 아낙도 마찬가지였다. 수탄장에서 걸음이 멈춰져 있으면 있을수록 발각될 가능성은 더 이상 가능성이 아닌 현실로 이어질 것이 뻔했다. 노인과 아낙의 손이 철가시에 찔려 살이 터져나갔다. 노인이 뒤돌아보며 그에게 건너오라고 신호했다. 그가 그녀를 업고 뛰쳐나왔다.

"손으로 누르고 있을 터이니 빨리 지나가거라."

그는 말을 뱉으려다 조여 오는 시간의 위험으로부터 벗어나는 일이 우선이라 판단했다. 눕혀진 철조망을 지르밟고 걸음을 옮기기 시작했다. 하지만 몇 걸음을 떼는 게 전부였다. 세 걸음을 지나면서 부터는 손으로 눌려지지 않은 거센 철조망들이 그들을 저지하고 있었다. 그가 안 되겠다, 하고 절망을 내뱉었다.

"아니다. 갈 수 있다."

뒤에서 아낙이 호언장담을 했다. 아낙이 그의 앞을 가로 막는 철조망으로 향했다. 그리고는 두 팔을 넓게 벌렸다. 바로 코앞까지 거침없이 철조망을 향해 달려가 온몸을 내던져 철조망에 드러누웠다. 그가 "이모!"라고 기겁하는 소리를 냈다. 아낙의 온몸에는 철가시가 박혔다. 피가 터져 나왔다. 아낙은 "으윽!"하고 짧은 소리를 내더니 그에게 "괜찮다."고 말했다.

"내 몸을 밟고 지나가거라. 어서."

아낙이 벌러덩 엎드렸다. 그가 어찌할 바를 모르고 서 있었다. 이번엔 노인이 아낙을 밟고 앞으로 나아갔다. 아낙과 같이 마지막 관문의 철조망을 향해 뛰어들었다. 노인도 짧은 신음만을 뱉어낼 뿐이었다.

두 사람의 희생은 바다로 가는 길을 만들 수 있었다. 노인이 말했다.

"어서 우리를 밟고 지나가거라. 빨리!"

그가 엉겁결에 아낙을 밟고 지나갔다. 아낙은 숨을 참아내며 억지스러운 태연함을 보였다. 아무리 살살 밟으려 한들 그리되지 않았다. 아낙을 밟고 지나갈 때마다 철가시는 아낙의 몸에 더 깊게 박혔다. 이제 노인을 밟고 갈 차례였다. 머뭇거리려 했지만 뒤로는 아낙을 밟고 있기에 차라리 후다닥 건너는 편이 나았다. 그가 잽싸게 노인을 밟고 건너갔다. 철가시는 깡마른 노인의 살을 뚫고 뼈까지 건드리고 있었다.

아낙과 노인은 신음소리 한 번 내지 않고 버텨냈다.

그가 바다와 마주했다. 배가 있었다. 네 사람이 탈출하기에 충분했다. 그가 돌아서서 "어서들 나오시오!"라고 말했다. 노인이 아낙에게 "먼저 나를 밟고 가시오!"라고 독촉했다. 아낙이 몸을 일으키려 했다. 허리를 세워 다리에 힘을 줬다. 순간 철조망이 아낙을 향해 솟구쳐 올라왔다. 철가시들이 아낙을 감쌌다. 손을 뻗어 사나운 철가시를 잠재우려 했지만 소용이 없었다. 그가 아낙을 지켜보며 애탄 목소리를 냈다.

"이모, 빨리 나오시오. 빨리!"

노인도 합세했다.

"자세를 낮춰보시오. 어서!"

아낙이 노인의 말대로 허리를 구부리려 했지만 철가시들은 용납하지 않았다. 서로 정교하게 엉켜 아낙을 완벽하게 포박했다. 아낙이 억지로 걸음을 떼봤다. 살이 터지는 아픔 정도는 견딜 수 있었다. 하지만 밧줄로 묶인 것과 같은 처지였다. 아낙이 움직일수록 철가시는 더 조여 단단히 발길을 붙들고 있었다. 아낙은 동작을 멈췄다. 발버둥 쳐봤자 빠져나갈 수 없다는 걸 받아들이기까지는 오래 걸리지 않았다. 아낙이 누워있는 노인을 내려다 봤다. 허탈한 웃음을 보였다. 노인은 무슨 의미인지 알 수 있었다. 아낙이 그를 바라봤다. 그에게 물었다.

"수철아. 궁금한 게 있었는디 말이여. 내가 해준 밥이 맛나더냐?"

"맛있었소. 빨리 나오시오."

"내가 자식 놈에게 젖을 먹인 걸 빼고는 한 번도 밥을 차려준 적이 없어서 말이여. 정말 맛났어?"

"맛있었다니까요. 빨리 나오시오."

그가 발을 구르며 대답했다.

아낙의 몸은 탈출의 의지가 없어보였다. 딱 봐도 움직일 수 있는 상태가 아니었다. 아낙은 널널한 웃음으로 태평스럽게 되물었다.

"참말이여? 진짜 맛났냐?"

그가 아이와 같이 떼를 쓰듯 말했다.

"맛있었어요. 이모, 빨리 나오세요. 또 해주세요. 이모 주먹밥이 먹고 싶어요. 그러니 같이 가자고요."

아낙이 그의 대답에 충분한 만족을 표했다.

"이제야 아이같이 말하네 그려. 네 말투가 딱딱해서 서운했는디 이제야 또래 같이 말하는구나. 수철아, 너희들이 오고 나서부터 밥하는 일이 최고로 좋았다. 그런 말이 있잖냐. 새끼들 먹는 것만 봐도 배부르다고. 내가 그랬다. 안 먹어도 좋았어. 내가 해준 밥을 먹는 너희들이 어찌나 고마웠는지 모를 것이여. 고맙다. 내가 나가면 맛난 거 많이 해주려고 했는디 말이여. 안 될 거 같혀. 미안하다."

노인이 "빠져나올 수 있소."라고 아낙을 설득했다. 아낙은 체념한 듯 서글프게 말했다.

"나는 틀렸네. 어서들 가게."

아낙의 포기를 누구도 허락하지 않았다. 노인이 말했다.

"살이 터지는 것쯤이야 참으면 되니께 걸음을 옮겨보시오."
"아니요. 움직이지 못하것소. 아픈 것보다는 꽁꽁 묶여버린 기분이요. 어서들 가시오. 잡히지들 말고 빨리 가시오."
"그럴 순 없소. 내가 도와주겠소."
노인이 일어나려 했다. 아낙이 다급하게 만류했다.
"안 되오. 일어났다가는 철가시들이 솟아 올라오오. 살이 찢어지것지만 기어서 나가시오. 나같이 된단 말이오. 어서 기어 나가시오!"
노인이 몸을 멈췄다. 아낙은 절망 속에서도 그들을 응원했다.
"내가 미련하게 몸을 일으켜서 그런 것이오. 그러니 너무 미안해 말구려. 셋이라도 어서 나가시오. 빠져나가는 모습을 보고 싶소. 그리고 이거…."
아낙이 힘겹게 손을 움직여 허리춤에 차고 있던 보따리를 풀었다. 가시들 사이로 보따리를 노인에게 건넸다.
"배고플 거요. 내가 넉넉하게 챙겼으니 배안에서 든든히들 드시오. 어서 가시오. 배 타고 가는 모습을 봐야 내가 안심할 것 같소."
그가 업고 있던 학순을 조심스럽게 내려놓고 아낙에게 달려가려 했다. 아낙이 그를 만난 이후 보이지 않았던 엄격한 소리를 냈다. 마치 자신의 아기와 이별할 때처럼.
"수철아. 오지 말거라. 제정신이냐? 다가오기만 해봐라. 평생 너를 보지 않을 것이다."
"어찌 그래요! 어찌 두고 가란 말이에요?"
"이렇게 있으면 직원들이 구출해줄 것이다. 나를 해할 수 없다. 지아비와 아버지가 주는 재물을 받아먹기 위해서라도 나를 살려둘 수밖에 없을 것이다. 나는 걱정 말거라. 빨리 떠나라. 나가는 모습이라도 봐야 내가 억울하지 않을 것 아니냐. 어서들 움직여라!"

그가 주저앉았다. 아낙이 그런 그를 꾸짖었다.

"이놈아! 학순이 저리 죽게 놔둘 것이냐? 의원이란 놈이 환자를 죽게 놔둘 것이냐! 살 수 있는 나 때문에 학순이와 노인을 고문당하게 해서 죽일 것이냐! 빨리 학순이 업어라!"

그가 움직이지 않았다. 아낙이 호되게 말했다.

"빨리 업어라!"

그가 끝까지 고집을 피웠다. 그런 그를 본 아낙이 일부러 몸을 움직여 철조망을 더욱 조여 오게 만들었다.

"이놈아! 내가 여기에서 죽는 꼴을 봐야겠느냐?"

이제 아낙은 꼼짝달싹할 수 없을 만큼 철가시들이 꽁꽁 동여매고 있었다. 가능성 없는 자신을 보고 모두가 포기해 주기를 바랐던 것이다.

"이모! 움직이지 마세요. 위험해요!"

아낙이 이를 악물고 말했다.

"그러니 어서 업어라! 어서 업고 뛰어가라! 모두 죽기를 바라지 않는다면 어서 배를 타라!"

아낙의 닦달에도 노인과 그의 발이 떨어지지 않았다. 초조한 사람은 아낙이었다. 서로를 위한 마음이 만들어낸 광경이었다. 하지만 그들의 작별인사는 오래가지 않았다.

횃불들이 하나, 둘 눈에 들어왔다. 점점 많은 횃불이 수탄장을 향해 모여들었다. 두 번 다시 볼 수 없는 아쉬움의 작별 의식을 시간은 허락하지 않았다. 아낙이 가슴이 타들어가는 모습으로 사정했다.

"제발 가거라. 부탁이다. 나는 살 수 있다고 몇 번을 말하느냐. 빨리 배에 타거라. 제발…."

"이모, 내가 어찌 가요. 무섭단 말이에요. 어서 같이 가요. 빨리 빠져 나오세요."

 횃불을 발견한 노인이 제일 먼저 움직였다. 바닥을 기어서 철조망을 빠져나온 노인의 옷은 피로 물들어 있었다. 노인은 그에게 억지로 그녀를 업게 했다. 그가 마지못해 그녀를 업었다. 노인이 허리춤에서 낫을 빼어들었다. 발이 묶여있는 그를 끌고 배 쪽으로 향했다. 그가 비틀거리며 움직였다.

 아낙이 멀어져가는 그를 보며 작별을 고했다.

 "수철아! 주먹밥 맛나게 먹어라! 급히 먹다 체하지 말고 물도 챙겨 먹어라! 넉넉히 넣어뒀으니께 천천히 많이 먹어라!"

 그가 돌아보며 아낙에게 돌아가려 했다. 노인이 그의 소맷자락을 거칠게 잡고는 "서둘러 걸어라!"하고 소리쳤다. 어느새 횃불들이 아낙을 붙잡아 놓은 철조망으로 모였다. 누군가가 "여기다!"라고 외치자 순식간에 모여들었다. 연장을 사용해 철조망을 하나씩 끊어가는 직원들이 멀리서 보였다. 아낙이 직원들을 저지시키려 저항하는 모습도 보였다. 노인이 그를 강제로 질질 끌다시피 해서 배까지 도착했다. 그를 배에 태웠다. 그가 학순을 배 안에 편안하게 눕혔다. 그는 멀리 흐릿하게 보이는 아낙을 바라보며 미안한 마음을 토해냈다. 노인은 그녀가 안락하게 누운 것을 확인하더니 배를 바다로 밀기 시작했다. 노인이 그에게 말했다.

 "노를 저어라."

 그가 아낙만을 바라봤다. 노인이 낫을 뱃머리를 향해 휘둘렀다. 노인의 눈은 제정신이 아니었다. 노인은 그를 협박했다.

 "딸년이 잡혀서 죽느니 내가 여기서 너희들을 죽여 버리겠다. 어서 노를 저어라."

 그제야 그가 노인에게 대꾸했다.

"노인 어서 타시오. 그래야 노를 잡을 거 아니요."

"나는 가지 않는다. 많은 직원들이 노를 젓는다면 우리는 금방 잡힐 것이다. 내가 막을 터이니 어서 노를 잡아라."

그가 노인의 옷을 잡아 배에 태우려 했다. 노인이 거칠게 뿌리쳤다. 옷이 찢어졌다.

"진짜 다 죽이겠다. 그러니 빨리 가라. 쉬지 않고 노를 저어라. 절대 잡히지 마라."

"학순이와 작별인사도 못했지 않소. 무슨 소리요. 죽어도 같이 죽고 살아도 같이 살아야 할게 아니요."

"아니다. 살아도 너희만 살고 죽으면 나만 죽는다. 어서 가거라. 가서 꼭 잘 살거라. 학순이에게는 이야기하지 말거라. 나는 모르고 있었고 아낙은 탈출하지 않은 것이다. 너희 둘만 몰래 빠져나와 탈출한 것이다. 병이 나으면 만날 수 있다고 하거라. 일본 놈들에게 해방되면 꼭 만날 수 있다고 하거라."

노인의 허리가 물에 잠겼다. 노인은 마지막으로 힘차게 배를 밀어냈다. 배는 물살을 타고 노인과 멀어졌다. 노인이 소리쳤다.

"이곳에 온 걸 후회한다! 내가 딸년에게 저지른 죄를 달게 받을 것이다! 수철아! 학순이를 꼭 부탁한다. 학순아! 부디 잘 살거라! 못난 아비로 인해 받은 것들 내가 다 복수해 줄 터이니 든든하게 밥 잘 먹고 살아야 한다. 배 곯지 말고 살거라!"

노인은 말이 끝나기 무섭게 소록도를 향해 뛰어갔다. 그는 열심히 노를 저었다. 횃불들이 아낙을 지나쳐 노인에게로 몰려들고 있었다. 노인을 중심으로 둥그렇게 원이 형성됐다. 원은 그리 오래가지 못했다. 노인을 둘러싼 횃불들은 짧은 시간 만에 바다로 향했다. 그는 죽기 살기로 육지를 향해 노를 저었다.

"할아버지, 탈출하지는 못하셨겠네요. 아직 여기서 남아계시는 걸 보니."

유소영과 서수철은 수술실을 빠져나왔다. 수술실을 나오자마자 어울리지 않게 맑은 물이 졸졸졸 소리를 내며 작은 돌멩이들로 만든 수로를 빠져나가고 있었다. 소록도는 아픈 역사를 감추려 노을을 서슴없이 받아들여 곱게 위장하고 있었다. 그가 몸서리를 치며 말했다. 떠올리기 싫은 듯 음성은 심하게 떨리고 있었다.

"곧 잡혔어. 그리고 끌려갔어. 끌려가면서 도끼로 맞아 죽은 노인을 봤어. 철사에 똘똘 감겨 죽은 이모를 봤어. 그놈들은 노인과 이모를 바로 수술실로 데려가 해부를 했어. 둘 다 눈을 감지 못했어."

서수철은 잡히자마자 죽은 아낙과 노인과 같이 끌려갔다. 그는 단종대로, 노인과 아낙은 수술실로 옮겨졌다. 그가 "제발 풀어주시오."라고 애원했다. 소용없었다. 날카로운 메스는 그의 허벅지 사이를 잔인하게 도려냈다. 그가 기절하기 직전 말을 뱉어냈다.

"순덕아, 미안하다."

해부를 당한 노인과 아낙은 가차없이 화장을 당해 대충 산기슭에 뿌려졌다.

아낙의 집은 찾기 싫었다. 허나 찾아야만 했다. 마지막 정리를 위해서는 가슴이 미어지더라도 찾아야만 했다.

집은 덩그러니 홀로 남겨져 있었다. 새벽은 고요했다. 한 달 전만 해도 화목함이 가득했던 흙집은 이제 슬픔의 장소로 변해있었다. 그는 따뜻하게 밥을 지어주던 아낙을 떠올렸다. 당장이라도 주먹밥을 내올 것 같았다. 아랫목이 뜨끈하다며 자리를 내어줄 것 같았다. 별 이야기도 아닌데 크게 웃어줄 것 같았다. 잠에 빠진 그의 머리를 쓰다듬어 줄 것 같았다. 아침이 밝아오면 깨워줄 것 같았다. "이모."하고 부르면, "수철아."하며 대답을 해줄 것 같았다.

그가 숨죽여 울었다. 어디에 유골이 뿌려진지 모르니 아낙의 집을 향해 절을 할 수 밖에 없었다. 그가 두 번 절을 올리고 강학순과 편지를 주고받던 곳을 찾았다. 두 통의 편지를 땅에 묻었다.

그녀에게, 그리고 오순덕에게 보내는 편지였다.

: : :

학순아 보거라.

한 달이 지났구나. 몸은 괜찮은 것이냐? 매일 보던 너를 못 보게 되니 마음이 허전하기도 하고 그립기도 하다. 아쉽지만 이게 우리 마지막일 것이다. 보고 싶어도 우리는 볼 수 없을 것이다. 이제 우리는 두 번 다시 볼 수 없다. 네 아비와 이모는 화장을 당했다. 탈출은 내가 감행한 것이었다. 네가 물었었지? 순결을 빼앗겨도 괜찮은 거냐고. 물론이다. 해서 나는 너를 내 동무와 혼인시키려 했었다. 그런데 말이다. 절대로 지켜야 하는 것이 있단다. 바로 사랑하는 사람의 아이를 낳을 수 있는 건강한 몸이다.

그래서 선택한 탈출이었다. 너를 내 동무와 맺어주고 싶었고 네가 순정을 바친 남자의 아이를 낳을 수 있기를 바랐기 때문이었다. 내가 어리석었던 것일까? 모두를 죽게 한 나는 어찌 살아야 한단 말이냐. 너를 볼 자신이 없다. 또한 정혼자를 볼 자신도 없다. 죽을 수도 없다. 네 아비와 이모의 제사는 내가 챙겨야 할 것이 아니냐.

학순아! 너는 밖으로 나가거라. 이제 아비도 없으니 자유의 몸이 아니더냐. 이곳에 있을 이유가 없다. 나가서 마음껏 살거라. 연고지가 없다면 내 고향으로 갔으면 한다. 내가 준 이 편지를 들고 가서 이야기를 하면 내 고향집을 쓸 수 있을 것이다.

너만이라도 소록도에서 나가거라.

네 아비와 이모가 내가 원했던 바람이다. 꼭 나가서 행복하게 살길 바란다. 대신 내가 이곳을 지키며 네 아비와 이모를 기릴 터이니 너는 모든 걸 이곳에 남겨두고 떠나길 부탁한다.

그래야 내가 네 아비와 이모에게 면목이 설 수 있을 것 같다.

마지막으로 내 정혼자에게 편지를 부쳐줬으면 한다.

잘 살아야 한다. 그리고 소록도는 잊거라. 영영 잊고 쳐다보지 말고 살거라.

소록도는 우리를 위한 곳이 아니다. 일본놈들의 탐욕만 가득한 곳이다. 절대 이곳 따위 기억하고 살지 말길 바란다.

: : :

순덕이 보거라.

오랜만에 편지를 쓰는구나. 그동안 많은 일이 있었다. 어느 때처럼 정원도 가꾸고 밥도 잘 챙겨 먹었다. 그런데 내가 너에게 모진 말을 해야 할 것 같다.

정말 잘 지내고 잘 먹고 잘 사는데 말이다. 소록도에서 빠져나가기는 힘들 것 같다. 네가 나를 욕해도 좋으나 이곳에 내가 책임져야 할 사람이 생겨버렸기 때문이다.

이곳에서 혼례를 올리기로 했다.

너에게 준 순정을 다시 돌려줬으면 하는 마음이다. 평생을 원망해도 좋다. 미안하다.

하지만 어쩌겠느냐. 사랑도 사람의 일이거늘.

네가 정말 좋은 사람을 만났으면 하는 바람이다.

네 몸을 잘 챙겨주는 사람이었으면 하는 마음뿐이다.

약한 너를 아껴주고 사랑해줄 수 있는 사람이 찾아오길 항상 기도하고 있으마.

순덕아! 나를 미워해라. 순정 따위 생각지 말고, 미워해라. 다시는 너에게 편지를 하지 않을 것이다. 나는 소록도에서 잘 먹고 잘 살터이니 너도 그리 하거라.

아프지 말거라.

꼭 건실한 남자를 만나 예쁜 아이를 낳거라.

아이를 낳게 되면 너를 닮았으면 좋겠다. 큰 눈망울을 닮았으면 좋겠다. 피곤할 때면 눈이 제일 먼저 피곤을 느끼기에 눈물이 고이고 충혈되는 것까지도 닮았으면 좋겠다. 다만 슬퍼도 피식 웃으며 눈물을 애써 삼키는 점까지 닮지는 않았으면 한다. 그냥 펑펑 울 수 있었으면 좋겠다.

다시 만난다면 꼭 예쁜 아기와 걷고 있는 너를 보고 싶다.

반드시 아기를 낳고 잘 살아야 한다.

욕보거라.

: : :

편지를 땅에 묻은 지 한 달이 지났다. 매일 강학순의 소식을 확인하러 온 지도 한 달이 흘렀다. 이별을 선언한 지도 한 달이 흘렀다. 그가 오순덕의 행복을 위한 기도를 올린 지도 한달이 흘렀다.

한 달이 흘렀지만 강학순의 소식은 전해지지 않았다. 이별을 선언한 지 한 달이 흘렀지만 아직도 오순덕을 사랑하고 있었다. 오순덕을 위한 기도만이 한 달 동안 유일하게 변하지 않았다.

그는, 여전히 강학순의 소식을 기다리고 오순덕을 향한 순정을 간직하고 있었다.

한 달이 넘어가는 어느 날 땅을 파헤쳐봤다. 두 통의 편지가 서수철을 기다리고 있었다. 서둘러 강학순의 편지를 먼저 뜯어봤다. 다른 편지는 뜯어 볼 용기가 나지 않았다. 그는 아낙의 집 마루에 앉아 천천히 편지를 읽어갔다.

: : :

오라버니 보세요.

편지는 잘 전달했어요. 답장도 왔답니다. 저는 다행스럽게도 몸이 많이 좋아졌어요. 정신을 차려보니 보육원이었어요. 다른 아이들도 다 같이 누워있었죠. 모두가 수술을 받았더라고요. 저는 기운을 차리고 난 뒤 수술을 한다고 들었답니다. 아마도 이 편지를 전해주는 날이 될 것 같아요. 오라버니 말대로 순정은 아이를 낳을 수 있어야만 존재하는 건가요? 직접 물어보고 싶지만 나 역시 오라버니를 볼 자신이 없어요.

친구들이 이야기해 줬어요. 우리 아버지와 이모가 탈출하다 죽어서 화장을 당했다고. 어쩌면 잘 된 일일까요? 벽돌공장에서 살이 타들어가지도 않고 맞지도 않으니 잘 된 일일까요?

오라버니의 소식도 들었어요.

단종대에서 험한 일을 당했다고요.

오라버니는 내가 오라버니를 원망할거라고 생각하는 건가요?

아니요. 우리 잘 알고 있잖아요. 원망의 대상이 누군지.

내 아버지를 오라버니가 죽였나요?

이모를 오라버니가 죽였나요?

나를 이렇게 만든 건 누군가요?

일본놈들이에요. 아버지를 죽이고 이모를 죽이고 오라버니에게서 순정을 빼앗아가고 나를 더럽힌 자들은 일본놈들이잖아요.

왜 내가 오라버니를 원망할거라고 생각했어요?

정신을 차리고 며칠 동안은 눈물로 보냈어요.

아버지 때문에, 이모 때문에, 오라버니 때문에 버텨왔던 소록도예요. 그런데 이제는 모든 것을 일본놈들이 빼앗아갔잖아요. 적어도 조선인들은 모든 걸 빼앗지는 않았잖아요.

오라버니!

우리가 무슨 죄를 지은 건가요?

우리는 도대체 무슨 이유로 갇혀있고 맞고 강제 노동을 하고 수술을 당하고 겁탈을 당해야 하는 거죠?

억울하지 않게 억지로 내가 잘못한 일들을 만들어 보려고도 했어요.

그런데 하나도 없어요.

단 하나도 없어요.

아버지를 생각한 마음이 잘못된 거예요?

이모와 밥을 나눠 먹은 게 잘못된 거예요?

오라버니에게 아버지 소식을 전해 들었던 게 잘못된 거예요?

겁탈 당한 내가 잘못된 거예요?

아무런 잘못도 없는 우리가 왜 죽어야 해요?

강제로 노동을 시키고 때리고 감금하고 겁탈한 자들이 잘못한 거 아녜요?

소록도는 미친 것 같아요. 잘못한 사람들이 당당하고 쥐똥 만큼도 잘못한 게 없는 사람들은 죄인으로 살아가잖아요.

그래서 결심했어요.

나는 복수를 할 거랍니다.

내 몸을 더럽히고 아버지를 죽이고 이모를 죽였으니 오라버니에게서 순정을 빼앗아간 사람들은 벌을 받아야 마땅하잖아요.

말리시고 싶으시죠?

그런데 이렇게 생각을 해봐요.

아버지를 죽인 원수에게 겁탈을 당했었어요. 죽여도 모자랄 원수의 아기를 가졌었고요. 내가 소록도에서 탈출을 한다 해서 살아갈 수 있을까요? 아니요. 살아가는 자체가 지옥이고 불효인거예요. 나는 이미 아버지에게 씻지 못할 죄를 지었거든요. 오라버니는 어때요? 오라버니도 나와 같은 다짐을 하지 않을까요?

안타까워하지 마세요.

누구라도 나같이 행동하는 게 정상이니까요. 차라리 나를 응원해 주세요. 그리고 부탁 하나만 드리고 싶어요.

나를 잊지 말아 주세요.

절대로 아버지와 이모와 나를 잊지 말아 주세요.

어떻게든 살아남아서 우리를 기억해 주세요.

시대가 변하면 다른 사람들도 우리를 이해하겠죠? 그때까지는 살아남아주세요. 우리의 억울하고 원통한 이야기를 만천하에 들려주세요.

오라버니만이 우리의 희망이라는 걸 명심하세요. 모든 걸 오라버니에게 맡기고 떠나는 우리를 용서하세요. 혼자 살아남았다는 죄책감 따위는 버리세요. 앞으로가 더 험난하고 힘들 거예요.

우리는 가짜 낙원인 소록도가 아닌 진짜 낙원으로 미리 가 있을 테니까 걱정하지 마시고요. 홀로 싸워나가는 오라버니를 하늘에서 지켜보고 있을게요. 외로워 마세요. 아버지와 이모와 내가 늘 곁에 있을 테니까.

그리고 순정을 버리지 마세요. 소록도에서 나가는 날까지 살아서, 사회인들이 우리를 인정하는 날까지 살아남아서 좋은 가정도 꾸리고 예쁘게 사세요.

우리는 가족이죠?

그럼 오라버니의 정혼자는 나에게 언니가 되겠네요.

언니와 오라버니의 순정은 귀신이 되어서라도 꼭 지켜드릴 거예요.

언니에게 많이 미안했어요. 잠시나마 오라버니가 언니에게 영영 돌아가지 못했으면 하고 바랐습니다. 이모와 아버지와 나와 한집에서 살아가기를 바랐습니다. 나쁜 마음이었던 걸 알아요. 그래서 벌을 받았죠. 원수의 자식을 품는 가장 잔혹한 대가를.

죽음을 앞두니 용기가 생겨요. 깊숙한 내 마음에 대한 용기와 오라버니를 놓을 수 있는 용기.

아세요?

우리가 처음 만났던 수탄장에서 오라버니가 붉어지는 얼굴을 했을 때 나도 사랑받을 수 있는 여자라는 걸 깨달았어요.

내 건강을 걱정해서 약초를 달여주는 오라버니를 봤을 때 나도 충분히 한 남자의 배려를 받을 수 있는 여자라는 걸 깨달았어요.

아버지가 아닌 낯선 남자와 이야기를 나눈 적이 태어나서 한 번도 없었어요. 오라버니는 나에게 처음으로 말을 걸어준 남자예요.

오라버니가 고뿔인 나를 걱정해줬을 때 어떤 대답을 해야 할지 까마득했어요. 수탄장에서 돌아오는 길에 너무 차갑게 말한 건 아닐까 후회도 했어요. 오라버니의 편지를 받고나서 하루종일 꽃단장을 했어요. 분명 말을 걸어올 텐데 어떤 말투로 이야기를 해야 할까 밤새도록 연습을 했어요.

육지에서는 돌팔매질을 당했고 소록도에서는 원장의 노리개로 살아왔던 나에게 가장 친절했던 남자였으며 다정했던 남자였어요. 나도 모르게 욕심을 부렸어요. 헛된 상상도 했어요. 이렇게 살다보면, 원장이 죽고 나면 오라버니와 내가 연을 맺을 수도 있다는….

오라버니에게 정혼자가 있다는 말을 듣자마자 아파왔어요. 심장이 두근거리고 손이 떨려왔어요.

그때 알았죠.

내가 오라버니를 사모하고 있다는 사실을.

그런데 좌절하지 않았어요.

오라버니는 언니가 위안소에 있다는 사실을 알고 나서도 끝까지 지켜주려 했잖아요. 나에게도 그럴 수 있겠구나! 하는 생각에 오히려 안심이 되었어요.

하지만 깊은 마음이 나쁜 마음을 가지게 했었나봐요.

언니를 시기했고 미워했어요. 그러면서도 편지를 전했어요. 전하지 않을까 마음도 먹어봤지만 그럼 내가 오라버니에게 평생을 두고 미안해하며 살아가야 하잖아요.

사랑하는 사람에게 죄를 지으면 안 되잖아요. 시기가 났지만 전했어요. 언니에게 오는 편지도 빠짐없이 전달했고요. 그러면서 새로운 감정이 생겨났어요. 깨달음이라고 해야 하나요?

이모가 그랬죠. 우리가 먹고만 있어도 배부르다고. 나도 그랬어요. 언니의 편지를 받는 오라버니의 기쁨을 보자니 행복했어요. 이모의 말이 무슨 말인 줄 몰랐었는데 오라버니를 보는 내마음을 보고 이해할 수 있었어요.

오라버니의 웃음을 보기 위해 적십자 간호사들을 닦달했어요. 하루라도 빨리 편지를 전해달라고요. 편지를 받을 때 보이는 오라버니의 미소가 난 왜 그렇게 뿌듯하고 포근했을까요?

이것도 순정인가요?

그런데 오라버니.

나 말이죠. 오라버니와 언니에게 절대 죄를 짓지 않으려 했는데 말이죠. 정말 두 사람의 혼인을 소원하는데 말이죠. 그저 오라버니를 바라만 보고 있어도 충분히 행복한데 말이죠. 이 말을 하지 않으면 눈을 감지 못할 것 같아요. 원장을 죽일 수 있는 용기가 생기지 않을 것 같아요.

오라버니, 미안합니다. 한 번만 이기적인 여자가 되어서, 단 한 번만이라도 동생이 아닌 여자로 이야기하렵니다. 대신 죽어서도 영원히 마음속에만 담아두고 살렵니다.

오라버니!

사. 랑. 해. 요.

: : :

유소영이 주저앉았다. 울었다. 서수철의 다리를 부여잡았다. "어떻게 사람이 그래요!"라고 울부짖었다. "어떻게 사람이 이렇게 나쁠 수가 있어요!"라고 소리쳤다. 그는 우두커니 서서 미어지는 가슴을 겨우겨우 진정시키고 있었다. 그녀의 눈물은 멈출 줄 몰랐다. 입에서 침이 흘러내리고 코에서는 콧물이 떨어지는데도 닦아내지도 않고 울기만 했다. 가끔 어떻게 사람이 그래요, 라며 그의 바지를 흔들어 대기만 할 뿐이었다. 그와 그녀의 마음을 아는지 모르는지 소록도는 아직도 스스로를 뽐내고 있었다.

그녀는 자신의 눈을 경멸했다. 낙원으로만 소록도를 담아낸 두 눈을 뽑아버리고 싶었다. 포크레인을 움직일 수 있다면 당장이라도 이곳을 쑥대밭으로 만들고 싶었다.

소록도는 아름답지 않았다.

소록도는 지구상에서 가장 추악한 이들의 욕심이 만들어낸 지옥이었다.

소록도에도 밤이 찾아왔다. 오지 않을 거라 생각했던 어둠이 소록도를 침범했다. 유소영은 서울로 올라갈 약속시간이 꽤 지체됐음에도 불구하고 움직이지 않았다. 벤치에 서수철과 나란히 앉아 증오를 삭혀내고 있었다. 그의 입이 무거운 침묵을 깼다.

"수호 원장은 자신의 동상 앞에서 죽었어. 학순이가 동상에 절을 하러 갔을 때 거만하게 동상 앞에 서 있었던 원장의 가슴에 칼을 꽂았어. 그 자리에서 원장이 죽어버렸어. 원장이 죽고 나자마자 학순이도 그 자리에서 직원들에게 맞아서 죽어버렸어. 그리고는 바로 노인과 이모처럼 수술실로 옮겨져 해부를 당했어. 진실을 안 환자들은 분노했어. 자식을 가진 환자들이 학순이의 시신을 수습하려 했어. 처음으로 환자들이 하나가 됐어. 우리의 강한 행동에 직원들은 원장을 죽인 학순이의 시신을 화장해서 우리에게 줬어. 우리는 장례를 정중하게 치렀어. 직원들도 말리지 못했어. 수천 명이나 되는 우리는 반란까지도 맹세했었거든. 원장을 죽였지만 환자들 누구도 처벌받지 않았어. 학순이가 우리에게 권리를 찾아준 거여. 그 뒤로 직원들은 우리를 함부로 하지 않았어. 학순이의 죽음이 우리를 바꿔 놓았어. 우리는 하나가 되었고 보육원 아이들도 해방됐어."

: : :

오순덕이 역사관 2층으로 한기준을 데리고 갔다. 엄숙한 분위기가 엄습했다. 은은한 조명이 설치되어 있었다. 조명이 비추는 곳은 유리로 만든 상자들이었다. 안에는 돌아가신 할머니들의 유품이 보관되어 있었다. 그녀가 '하춘희'라고 쓰인 유리 상자 앞에서 멈춰 섰다. "오늘도 잘 지내고 있냐?"라고 안부를 물었다. 대답 없는 하춘희의 사진에 대고 혼잣말을 시작했다.

"여기 기자양반이 오늘 온 이유가 뭔지 알어? 날 데리고 그분에게 데려다 준다네."

그녀가 그를 돌아봤다. 그가 하춘희의 사진에 고개 숙여 인사했다.

"할머니, 오늘 제가 오순덕 할머니를 모시고 갈 한기준 기자입니다."

그녀가 흡족한 모습으로 하춘희에게 말했다.

"춘희야, 오늘 말이여. 그분을 뵈면 네 이야기를 꼭 할 거여. 네가 글도 가르쳐주고 편지도 쓰게 해줬다고 말이여. 그리고, 그리고 말이여…."

오순덕이 북받쳐 오르는 감정을 억누르지 못하고 말을 잇지 못했다. 그가 끼어들었다.

"할머니, 오순덕 할머니께 말씀 많이 들었습니다. 현명하시고 지혜로우신 분이시라고요. 직접 이렇게 뵐 수 있어서 영광입니다. 할머니의 애국을 저희가 이어가겠습니다. 꼭 정의로운 글로 일본을 전 세계에 고발하겠습니다."

그의 말이 그녀를 조금 진정시켰다. 그녀가 말을 받아 하춘희에게 말했다.

"춘희야, 그리고 말이여. 그분을 만나면 말이여. 이야기해줄 것이여. 우리 춘희 때문에 살아서 순정을 지킬 수 있었다고. 우리 춘희가 일본놈들에게서 나를 살렸다고. 나를 대신해 죽.었.다.고."

오순덕은 강인해졌다. 하춘희의 도움으로 위안소 처자들은 좌절하지 않을 수 있었다. 수많은 기록들을 증언하기 위해 끝까지 살아남아야 한다는 의무를 가졌다. 하루라도 빨리 전쟁이 끝나기를 기다리며 공부를 게을리 하지 않았다. 배움에 목이 마른 처자들은 밤을 새는 일이 다반사였다. 학대를 당하면서도 밤이 되면 삼삼오오 하춘희의 방으로 모여들었다. 열망이 높았던지라 한글과 한자는 수개월 만에 터득할 수 있었다. 글을 배우고 나서부터는 기록에 열중했다. 현재 처한 상황과 부당한 성폭력, 버틸 수 없을 정도의 폭력행위를 낱낱이 기록으로 남겼다.

하춘희는 밤마다 발표시간을 가졌다. 서로의 상황을 이해하고 버틸 수 있는 이해의 장을 마련함으로 같은 처지인 처자들이 의지할 수 있도록 한 것이다. 혼자서 감당하려면 나약함과 우울함만이 찾아오지만 동병상련 처지의 여럿이 모이면 분노가 된다는 것을 잘 알고 있었다. 하춘희의 지혜는 적중했다. 처자들은 분노했고, 분노를 이끌어 오기로 변화시켰다. 오기는 희망을 낳았고, 희망은 삶의 열정을 뿜어내게 했다. 열정은 일본을 이길 수 있는 힘을 원했으며, 그 힘은 지식이라는 걸 하춘희는 친구들에게 각인시켰다.

발표가 끝나면 하춘희는 조선의 역사와 독립군들의 이야기, 일본의 침략에 대해 자세한 이야기를 들려줬다. 처자들은 과거와 현재를 배움으로 미래에 대한 토론을 자연스럽게 끌어갔다.

침략전쟁에 대한 바른 이해는 독립군들의 위대한 투쟁을 이해할 수 있게 했다. 조선의 역사를 배우며 임진왜란과 같은 전쟁을 바르게 이해했고 온고지신(溫故知新)의 자세로 임할 수 있었다. 옛 것을 앎으로 새 것에 대한 지식을 쌓아 올라갈수록 처자들은 일본의 패망을 기정사실로 받아들일 수 있었다. "역사는 반복된다."는 말을 하춘희는 강조했다. 반복되는 역사 속에 영원한 나라는 없고 결국 영원한 권력도 없다고 열변을 토했다. 남는 것은 나라가 아닌 민족이며 민족의 정신은 결국 사라지지 않는다고 말했다. 고조선부터 이어진 우리나라의 역사를 강조하고 중국의 역사를 가르치면서 나라는 바뀌지만 민족의 정신, 민족의 혼은 이어져 왔음을 명심하라 말했다.

"우리의 조상은 단군이야. 삼국시대부터 통일신라, 고려, 조선으로 이어지면서도 그 사실은 변하지 않았어. 왕의 성씨만 바뀌었을 뿐 우리의 뿌리는 결코 변하지 않았지. 나라의 이름이 바뀌고 정책이 바뀌고 귀족들이 바뀌었지만, 결국 우리는 단군의 후손들이며 이 땅은 단군의 후예인 우리의 것이라는 걸 부정하는 조선인은 없어. 청나라도 마찬가지야. 수백 번도 넘게 나라 이름이 바뀌고 왕이 바뀌었지만 그들 역시 중화사상을 언제나 품고 있고 자신들이 중화민족임을 늘 각인하고 살아. 일본이 조선을 침략하고 몽고가 우리를 침략했을 때에도 우리는 잠시 땅을 빼앗겼을 뿐 순리를 통해 다시 찾게 됐어. 왜 그런 줄 알아? 시간이 지나면 모든것은 쇠퇴해. 권력도 군사력도 어떤 것이라도 약해지게 되어 있어. 그럼 자연스럽게 어떤 사상을 가진 사람들이 많으냐가 그 땅을 지배하고 나라를 지배하게 돼. 우리는 단군의 후손이라는 사실을 가지고 꾸준히 살아가기만 하면 돼. 일본이 망했을 때 이 땅에 일본의 역사를 받아들인 사람들이 많이 살게 된다면 어떻게 되겠어? 힘 한 번 쓰지 않고 일본 땅이 되는 거야. 하지만 이 땅은 단군의 땅이며 그 후손들의 땅이라 믿는 사람들이 더 많아진다면? 나라의 이름과 왕의 성씨는 바뀌겠지만 여전히 단군의 후예인 우리가 살아가게 되는 거야. 역사의 정통성은 그래서 중요한 거야. 그리고 반드시 배워야만 하는 거야. 솔직히 말해봐. 너희들 중 이곳에 끌려오기 전 한 나라의 국모가 시해되고 황제가 폐위 됐을 때 심각성을 받아들인 사람들이 있었니? 없었지? 일본이 우리를 지배하고 있을 때에 어떤 생각을 했어? 누구든 잘만 다스리면 된다고 생각하지 않았니? 그게 무서운 거야. 일본이 패전해서 물러간다 하더라도 일본을 아무렇지 않게 생각하는 사람들이 많아진다면 땅을 빼앗기는 거야. 전쟁은 아무것도 아니야. 끝에는 결국 어떤 정신을 가진 사람들이 많이 사느냐에 따라서 달라지는 거야. 이렇게 생각을 해볼까? 내가 예전에 고구려 시절을 이야기했었지? 요동 땅을 넘어서 요서지방의 유성(柳城)까지가 고구려 땅이었다고. 그런데 어찌 되었지? 지금은 청나라에 속해 있어. 왜일까? 그 지역에 살았던 조선족들은 시간이 지나면서 조선인이 아닌 중국인으로 스스로를 인정했어. 단군의 후예가 아닌 중화민족사상을 배우게 된 거야. 단군의 역사를 배우지 않고 중화사상을 배우게 되었기 때문인 거야. 고구려는 전쟁을 통해 힘겹게 영토를 확장했지만 청나라는 역사 교육을 통해 민족의 정신을 확장했어. 무력이 아닌 교육이 더 무서운 거야. 몇 대를 걸친 일관된 교육은 전쟁보다 더 큰 힘을 가지고 있는 거야."

하춘희의 이야기는 위안소를 뜨겁게 만들기 충분했다. 피곤함도 잊은 채 열띤 토론은 이어졌다. 그리고 확신했다. 일본의 패망은 멀지 않았음을. 무력은 정신을 지배할 수 없음을.

처자들은 자신들이 어떤 일을 해야 할지 정확하게 알고 있었다. 민족의 분노를 이끌어 내는 일. 그 분노로 인해 살아나는 민족정신. 민족정신에 대한 열의가 폭발하면 누구라도 배울 것이다. 지금 자신들이 그러한 것처럼.

그렇기에 처자들은 쉴 수 없었다. 어떻게 해서든 배우고 깨우쳐서 역사의 산증인으로 후대에 지금의 일을 이야기해야 했다. 우리 민족의 정신을 후대가 이어갈 수 있게. 그래서 두 번 다시 이런 역사를 되풀이하지 않는 강인한 민족과 나라를 만들기 위해서.

오순덕은 들뜬 기분을 안고 있었다. 적십자가 오는 날이면 항상 그랬다. 오후 늦게 쯤 오는 적십자 간호사들을 전날 저녁부터 기다렸다. 코가 빠지고 눈이 빠지도록 창문 밖을 내다 봤다. 기다리고 기다리건만 대부분 다섯 번 적십자가 방문하면 그 중에 네 번은 편지가 없었다. 그래도 좋았다. 기다리면서 써 내려간 수십 통의 편지를 뭉탱이로 간호사에게 건네면서 잘 좀 부탁하오. 하는 말과 함께 사탕을 쥐어주는 일을 빼놓지 않았다. 그녀의 편지를 전달해주는 간호사가 어느 날 물었다.

"떨어져 있으니 그립지 않으세요?"

그녀는 어김없이 사탕과 편지를 전달해 주면서 말했다.

"그리움이 뭐여? 보고싶은 건가?"

"네. 비슷한 거죠. 보고 싶기도 하고 슬프고 아프기도 하고."

"보고 싶은데 말이여. 그런디 그게 참 이상하오. 보고 싶어 죽것는디 슬프거나 아프지는 않소. 그럼 이것도 그리움인건가?"

"사랑하시는데 못 보잖아요. 왜 슬프지 않으세요?"

그녀가 설명을 어떻게 해야 하는지 몰라 잠시 머뭇거렸다. 머리를 이리저리 굴려보다 "아! 맞다!"라고 손뼉을 마주치고 말았다.

"안 죽었잖여. 그리고 전쟁이 없는 곳에 있잖여. 그리고…. 우린 다시 만날거 잖여. 그리고 또…, 가만있어보자. 아! 우리는 말이여. 알고 있잖여. 거시기."

그녀가 말을 하다 말고 혼자 웃기 시작했다. 간호사가 어이없는 표정을 지었다. 그녀가 고개를 푹 숙였다. 귀까지 달아오른 그녀가 말했다.

"우리는 말이여. 다시 만나는 날이 혼례를 치르는 날인 걸 알고 있으니께. 근디 뭐가 아프고 슬프것어. 만나는 날. 우리는 한집에 살 터인데. 다시 만나는 날, 우리는 부부가 될 터인디, 아프거나 슬프지 않어. 그냥 막 설레어. 그분의 각시가 되는 그 날이 너무 설레어 죽것어."

적십자가 편지를 전달해 주지 않은지 네 번째였다. 다섯 번째는 분명히 편지가 전해질 거라는 걸 잘 알고 있었다. 오순덕의 기다림은 사실이 됐다. 적십자가 오후 늦게 방문했다. 간호사의 얼굴이 밝았다. 그녀가 "받았소?"라고 물었고 간호사가 고개를 끄덕였다. 일본인들의 감시를 피하기 위해 간호사가 밖의 눈치를 봤다. 그녀는 애타는 마음으로 주위를 두리번거렸다. 간호사는 능청스럽게 "검사를 좀 하겠습니다."라고 말하며 방문을 닫았다. 간호사는 문이 닫히자마자 품안에서 편지를 꺼냈다. 그녀가 환호성이 나오는 걸 겨우 참아냈다. 그녀가 편지에 입을 맞췄다. 간호사는 뿌듯하게 그녀를 응시했다. 편지를 뜯어보고 싶었지만 참아야 했다. 간호사가 가고 나면 더러운 일본놈들이 기다렸다는 듯이 밀고 들어올 것이 뻔했다. 편지를 허름한 침대 깊숙이 밀어 넣었다. 간호사는 그녀가 기쁨을 충분히 만끽할 수 있도록 차분하게 기다리고 있었다. 그녀가 간호사에게 "고맙소."라고 진심을 담아 말했다. 간호사가 다정하게 말했다.

"오늘 간단한 검사를 할게요."

"그려요. 천천히 하시고, 천천히 가시오."

그녀가 들뜬 기분을 가라앉히지 못한 채 침대에 누웠다. 요동치는 심장을 진정시키려 가슴에 손을 가져갔다. 쉽사리 심장은 얌전해지지 않고 있었다. 그녀의 기분을 방해하지 않으려 간호사가 조심스럽게 검사를 시작했다. 최대한 그녀를 배려하기 위해 행동을 느긋이 했다. 간호사는 그녀의 몸을 이리저리 살피다 잠시 "저고리를 좀 올려 주실 수 있어요?"라고 말했다. 그녀는 기분 좋은 웃음으로 저고리를 살짝 올려줬다. 그녀와는 달리 간호사의 얼굴이 창백해졌다. 간호사가 "피 검사를 좀 할게요."라고 말하고는 주사기로 그녀의 팔에서 피를 뽑아냈다. 그녀가 어리둥절한 모습으로 간호사를 바라봤다. 작은 유리 실험관을 꺼내 그녀의 혈액을 섞고 있었다. 간호사의 입술이 파르르 떨려왔다. 간호사가 "미안한데 아래를 좀 확인해 볼게요."라고 말했다. 그녀는 간호사의 염려를 느낄 수 있었다. 그제야 그녀가 "무슨 병이 있소?"라고 물었다. 간호사가 대답을 대신해 아래를 유심하게 살폈다. 간호사가 "이런!"하고 자신도 모르게 소리를 냈다. 그녀가 허리를 세워 앉아 "왜 그러요?"라고 다급히 물었다. 기쁨은 순식간에 긴장이란 감정에게 내쫓겼다. 간호사는 죄인과 같은 모습으로 말했다.

"임신이에요. 매독에도 걸렸어요."

일본군은 오순덕을 가만히 내버려 두지 않았다. 적십자에서 수술과 치료를 주도하려 했지만 거절당했다. 간호사가 적십자의 기본 정신은 민간인의 보호라며 물러서지 않았다. 제국주의라는 마약보다 강한 중독을 보이는 더러운 사상은 적십자의 호소를 묵살했다. 일본인 이외의 사람들은 사람 취급도 하지 않는 그들에게 오순덕의 임신과 성병은 흥미로운 일이었다. 태아를 꺼내고 싶어 미친 군의관들과 성병을 명분으로 구타를 감행할 수 있는 기회를 병사들이 놓칠리가 없었다. 간호사는 그녀의 상태를 숨기려 했다. 적십자에서 보급되는 약으로 병을 치료하면 간단한 일이었다. 그러나 사실을 숨기고 난 후 일본군이 그녀에게서 성병이 옮는다면 가차없는 죽음만이 기다리고 있다는 걸 알고 있었다.

방도가 없었다. 그녀가 "어쩌요?"하고 걱정스러운 물음을 던졌다. 간호사는 아무 말도 할수 없었다. 그저 "괜찮아요. 내가 설득해 볼게요."라는 가능성 없는 희망만을 이야기했다. 간호사가 방문을 열고 나가 담당 일본군에게 호소력 짙은 말들을 쏟아냈다. 소용없었다. 성적 쾌감보다 몇 배는 강한 쾌감을 맛볼 수 있는 해부와 폭력의 기회를 잡은 그들은 기다렸다는 듯이 "끌고 나가!"라고 소리쳤고, 여럿의 일본군이 그녀의 방으로 들어오려 했다. 그녀가 방문을 잠갔다. 일본군은 문을 사납게 두드렸다. 적십자 간호사들이 짐승들을 막으려 했다. 그녀가 재빨리 숨겨놓았던 편지를 꺼냈다. 그녀가 밖에 있는 간호사들에게 외쳤다.

"조금만 막아 주시요! 내가 할 일이 있어서 그러요! 부탁하오!"

그녀가 편지를 뜯었다. 서수철의 마지막 편지를 읽어 내려갔다. 공포에 사로잡혔던 그녀의 눈은 슬픔이 한가득 머금었다. 공포 따위는 그의 이별선고에 저만치 도망가고 없었다. 그녀가 편지지를 어루만졌다. 아이를 꼭 낳으라는 말이 그녀의 심장에 송곳을 찔러 넣는 느낌이었다. 그녀를 닮은 아이였으면 좋겠다는 말과 그녀의 눈동자를 닮았으면 한다는 바람과 슬플 때 참지 말라는 부탁이 온몸을 갈기갈기 찢어놓는 느낌이었다. 그녀가 아랫입술을 깨물었다. 피가 흘러나왔다. 그녀가 편지를 다 읽고 중얼거렸다.

"거짓말."

그가 말한 슬픔을 참는 버릇이 나왔다. 슬픔을 눈으로 빼내려하지 않고 목으로 넘기려 했다. 감당하기에는 너무 큰 슬픔이었을까? 잘 참아냈었는데 오늘만은 이놈의 슬픔을 참기 힘들었다. 그녀의 뺨을 타고 흐르던 눈물이 목을 타고 내려와 편지지에 떨어졌다. 그녀가 편지를 향해 물었다.

"오라비, 무슨 일 있는 거요?"

편지는 아무 대답이 없었다.

"오라비는 바보요? 내가 오라비를 얼마나 봐 왔소? 깨복쟁이 때부터 봐 왔는디 이 말을 믿을 거 같으요? 왜 말도 안 되는 거짓말을 이리 지껄여 놓은 거요? 무슨 일이 있소?"

편지는 아무 대답이 없었다.

"오라비, 나는 말이요. 오라비를 닮은 사내아이를 낳고 싶소. 오라비의 두터운 입술을 닮았으면 좋겟소. 오라비의 진한 눈썹을 닮았으면 좋겟소. 나를 설레게 했던 오라비의 시원스러운 턱선을 닮았으면 좋겟소. 그런디 무슨 헛소리를 하는 거요? 다른 사내놈을 만나라고? 오라비가 혼인을 한다고? 장난 혀요? 그딴 거짓말이 내게 통할 것 같으요?"

편지는 아무 대답이 없었다.

"오라비, 무슨 일이요? 내 오늘 죽을 수도 있는디 말이요. 겁이 안

나요. 오라비에게 무슨 일이 있는지가 걱정이요."

편지는 아무 대답이 없었다.

"하긴, 이제 나도 오라비에게 갈 수 없소. 나도 오라비를 놓아줘야 하오."

편지는 아무 대답이 없었다.

"내가 말이요. 임신을 했다고 하오. 더러운 일본놈들의 자식을 가졌다 하오. 내가 어찌 오라비를 볼 수 있겠소. 매독에도 걸렸다 하오. 며칠 전 임신한 친구는 불임이 됐소. 수개월 전 매독에 걸린 친구를 치료를 받다가 죽었소. 나는 오늘 죽거나 오라비의 아이를 낳을 수 없는 몸이 되는 거요. 차라리 죽었으면 좋겠소. 오라비도 이런 거짓말을 한 이유가 죽기 직전이라 그랬으면 좋겠소. 천당이라는 곳이 있다고 하는디 그곳에서는 육신을 벗어난다 하오. 이 더러운 육신을 버리고 깨끗해져서 오라비의 아이를 낳고 싶소. 차라리 죽어버립시다. 이승에서는 우리 만날 수가 없소. 살더라도 이제는 오라비에게 선물을 줄 수가 없소."

편지는 아무 대답이 없었다.

일본군들이 간호사들을 저지하고 문을 부수고 들어왔다. 기다렸다는 듯이 그녀를 군화발로 무참하게 짓밟아댔다. 그녀가 바닥으로 힘없이 고꾸라졌다. 여럿의 수십 개의 군화가 그녀의 온몸을 괴롭혔다.

"더러운 조센징 년! 죽어버려!"

"안 돼. 군의관 중에 태아를 못 본 군의관들이 많으니 연구를 할 수 있도록 살려라. 매스가 잘 들어가도록 살점이 연해질 정도만 두들겨 주자고!"

일본군의 냄새나는 아가리는 그녀를 향해 저주를 퍼붓고 있었다. 그녀는 저항하지 않았다. 아픔도 잊었다. 그녀의 머리와 가슴은 오로지 그를 향한 죄의식만 가득했다.

"오라비, 차라리 잘됐소. 잘 지내시오. 미안해요. 정말 미안해요. 나를 지키지 못해서 정말 미.안.해.요. 순정을 지키지 못한 나를 절대 용.서.하.지.마.시.오."

편지는 아무런 대답이 없었다.

오순덕은 감당하지 못할 구타로 기절했다. 마취도 없는 수술에 기절은 천만다행이라 말해야 하는 걸까? 수술실로 옮겨진 그녀의 배가 갈라졌다. 태아를 처음 본 군의관은 신기한 눈빛으로 환호성을 질렀다.

오순덕은 곧바로 회복실로 옮겨졌다. 말이 회복실이지 회복을 위한 어떤 치료도 없었다. 회복실에서 그녀는 매독을 치료하기 위한 수은치료를 받았다. 강제로 수은증기를 맞아야 했다. 수은을 주사기로 주입시키기도 했다. 수은중독으로 오한과 두통, 구토와 호흡곤란같은 증세들이 그녀를 괴롭혔다. 이마는 펄펄 끓었다. 누구도 그녀의 몸 상태를 돌봐주지 않았다. 치료? 말이 좋아 치료였다. 성병으로 고생하는 일본군들을 위한 실험에 이용을 한다는 편이 훨씬 타당한 주장이었다. 유독 성에 집착을 보이는 일본군들은 성병에 걸린 군인들이 많았기에 전력상으로도 골치를 앓고 있었다. 성병 치료는 일본군에 있어서 중요한 사안이었다.

그녀에게 사람으로서는 감당하기 힘든 수은의 양이 하루도 빠지지 않고 주입되었다. 수은증기 역시 마찬가지였다. 치료를 받는 한 달 동안 그녀는 모진 생체실험을 견뎌내야 했다.

축복일까? 아니면 하늘이 내린 저주일까?

그녀는 살았다.

위안소로 돌아왔다. 하춘희가 기다리고 있었다. 수은으로 중독된 몸은 정상이 아니었다. 중절수술을 한 지 한 달이나 지났지만 상처는 아물지 않고 있었다. 염증이 생기고 고름이 고였다. 오순덕의 숨이 간당간당 붙어있다는 걸 의학지식이 없는 누구라도 쉽사리 알 수 있었다. 때마침 적십자가 대대적인 성병검사를 진행하고 만주지역의 전염병을 방지하기 위해 장기간 머물고 있었다. 하춘희는 적십자의 도움을 받아 그녀를 지극정성으로 간호했다.

고름을 깨끗이 닦아내고 아침이 올 때까지 고열로 신음하는 그녀의 몸을 물수건으로 정성스럽게 닦아주었다. 체온은 고맙게도 조금씩 내려갔다. 간호사들은 수은치료에도 살아남은 그녀를 살리기 위해 8시간마다 순번을 정해서 위안소를 방문했다.

그녀의 상처가 아물고 열이 내려갈 때마다 하춘희는 이름도 모르는 신을 향해 기도했다. "감사합니다."라고 하늘을 향해 외치며 내일도 그녀가 숨을 쉴 수 있기를 바랐다.

그녀가 정신을 차렸을 때는 위안소로 보내진지 12일 만이었다. 위안소에 보내졌을 때만 하더라도 위안소를 운영하는 주인은 그녀를 내쫓으려 했다. 하춘희와 여러 친구들이 만류하고 나섰다. 주인은 그녀를 일본군들이 찾지 않을 거라며 상품 가치가 없다고 인정사정없이 내치려 했다. 하춘희는 우리가 일본군을 받느라 기력이 많이 쇠하니 청소를 할 누군가가 필요하다 설득했다. 친구들도 마찬가지였다. 빨래와 청소를 해줄 사람이 필요하다며 주인에게 그녀를 받아줄 것을 요구했다. 시큰둥한 주인에게 하춘희가 결단을 내릴 수 있는 유혹을 건넸다.

"청소하고 빨래하고 깨끗한 위안소를 유지한다면 군인들은 더 많이 찾을 것이요. 그런데 만주사람을 쓰면 돈을 지급해야 하오. 돈을 지급하지 않고도 순덕이는 쓸 수 있지 않소. 길어야 보름이요. 보름 안에 순덕이가 일어나지 못하면 그때 가서 내쳐도 상관없지 않소? 보름만 참고 기다려 보시오. 그럼 깨끗한 위안소를 운영할 수 있소. 돈 한푼 들이지 않고 말이요."

멍청한 주인의 귀가 솔깃했다. 주인은 보름만 기다려보겠노라고 단번에 승낙했다. 보름은 간절한 시간이었다. 열흘이 지나도 깨어나지 않는 그녀를 보노라면 위안소에 있는 친구들의 피가 바짝바짝 말라가는 기분이었다.

친구들은 공부를 하기 위해 하춘희의 방이 아닌 그녀의 방으로 모이기 시작했다. 공부를 하며 틈틈이 그녀를 돌보기 위해서였다. 11일째 되던 밤 그녀의 호흡이 안정을 되찾았다. 간호를 하던 친구가 공부를 하는 친구들에게 "숨을 고르게 쉬어."하고 말했고 친구들은 서로를 부둥켜안고 기쁨을 감추지 못했다.

12일째 드디어 눈을 떴다. 억지로 죽을 먹던 그녀의 입이 스스로 움직였다. 그녀가 일어나자마자 "어떻게 된 거여?"라고 물었을 땐 눈물을 훔치며 감동하는 친구도 있었다. 하춘희가 그녀의 손을 잡고 하늘을 향해 "감사합니다."하고 말했다. 그녀가 몸을 일으키려 하자 친구들이 만류했다. 하춘희가 말했다.

"살았어. 괜찮아. 이제 다 괜찮아."

어디에서 그런 힘이 났을까? 그녀의 앙상한 팔이 하춘희의 옷자락을 잡았다. 분노? 아니었다. 그녀가 보인 감정은 어디에서도 존재하지 않는 감정이었다. 분노를 넘어선 감정. 사람들이 한 번도 느껴보지 못한 감정이었다. 분노라는 단어가 표현으로 유일했지만 분노라는 표현은 그녀의 감정에 비하면 무척이나 초라하고 보잘 것 없었다.

"아니여. 안 괜찮여. 그냥 죽게 내버려 두지. 죽어버려서 더러운 육신을 벗어 던질 수 있게 내버려 뒀어야 할 거 아니여. 왜 살려! 왜 나를 살리냐고!"

"그래도 살아야지. 살아야 그분도 만나지."

그녀는 간호사가 이야기했던 그리움이 무엇인지 알 수 있을 것 같았다. 그녀가 진한 그리움을 느끼며 말했다.

"어찌 가냐. 이제 내가 어찌 가냐. 춘희야. 내가 오라비에게 이제 어찌 가냐."

친구들이 그녀에게 모여들었다. 하나, 둘 그녀의 다리와 팔, 어깨를 잡고 있었다. 어떤 말도 위로를 줄 수 없다는 걸 알면서도 그렇게 해야만 했다. 그녀의 입은 순정을 말했다.

"순정이 뭔 줄 아냐? 네 말대로 몸뚱이가 순정은 아닐 거여. 그런디 무식하지만 나도 안다. 순정은 말이여. 내 영혼과 사모하는 사람의 영혼이 만나 우리만의 영혼을 창조하는 것이여. 그게 바로 순정이 주는 최고의 선물이여. 내가 오라비에게 줘야만 하는 선물이여. 나는 자격이 없어. 오라비의 순정을 받을 자격도 없는 여인이여. 나는 순정을 빼앗겼어. 더러운 일본놈들헌티."

그녀의 팔이 힘을 잃었다. 축 처진 몸으로 말을 이었다.

"죽어버려서 저승길에서라도 당당해야 혔어. 내게는 그것마저도 허락되지 않는가보네. 정말 일본놈들이 너무 싫다. 다 죽어버렸으면 좋겠다. 일본이 빨리 망해 버렸으면 좋겠다. 일본놈들이 모두 지옥 불에 떨어졌으면 좋.겠.다."

: : :

오라비 보시오.

편지는 잘 받았소. 눈물이 나는디 울지 않을 거요.

오라비의 편지를 받으니 나도 한결 쉽게 말할 수 있을 것 같소. 눈에서 떨어지면 마음에서도 떨어진다는 말이 있지 않소? 그 말을 믿지 않았었는디 내가 그러요. 이곳에서 나를 많이 도와주는 사내놈이 있었소. 심신이 지친 상태여서 그런지는 모르것지만 안정을 주는 사내가 나도 모르게 좋아졌나보오.

오라비가 그리 이야기하니 내가 마음이 한결 가벼워지오.

오라비가 좋은 여자를 만났다니 다행이오. 혼례는 언제 치루는 것이요? 내가 가보고 싶지만 아직 자유롭지 못한 탓에 마음으로 축복을 해주것소.

오라비도 나를 찾지 말고 사시오. 나도 오라비를 찾지 않을 터이니.

그 여자 몸은 건강하오? 오라비의 아이를 낳을 수 있는 몸이요? 부디 상대가 건강했으면 하오. 오라비를 꼭 닮은 영특한 남자 아이를 낳아 공부 많이 시키시오.

특히 역사 공부와 글 공부를 많이 시켰으면 하오. 우리가 이리 떨어져 있는 것이 역사를 배우지 못해서라고 나는 배웠소. 오라비를 닮았으면 워낙 영특해서 쉽게 배울 수 있을 것이요.

길게 쓰고 싶은디 그게 잘 안 되오. 뭐라고 해야 하나? 조금은 아프오. 이렇게 오라비 얼굴도 못 보고 보낸다는 게 아쉽기도 하오.

오라비, 내가 사탕을 넉넉히 보내오. 이제 편지를 주고받을 수 없을 터라 많이 보내니 오래오래 두고두고 잡수시오. 오라비만 먹으라고 하고 싶은디 이제는 오라비와 혼인하는 여자도 좀 주시구려. 어디에서 났느냐고 물어보면 아둔하게 내가 줬다고 하지 마시고 그냥 고향에서 보내온 거라고 하시오. 아니면 적십자에서 준 거라고 하던지. 여자는 질투가 심하오. 그런 말을 했다가는 평생 두고두고 갈굼을 당할 것인 게 절대 말하지 마시오.

사탕을 더 보내고 싶은디, 몇 달은 맘껏 먹게 하고 싶은디 그것만 보내서 미안혀요. 나는 먹을 만큼 있으니 내 걱정은 마시오.

오라비.

사내아이를 낳아주시오. 나중에라도 오라비 아들을 보고 싶소.

수십 년이 흘러서 본다고 해도 오라비 아들은 알아볼 수 있을 것 같소. 생전 만난 적 없지만 나는 알아볼 수 있을 것 같소.

오라비를 닮은 아이라면 총기가 가득할 것이라 생각만 해도 흐뭇하오.

오라비!

우리 이제 달빛은 그만 잊읍시다. 개구리 소리도 잊고 우물가도 잊읍시다. 고향도 잊고 서로의 귀빠진 날도 잊읍시다.

오라비의 이름도 내 이름도 잊읍시다.

행복하시고 욕보시오.

"할머니, 왜 그러셨어요. 해방도 얼마 남지 않았을 시기잖아요."

한기준이 오순덕을 탓했다. 그녀가 그에게 물었다.

"혼인했다고 했나?"

"네."

그의 대답에 그녀가 말했다.

"혼인을 하면 말이여. 여자는 낳고 싶거든. 사랑하는 사람의 아이를. 왜 그런 줄 아시오?"

"…."

"사람은 죽거든. 반드시 죽거든. 그래서여. 분신을 남겨두어야 하는 이유는. 그래야 내가 먼저 가도 지아비가 외롭지 않거든. 나를 닮고 지아비를 닮은 자식을 보면서 그래도 버틸 수 있거든. 동시에 죽으면 얼마나 좋것어. 근디 그렇지 않잖여. 그래서여. 누구하나 죽어도 사랑하는 사람을 닮은 젊고 건강한 자식을 보며 위안을 삼고 살아야 하니께. 죽는 사람도 마찬가지여. 사랑하는 사람을 돌봐줄 수 없으니 돌봐줄 누군가를 남기고 가고 싶어지는 거여. 그런디 그게 안되잖여. 나는 그럴 수 없잖여. 그래서였어. 순정이라는 건 말이여. 죽어서도 이어지는 연이여. 영혼이 떨리는 거라 했잖여. 죽어서 혼만 남더라도 이어지고 걱정하는 것이여."

그는 이해가 가지 않았다. 사랑하는데 보낸다는 말은 인정할 수 없었다. 고리타분했다. 그가 강하게 부인하려 했다. 그녀의 입이 먼저 열렸다. 이야기를 들은 그는 의견을 내지 않았다. 존중하고 싶었다. 고귀했다. 어쩌면 유행적인 사랑을 추구하는 지금 이 시대에 어울리지는 않지만….

"그때 사탕을 많이 보내줬어야 하는디 별로 못 보내줬어. 항상 부족하게 보낸 것 같아서 미안혔어. 그게 제일 마음이 아퍼. 사랑을 좀 더 보냈어야 하는 건디. 넉넉히 보내줬어야 하는 건디."

몸이 약한 오순덕은 기적적으로 일어났다. 친구들의 지극정성이 있었기에 가능했다. 순번을 정해 그녀를 간호했다. 음식을 아껴 그녀에게 가져다 줬다. 친구들은 그녀의 회복을 위해 두손 두발을 다 들고 적극적인 행동을 보였다. 그 중에서도 하춘희의 정성은 엄청났다. 괴로울 법도 한데 며칠을 꼬박 세워 그녀를 간호하면서 달래기도 하고 아픈 이별의 이야기도 들어주며 그녀에게 힘을 주려 무던히도 노력했다.

덕분에 그녀는 약속한 기한인 보름 만에 몸을 움직일 수 있었다. 주인은 그녀가 거동을 할 수 있자 바로 일을 시켰다. 빨래며 청소며 온갖 궂은일을 그녀는 도맡아야 했다. 완벽하게 회복된 몸이 아닌지라 조금만 움직여도 쉽게 피로를 느끼며 온몸이 욱신거렸다.

친구들과 하춘희는 그런 그녀를 위해 몸을 아끼지 않았다. 일본군들에게 괴롭힘을 당하는 틈틈이 약속이라도 한 듯 자처해서 그녀를 도왔다. 그녀는 우정이라는 이름으로 예전과 같은 건강을 되찾을 수 있었다. 시간이 흐를수록 움직임도 좋아졌다. 간호사들도 그녀를 보며 신의 도움이라 말할 정도로 완벽하게 수은중독에서 벗어났다. 수술을 한 상처 역시 야무지게 아물었다.

그녀는 위안소를 구석구석 치웠다. 친구들에게 답례를 하기 위해서 불편함이 없도록 무던히도 애를 썼다. 아니, 차라리 노동이 나았다. 일본놈들의 손아귀에서 놀아나는 것보다는 새벽부터 시작해서 다음 날 새벽에 끝이 나는 노동이 훨씬 그녀에게는 편한 일이었다. 어떤 친구들은 그녀를 부러워하기도 했다. 그럴 법도 했다. 그녀는 이제 광기로 가득한 사내들의 땀 냄새를 맡지 않아도 됐으니까. 누구라도 그녀를 동경했을 것이다. 어떤 누가 삼백예순날 빠짐없이 강간을 당해야 하는 현실을 벗어나고 싶지 않을까?

그녀는 친구들의 심정을 충분히 이해했다. 친구들을 위해 자신이 할 수 있는 온갖 일을 게으름 피우지 않고 했다. 그래도 잊히지 않았다. 제 아무리 일을 하고 공부를 해도 서수철을 향한 그리움은 수그러들지 않았다.

하춘희가 일을 끝내고 늦은 새벽에서야 방에 눕는 그녀를 찾았다. 그녀가 "공부 안 혀?"라고 물었다. 하춘희는 "개별 공부하고 있어."라고 말하며 그녀의 곁에 앉았다. 그녀가 시선을 피하고 침대를 매만지며 미안한 마음을 담아 말했다.

"요즘 내가 많이 피곤해서 공부하는데 잘 가지 못혀네."

하춘희가 헝클어진 그녀의 머리를 보더니 "뒤돌아 봐"하며, 억지로 그녀에게 등을 보이게 했다. 하춘희가 그녀의 머리를 정갈하게 빗어 주며 말했다.

"친구들에게, 혼자만 당하지 않아서 미안함 때문에 공부하지 않는 거야?"

그녀가 입을 굳게 다물었다.

"누구도 너를 시기하지 않아."

그녀가 꼴깍 침을 삼키며 말했다.

"혼자 열심히 공부하고 있어."

"같이 해야 진도가 빠르지."

그녀가 목으로 솟구쳐 올라오는 미안함을 힘겹게 참아냈다.

"그냥. 미안혀서. 나만 편안한 거 같아 미안혀서."

하춘희가 그녀의 머리를 따줬다. 그녀는 도저히 말을 이어갈 수 없었다. 솟아오르는 미안함이 터질 것 같았다. 하춘희가 말했다.

"우리들은 하나야. 네가 편하면 다 즐거워. 우린 이제 모두가 자매인거야. 우린 다행이라 생각해. 너만이라도 당하지 않아서."

"아니여. 아니여."

"순덕아."

하춘희가 그녀를 돌아보게 했다. 그녀는 시선을 내리깔았다. 하춘희가 손을 뻗었다. 그녀의 얼굴을 천천히 들어올렸다.

"적십자 간호사가 그러는데 만주에서 곧 일본군이 후퇴할 거래."

그녀가 자신도 모르게 눈을 들어올렸다.

하춘희가 눈이 마주쳤다.

"참말이여?"

"응. 서양 군대가 이곳을 밀고 들어올 거래. 일본은 후퇴해서 조선에 다시 기지를 지을 거라고 해. 그런데 문제가 있어."

그녀가 어슴푸레한 형색을 보였다. 다음 말에 전혀 예측할 수 없었다. 하춘희가 친절하게 설명했다.

"아마도 우리를 이곳에 두고 가거나 죽일 거야."

"그게 뭔 말이여? 왜 우리를 죽여?"

믿을 수 없었다. 죄를 짓지도 않았는데 죽인다는 말은 납득할 수 없었다. 하지만 말을 뱉어놓고 보니 납득이 가능했다. 일본이라면 충분히 그럴 수 있었다. 이유 없이 심심풀이로 사람을 죽이는 놈들이 후퇴하는 마당에 누군가를 챙겨서 간다는 사실이 오히려 설득력이 떨어져보였다.

"그들은 충분히 그럴 수 있잖아. 너도 알잖아. 최악의 경우지만 그럴 수 있어. 그래서 친구들하고 이 점을 충분히 의논했어."

"무슨 말이 하고 싶어서 그러는 거여?"

그녀가 참지 못하고 본론을 보챘다. 하춘희는 따준 머리에 만족을 했는지 그녀의 머리를 쓰다듬으며 말했다.

"최악의 경우 일본놈들이 우리를 다 죽인다면 하나는 살아나가야 해."

"그래서?"

"그게 바로 너야."

"나?"

"응. 순덕이 너."

하춘희가 손가락으로 그녀의 심장을 가리켰다. 그녀가 믿을 수 없다는 낯빛을 띠었다.

"왜 나여? 다 같이 살아야지. 혹여라도 다 죽어야 한다면 가장 똑똑한 네가 살아야 할 거 아니여."

"나라고 살고 싶지 않겠어?"

"그런디? 왜 나여? 나는 죽어도 괜찮여. 어차피 이제 나를 기다리는 사람도 없으니께."

하춘희가 고개를 절레절레 흔들었다.

"순덕아, 우리는 보고 싶어. 네가 정혼자와 가정을 꾸리는 모습을. 우리는 여자로서 살아가지 못했어. 조국을 빼앗긴 죄로 여자라면 당연히 바라는 지아비도 꿈꾸지 못했고 가정도 꿈꾸지 못했어. 그런데 너는 유일하게 우리가 바라는 소망을 이룰 수 있는 친구야."

그녀는 이해가 가지 않았다. 그녀가 "뭔 소리여?"라고 물었다. 하춘희는 차근차근 말했다.

"우리는 믿어. 네 순정을, 그리고 그분의 순정을. 여자라면 누구라도 바라는 거야. 너는 그걸 가지고 있어. 한참을 의논했어. 모두가 살고 싶어했어. 하지만 만약 최악의 경우 누군가를 살려야 한다면 누구를 살려야 하는지 이름을 써보라 했어. 모두가 같았어. 오순덕. 바로 너야."

"말도 안 돼."

그녀가 강하게 부정했다. 하춘희가 가볍게 머리에 꿀밤을 줬다.

"바보. 너를 얼마나 많은 사람이 부러워했는지 알아? 하긴, 우리는 너와 같은 용기도 없었어. 한센병에 걸린 지아비를 모신다는 거, 쉽지 않아. 정혼을 했더라도 도망쳤을 수도 있지. 근데 너는 그렇지 않았어. 그깟 병은 아무렇지 않다고 말했어. 네 정혼자도 그래. 네가 위안소에서 무슨 일을 하는지 모르지 않잖아. 그걸 받아주고 이해해 주고 보듬어줬어. 너는 이런 사랑이 누군가에게도 당연할 거라고 생각하지?"

"그게 순정 아니여?"

그녀는 당연하다고 말하고 있었다. 하춘희가 밝게 웃었다.

"그래서야. 우리가 너를 살려야겠다고 생각한 이유는."

"대체 뭔 말이여?"

그녀는 아직도 이해가 가지 않았다. 하춘희가 그녀의 손을 꼭 잡았다.

"우리가 바라는 순수한 사랑. 네가 말하는 순정. 우리도 정말 원하거든. 그런데 우리가 살아남아도 순정을 바칠 남자를 찾기란 희박해. 평생 홀로 버티며 살아가며 역사를 증명할 자신이 없어. 너는 그렇지 않아. 너는 동반자와 의지하며 살아갈 수 있잖아. 알잖아. 그래서야. 네가 나가야 하는 이유. 너는 우리 친구들이 바라는 인생을 살 수 있는 유일한 여자이니까."

하춘희의 말이 끝나자 친구들이 방문을 열고 들어왔다. 친구들은 그녀의 곁을 둘러싸고 앉았다. 한 친구가 "우리 의견에 반대하지 마." 하고 말했다. 다른 친구가 "우리 모두가 원하는 일이여."라고 말했다. 또 다른 친구가 "순덕아, 살아서 나가라. 그래야 우리가 편히 눈 감는다. 우리의 염원을 네가 꼭 이뤄 줘라."라고 말했다. 그녀가 벌떡 일어나 손사래를 쳤다.

"나는 이미 그분과 이별했어. 나헌티 이러지 말어. 왜들 그려."

그녀가 울상이 됐다. 하춘희가 말했다.

"아니, 너도 알잖아. 이제 시작이라는 걸. 그분도 너도 거짓 편지로 서로를 위했던 거라는 걸 알고 있잖아."

"그건 아는디 나는 이제 그분의 아이를 가질 수 없어."

"그게 고작 순정인가?"

그녀가 대답하지 못했다. 하춘희가 계속 말했다.

"순덕아, 알고 있으면서 왜 그래. 다 알고 있잖아. 그분과 너, 절대 변하지 않아. 친구들도 아는데 당사자인 네가 모른다는 게 말이 돼? 왜 자신을 속여?"

그녀가 목소리에 힘을 빼고 말했다.

"알지. 왜 모르것어. 그런디 말이여. 그렇더라고. 사랑하니께. 순정을 바치고 나니께. 오라비가 더 행복할 수 있는 길을 열어주고 싶더라고."

하춘희가 말했다.

"그분에게 네가 아닌 혼인은 없어. 네가 아닌 행복은 없어. 알면서 보내는 건 배신이야."

다음날 친구들은 오순덕에게 금반지를 선물했다. 수십 명이 모았지만 겨우 실가락지 두 개를 만들 수 있을 뿐이었다. 하춘희가 그녀에게 반지를 선물하며 말했다.

"우리가 혼례를 꼭 보고 싶은데 보지 못할 수도 있으니 미리 주는 거야. 그분 손가락에 꼭 껴줘."

"근디 많이 기다려야 할 수도 있어."

"왜?"

"오라비에게 기회를 주고 싶어. 더 행복할 수 있는 기회. 기다려 볼 참이여. 그래도 되것제?"

"바보. 결국 둘이 이어질 걸 알면서 왜 기다려?"

그녀가 웃었다.

이번에는 하춘희가 당황했다.

그녀가 말했다.

"그게 순정이여. 알어. 아는디 말이여. 그래도 말이여. 내 죄책감은 사라지지 않어. 그래서 그려. 죄책감이 사라질 정도로 많은 시간을 그분에게 주고 싶은 것은. 순정은 말이여. 그런 거여. 가만히 있어도 미안허고 바라만 보아도 미안허고 연모를 하는 것만으로도 미안헌거여."

하춘희의 예언은 적중했다. 오순덕이 금반지를 선물로 받고 일주일이 지났을 때였다. 어쩐 일인지 위안소는 한산했다. 단 한 명의 일본군도 위안소로 발걸음을 하지 않았다. 거리도 한산했다. 위안소를 관리하는 주인은 처자들이 동요를 할까 일부러 쓸데없는 노동을 시켰다. 웅성거릴 틈을 주지 않으려 했다. 방 안을 청소시키거나 이불을 한꺼번에 모아놓고 빨래를 시켰다. 하춘희는 친구들에게 쪽지를 써서 돌려보게 했다.

오늘이나 내일일 거야. 탈출을 준비해야 해. 경비도 없어. 주인만 남아 있어. 실패하면 순덕이만은 어떻게 해서든 살려 보낼 수 있도록 준비해 놓은 작전대로 움직이자.

친구들은 쪽지를 돌려 읽으며 마음을 단단히 준비했다. 오후 늦게까지 이어진 청소로 피곤할 법도 한데 누구하나 침대에 쓰러져 잠들지 않았다. 각자 작은 보따리를 남몰래 만들었다. 탈출을 위해서 필요한 간단한 물건을 정리한 보따리였다.

하춘희는 친구들과 모의 탈출을 수없이 연습했다. 적십자로부터 이야기를 전해들은 순간부터 머리를 맞대어 계획을 치밀하게 짰다.

"대낮에 이동하지는 않을 거야. 늦은 새벽이 되겠지. 12시나 새벽

2시 정도가 될 것 같아. 그럼 우리가 탈출할 수 있는 시간은 그 전이야. 경계는 느슨해질 거야. 후퇴하기 바쁜 시간에 우리를 감시하려고 인력을 위안소에 두지는 않을 테니까. 위안소를 관리하는 놈만 우리가 제압하면 돼. 그럼 충분히 우리는 빠져나갈 수 있어. 남자 하나야. 우리는 수십 명이고. 충분히 제압할 수 있어. 날카로운 물건들을 챙겨 놔. 주인을 제압하는 건 한꺼번에 해야 해. 그러고 나서 우리는 고향으로 돌아가지 않아. 순덕이를 빼고 나머지는 전부 임시정부가 있는 곳으로 향할 거야. 아마도 그곳이 제일 안전할 거야. 우리는 그곳에서 독립군을 돕고 그동안 일본놈들이 우리에게 떠벌렸던 전략이나 상황을 전해주면 돼. 9시면 주인놈도 피곤으로 몸이 무거울테니 모두가 한꺼번에 덤비자. 입구에서 우리들을 감시하고 있을 거야. 입구에서 죽이면 돼."

하춘희의 전략은 겉으로 보기에는 완벽했다. 혹시 모를 비상상황을 대비해서 하춘희는 몇번이고 시간을 체크했다. 주인을 제압하는 장소도 좁은 복도나 방보다는 위안소 입구로 정하는 것도 수천 번을 고민했다. 좁은 복도는 두 사람만이 주인에게 다가갈 수 있다. 길게 늘어진 행렬과 같을 것이다. 여자 두세 명을 남자가 제압하는 건 식은 죽 먹기다. 방 안도 똑같다. 주인이 자고 있을 때 덮친다면 좁은 방에 들어갈 수 있는 여자들은 많아야 다섯 명이고 나머지는 문 밖에서 대기를 해야 한다. 만에 하나 인질로 한 사람이라도 잡힌다면 상황은 충분히 역전될 수 있었다. 입구라면? 위안소 입구는 큰길이다. 반대편에 작은 상가와 술집이 있었지만 일본군이 발길을 하지 않는 날이면 영업을 하지 않을 것이다. 분명 일본군의 퇴각 명령을 그들은 알고 있을 테고 일본의 지휘를 받지 않는 상인들은 피신을 할 것이 분명했다. 하춘희는 모든 정황들을 정리했고 추측은 다행히도 맞아 떨어졌다.

한산한 거리. 술집과 상가는 문을 열지 않았다. 주인은 입구에 의자를 가져다 놓고 담배를 피우고 있었다. 하춘희의 계략대로 일이 진행되자 친구들은 점차 적극적으로 몸을 움직였다.

하춘희가 말한 그날이 다가오자 의견이 살짝 어긋나기도 했었다. 일본군이 우리를 죽이고 갈 가능성은 극히 희박하니 얌전히 위안소를 지키다가 서양군대가 들어오기를 기다리자는 의견들을 내는 친구들도 여럿 있었다. 하춘희와 같이 죽을 확률이 조금이라도 있다면 모험을 해서라도 탈출을 시도하는 편이 낫다는 의견과 충돌했다. 탈출과 위안소를 지키자는 의견은 팽팽하게 대립했다. 그러던 중 하춘희의 의견 쪽으로 전부 동의하는 사건이 일어났다.

여느 날과 같은 하루였다. 비가 하늘에 구멍을 뚫어놓은 듯 쏟아지는 것만 빼고는 어제와 다를 바가 없는 하루였다. 한창 일본군들이 더러운 욕구를 겁탈로 해소하고 있었다. 위안소밖에서 일본군이 소리쳤다.

"빨리 부대로 복귀해라. 전방에 있던 동료들이 도착했다!"

약속이라도 한 듯 일본군들은 더러운 짓을 멈추고 밖으로 향했다. 하춘희와 친구들은 창밖을 바라봤다. 붕대를 칭칭 감은 일본군이 힘없이 거리를 걷고 있었다. 위안소에서 빠져나온 일본군들이 동료를 부축했다. 행렬은 짧았다. 대부분이 다리를 절거나 심하게 다친 상태였다. 맨 마지막 행렬까지 눈을 떼지 않던 하춘희가 일본군이 지나가자마자 친구들에게 쪽지를 돌렸다.

모두가 군인이야. 민간인이나 우리와 같은 여자들은 하나도 없어. 데려오지 않았다는 증거야.

물론 민간인과 여성들을 죽이고 왔다는 증거는 없었다. 하지만 하춘희가 쓴 다음 말은 탈출 의견을 동의하도록 만드는 결정적인 계기가 됐다.

저들은 모두를 죽이고 왔어. 일본놈들을 자세히 봤니? 대부분의 일본놈들 얼굴과 손에 여자가 긁은 손톱자국들이 자리 잡고 있었어. 우리가 언제 저들에게 저렇게 반항한 적이 있었니? 전쟁터에서 여자가 싸우는 걸 본 적 있어? 죽임을 당하기 전에 마지막으로 발악한 흔적들일거야.

일본군의 행군을 본 친구들은 하춘희의 의견을 따르기로 결심했다. 그 이후 어느 누구도 하춘희의 의견을 반대하는 사람은 없었다. 한마음이 된 친구들은 단단하게 마음을 모았다.

약속한 9시가 됐다. 해는 떨어졌고 날은 습했다. 각자 날카로운 도구를 가지고 방을 빠져나왔다. 하춘희가 앞장섰다. 그 뒤를 친구들이 따랐다. 긴 복도를 지나 입구가 가까워질 때였다. 하춘희가 멈칫했다. 밖에서 발소리가 들려왔다. 위안소로 몰려들고 있었다. 좁은 입구고 밤이라 누가 얼마나 와있는지는 보이지 않았지만 웅성거리는 소리를 들어보니 꽤 많은 남자들이 모여 있다는 걸 알 수 있었다. 하춘희의 안색이 어두워졌다. 뒤따라오던 친구들이 동요하며 공포에 질린 시선을 나눴다. 하춘희는 본능적으로 탈출이 실패했다는 걸 느꼈다. 친구들을 돌아봤다. 부자연스러운 웃음을 보이며 말했다.
"다음 작전으로 변경해야겠다. 너무 일찍 와 버렸네."
친구들은 우왕좌왕 하며 발을 굴렀다. 하춘희는 친구들을 진정 시켰다.

"우리 공부 열심히 했지?"

친구들은 진정되지 않았다. 하춘희가 다시 물었다.

"우리가 왜 이곳에 끌려왔는지 알고 있지?"

친구들은 뒷걸음 쳐서 방으로 들어가려 했다. 하춘희는 말리지 않고 살짝 소리를 높였다.

"역사는 우리를 기억할거야! 반드시 기억할 거야! 죽는다고 끝나는 게 아니야. 우리는 순덕이를 살려 보내야 해. 그래야 우리 무덤이라도 만들 수 있어. 죽어서도 기억되지 못하고 낯선 땅에서 소리 소문 없이 묻혀버릴래? 난 싫어. 순덕이가 살아나가서 먼 훗날 우리를 고국으로 데려갈 거야. 후손들이 우리를 기억하고 위로할 거야. 어차피 우리는 다 죽어. 선택해. 그냥 비명만 지르다 죽을 건지. 그래서 누군가의 기억에도 존재하지 않고 더러운 매춘부로 저놈들의 기억과 저놈들의 역사에 기록될 것인지. 아니면 순덕이를 살려서 죽어서라도 우리 후대가 저놈들에게 복수하고 무릎 꿇게 할 건지. 그래서 당장은 아니지만 고향땅 양지 바른 곳에 묻히고 후대와 전 세계에 당당히 기억되고 존경 받는 역사에 기록될 것인지."

하춘희의 외침은 얼어붙은 심장을 힘차게 뛸 수 있도록 만들었다. 한 친구가 친구들 사이를 비집고 하춘희에게 다가왔다.

"난 순덕이를 살려야겠어. 저 새끼들 기억 속에 남아 더러운 매춘부로 남긴 싫어. 우리가 얼마나 억울하게 죽었는지. 얼마나 억울하게 살아왔는지 반드시 알려야겠어."

다른 친구가 하춘희에게 다가왔다.

"죽어서도 저놈들의 웃음거리가 되기 싫어. 살 수 없다면 당당하게 죽을 거야."

친구가 오순덕의 손을 잡았다.

"기억해줘. 오늘 함께한 우리의 이름을. 그리고 꼭 알려 줘. 우리가 어떻게 죽었는지. 우리가 얼마나 억울하게 살아갔는지를."

하춘희가 친구들을 향해 소리쳤다.

"순덕이가 우리 이름을 잊어버리지 않게! 이름을 한 명씩 외쳐주자!"

친구들이 자신들의 이름을 소리 내어 불렀다.

" … ."

" … ."

" … ."

이름을 외치는 도중 밖에서 소리가 들려왔다. 목소리의 주인공은 일본군 장교였다. 장교의 목소리는 일본군들이 후퇴 전 왜 이곳을 일찌감치 들렸는지 알려주고 있었다.

"살인은 군인이 전쟁에 익숙해지고 용기를 키울 수 있는 가장 빠른 방법이다! 실제상황이라 여기고 총검술 교재를 제공하겠다! 들어가서 죽여라! 산 사람을 죽여 봐야 총검술이 일취월장 할 수 있다!"

힘없는 여자들. 어떤 죄도 없는 여자들을 상대로 살인을 저지르기 위해 후퇴를 앞두고 찾아왔던 것이다. 총검술 교재라. 사람으로 상상할 수 없는 일을 자행하는 그들이었다. 패배의 분풀이 수단으로 생명을 죽이는 행동에 일말의 죄의식도 없는 그들이 정녕 사람일까? 그들은 기다렸다는 듯이 앞 다투어 위안소 안을 밀고 들어왔다.

하춘희와 친구들은 그녀를 뒤로 빼돌렸다. 하춘희가 입구 쪽을 향해 뛰어들었다. 싸워본 적 없는, 평범하고 연약한 여자인 하춘희는 그저 일본군을 부둥켜 안으려 양팔을 벌리는 것이 공격의 전부였다. 일본군 두 명의 총검이 하춘희의 심장과 복부를 찔렀다. 밀려오는 고통 속에서도 하춘희는 앞으로 나아갔다. 일본군이 "조센징 년이!"라고 소리치며 깊숙이 총검을 관통시켰다. 신음 한 번 내지 않고 하춘희가 일본군의 손을 잡았다. 하춘희가 마지막 유언을 남겼다.

"살아남아! 순덕아! 꼭 살아남아!"

다른 친구가 일본군을 향해 뛰어들었다. 또 다른 친구도, 창문을 부숴 끝까지 그녀를 밖으로 내보낸 친구까지…. 위안소 안에 있는 친구들이 전부 일본군을 향해 달려들었다. 하나같이 하춘희와 같았다. 싸움이라는 걸, 무력이라는 걸 사용해 보지 않은 친구들은 양팔을 벌려 달려드는 것만이 저항할 수 있는 전부였다. 하나, 둘 버티고 버티다 쓰러지는 친구들이 늘어났다. 죽음의 순간까지도 일본군의 다리를 부여잡거나 팔을 부여잡았다. 그럴수록 일본군의 총검은 잔인한 살육을 거침없이 행했다.

친구들은 몸뚱이로 입구를 막았다. 쓰러질 때마다 좁은 입구를 단단히 봉쇄했다. 시신이 늘어날수록 입구는 좁아졌다. 마지막 친구가 일본군을 향해 달려갔다. 총검을 스스럼없이 받은 친구는 입구를 완벽하게 봉인했다. 일본군은 시신을 밀어버리고 들어가려 했다. 혹시나 더 죽일 수 있는 장난감이 있는지 확인하고 싶어 하는 사이코패스 정신병자들과 같았다. 시신을 밀어내기 위해 여럿의 일본군이 힘을 쓰고 있었다. 친구들의 강한 바람 탓이었을까? 어느 시신도 쉽게 움직이지 않았다. 마치 원래 그곳을 차단하고 있었다는 듯 꿈쩍하지 않았다. 한참동안 실랑이 하던 일본군들이 지쳐갔다. 저 멀리에서 서양군의 폭탄소리가 들려왔다. 일본군은 기겁을 하며 부리나케 도망쳤다.

: : :

한기준은 역사관을 빠져나왔다. 밤이 찾아오고 있었다. 역사관을 들어갔을 때 봤던 광장의 벽면으로 걸음을 향했다. 하늘로 떠난 '위안부'할머니들의 사진과 기록을 보기 위해서였다. 이름과 고향, 생년월일, 어떻게 위안소로 끌려왔는지 얼마나 억울하게 살다 세상과 작별했는지가 상세하게 적혀 있었다. 그녀가 친구들의 사진을 둘러보며 말했다.

"내가 한 사람도 빠짐없이 기억혔어. 그리고 증언혔어. 그런디 일본놈들은 내가 거짓말한다고 지껄이네. 사람 환장해서 죽것어. 뭐가 거짓말이라는 거여? 그럼 이 많은 친구들을 누가 죽였어? 내가 두 눈으로 똑똑히 봤는디! 내가! 내가! 거기에서 살아나온 유일한 생존자인디! 내 친구들의 목숨으로 연명할 수 있었던 내가 바로 산증인인디! 일본 놈들은 뭘 가지고 거짓말이라 하고 우리가 성매매를 한 여인들이며 자발적으로 참여했다고 거짓부렁을 하는 것이여! 왜! 도대체 왜! 아직까지도 내 친구들에게 사과하지 않는 것이여!"

만남 전야

⟨노인⟩

수철아. 서둘러 출발하지 않고 아직도 아이처럼 눈물만 빼고 있는 것이냐. 주름은 자글자글 해가지고 울고 있으니 보기가 흉하다. 껍데기만 변했지 고놈의 착한 심성은 그대로구나. 하기사 간간히 찾아 올 때마다 너는 그랬다.

해방이 되어서 찾아왔을 때 너는 울고 있었다. 일본놈들이 물러나고 나서도 뭐가 그리 슬픈지 울기만 했다. 네가 현명했던 걸까? 나는 해방이 되었는데 울고 자빠져 있는 네가 이해가 가지 않았다. 하늘에 있다 보니 소록도가 그저 예뻐만 보여서일까? 네 녀석의 눈물이 나는 바보스럽기만 했다. 그런데 너는 알고 있었던 것이냐? 해방이 되었다 한들 끝나지 않은 저주를.

네 소식이 궁금해 살짝 엿보고 가려 내려왔다가 봤다. 일본놈들이 시키던 노동보다는 덜했지만 별반 다르지 않은 노동의 현장을. 소록도를 가꾸고 고기를 잡고 육지와 연결하는 다리를 만들고 있더구나. 일하는 건 일본놈들보다 느슨하게 시켰지만 여타 다른 이들에 비하면 혹독하기 그지없더구나. 그뿐일까? 다리를 만드는 노역을 시켜놓고 임금을 주지 않는 행태는 일본놈이고 조선놈이고 똑같더구나.

영특하더니 이런 불행을 알았던 것이냐? 그래서 해방이 되고 조국을 되찾았는데도 불구하고 눈물만 뺐던 것이더냐? 미리 떠난 내가 오히려 미안해지더구나. 새벽에 일어나서 해가 떨어져서야 끝나는 독한 노동은 한센병의 또 다른 대가라고 해야 옳은 것이냐?

한참을 네놈 곁에서 울었다.

잘 살고 있을 거라고, 정혼자를 찾아서 떠났을 거라 생각했었는데 소록도에 남아 죽어라 일하고 있는 네놈을 보니 눈물을 참을 수 없더구나. 나야 학순이도 있고 먼저 와서 기다리던 아내도 만났고 흉측한 육신도 벗어던져 깨끗한 영혼으로 살아가고 있지만 너는 내가 처음 봤을 때와 별반 다르지 않게 살아가고 있음이 슬퍼서 견딜 수 없었다.

병은 약으로 다 나았으니 다행이라고 말해줘야 하는 것이냐? 아니면 나았지만 흉은 남았으니 불행이라 위로를 해야 하는 것이냐. 나도 모르겠다. 어찌 되었든 결론적으로 나았어도 흉이 남아 다른 사람들은 너를 돌팔매질 할 것을 알기에 나는 위로를 하고 싶다.

너의 선견지명은 참으로 대견했다.

잘못했으면 내 곁으로 서둘러서 올 뻔했던 날을 아느냐?

소록도에서 나갈 수 있는 자유가 주어졌을 때 너는 남기로 했다. 전염성이 없는 환자들은 격리대상에서 제외되었음에도 너는 남아있었다. 이러면 안 되는데 내가 네 마음속에 들어가 봤다. 너는 사회를 과거와 다를 바 없이 불신하고 있더구나. 나는 네가 나가서 정혼자를 찾았으면 했다. 정혼자도 너를 기다리고 있다는 걸 잘 알고 있었지 않느냐. 나는 답답한 네 선택에 복창이 터져 죽는 줄 알았다. 그런데 말이야. 몇 달 뒤 나는 가슴을 쓸어내려야 했다. 소록도를 벗어나서 터를 잡으려던 수십 명의 환자들이 그곳에 살던 다른 이들에게 두들겨 맞아 죽어버리는 장면을 목격했다. 영혼이라 분명 나는 보이지 않을 거라는 걸 아는데도, 나는 죽이지 못할 거라는 걸 잘 알고 있는데도 오줌을 지릴 정도로 무서운 광경이었다.

사람들은 작은 섬에 정착하려던 환자들을 무참하게 두들겨댔고 전부 죽어나갔다. 나는 네놈이 사람들을 불신하는 이유가 과거의 원망 때문이 아닌 과거를 토대로 깨달은 미래라는 걸 알았다. 그래서였구나! 그래서 네놈이 정혼자를 찾아가지 않았구나! 내 아내와 같이 사람들에 두들겨 맞아 정혼자까지 죽어버릴까 무서웠던 게로구나!

내 아내가 하늘에서 나를 칭찬하더구나. 자신이 사람들에게 두들겨 맞아 죽었다는 말을 해줘서 네놈이 미래를 내다볼 수 있었다면서. 네놈을 살린 건 바로 나라면서 과분한 칭찬을 받았다.

세월이 얼마나 흘렀나? 수철이 네놈이 올해 몇이더라? 아흔이 넘지 않았느냐? 아직 용케도 살아 드디어 정혼자를 보러 가는구나!

네놈 때문에 정혼자가 모진 일을 당할까 봐 그리 참고 참아서 오늘에서야 만나는구나!

그래도 너를 보호해줄 곳이라고는 소록도밖에 없었겠지?

죽을 고비를 수차례나 넘기면서도 지금껏 살아남을 수 있었던 이유는 소록도가 있어서겠지?

내가 네놈 때문에 소록도라는 놈을 용서한다.

우리는 죽였지만 네놈은 꼬부랑 할아비가 될 때까지 살려줬으니 이제 욕하지 않으련다.

　이놈아! 서울까지는 오래 걸린다. 서둘러서 출발하거라!
　이제 사회인들도 너를 위해준다. 시대가 변하는 데 너무 오래 걸렸지만 끝내는 우리를 받아주는 날까지 넌 살았구나.
　천만 다행인건 네 녀석 정혼자도 살아남았구나.
　어서 준비하거라.
　그토록 서로가 기다리던 오늘이 아니냐.
　많이 돌아왔다.
　많이 기다렸다.
　많이 지나갔다.
　그래도 결국은 만나는구나.
　결국은 이뤄지는구나.
　결국은 순정을 지켜내는구나.
　네 녀석들이 참으로 감.사.하.다.

〈아낙〉

　소록도를 벗어나 본 적이 언제였냐? 까마득하제? 그럴 것이여. 경성, 아니 서울을 가본 적은 언제였냐? 한 번도 없을 거여. 그렇제? 복 터졌다. 정혼자도 만나고 서울도 놀러간 게.
　이놈아! 뭐가 그리 긴장되는 거여? 손을 떨긴 왜 떨어? 다 큰 사내놈이. 이제 살만큼 산 놈이 뭐가 그렇게 셀렌다고 벌벌벌 떠는 거여? 남사시러워서 못 보겄다. 어라? 요놈 좀 보시게나. 마스크를 썼다고 내가 못 볼 줄 알았냐? 뭐시 좋다고 실실 쪼개냐? 쪼개기는…. 망조가 들었냐? 내가 창피해서 살 수가 없다. 간만에 네놈 응원 좀 하려고 왔더니 이게 무슨 꼴이냐? 내가 저승사자에게 널 데려가지 말라고 사정한 것이 한이 된다, 이놈아.

좋제? 좋아 죽것제? 나도 수철이 네가 좋아하는 걸 보니 죽었는디 살아나시것다. 밥은 잘 챙겨먹는지 가끔 내려다 보았는디 참으로 좋았다. 일본놈들 있을 적에 비해서는 든든히 먹었잖여. 내가 저승에서 챙겨주지 못한 게 늘 한이었는디.

거의 다 왔냐? 건물이 으리으리한 걸 보니 벌써 왔나보네. 세상 참 좋아졌다. 여성부라는 것도 생겼네. 뭐셔? 10층? 높이도 올라간다. 아이구야! 넓다. 사람들이 너희를 축복하려고 많이도 와있구나! 사진기도 많고 좋것다. 깜작 놀래주려고 그러나? 당장 안 만나고 방으로 들어가네? 달달한 음료수도 있고 좋구나.

수철아! 초조해 보이네. 맴 단단히 먹어라. 심장 소리가 하늘까지 들린다. 침착혀라. 가서 말 잘 허고 눈물 보이지 마러. 사내놈이 계집처럼 눈물이 많아서 큰일이다. 내가 저승사자 몰래 명줄 적힌 장부를 좀 보았는디 천수를 누리고도 넉넉하게 남았으니 이제라도 알콩달콩 살아봐. 우리 수철이를 보니 내 자식놈이 떠오르네 그려.

아들놈은 다 컸어. 지 에미도 못 알아봐. 새 어미를 어머니로 부르고 자랐으니께. 지 에미가 병자인 것도 몰러. 몇 해 전에 죽어서 왔는디 모른척 혓다. 저승은 워낙 넓어서 만나기가 쉽지 않은디 말이여. 신통방통하게도 아들놈이 떡하니 올라와 있는 거여. 근디 "내가 에미다!"라고 말하는 게 쉽지 않더구먼. 녀석이 나를 그냥 지나치는데 지도 모르게 나를 쳐다보더라. 피가 진하긴 진한가 벼. 고개를 갸웃거리며 곰곰이 나를 떠올려보려 하는디 안 떠오르는지 뒤돌아서더라고. 서운했냐고? 아니, 전혀 서운하지 않았어. 뿌듯하더라. 살만큼 살고 억울하게 비명횡사 하지도 않고 호상으로 죽어서 왔으니께 그걸로 족했다.

녀석이 잘 커서 토깽이 같은 손주 녀석도 낳고 손주 녀석이 증손주를 낳았는디 그게 바로 누군줄 아냐? 놀라지 말어. 지금 네놈을 데려가는 기자가 내 증손녀여. 알것제? 내가 모른 척 하고 있었어도 얼매나 우리 수철이를 위해 노력했는지 알것제?

수철아. 너는 이제 내 자식이나 다름없어. 배로 낳아야만 자식이냐? 내가 밥 먹어주고 길렀응께 내 자식이 아니더냐. 내 밥을 맛나게 먹어주고 한집에서 같이 잤으니께 내 자식이잖여. 그래서 내가 친자식을 미련 없이 보낼 수 있었나보다.

서수철이라는 내 자식이 있어서 말이여.

우리 수철이, 고맙다. 나를 잊지 않아서.

매년 제사를 지내주며 이모가 아닌 어머니로 지방을 써서 올려줘 참말로 고맙다. 나를 어미로 떠올려줘서. 내 자식이 되어줘서, 참말로 고맙고 고맙다.

어? 왜 망설이는 거냐? 다섯 시간이 넘게 걸려서 와 놓고는 왜 머뭇거리는 것이여? 사내놈이 그리 용기가 없냐? 수십 년을 그리워해놓고는 망설이는 이유가 뭐여?

― *이꼴로 보겠다고 결심한 게 잘못된 것 같여. 안 되것어. 기자양반, 내가 그 사람을 볼 낯이 없어. 그냥 가십시다.*

어라? 요놈 보게? 증손녀헌티 지금 뭐라고 하는 것이냐? 뭐시라? 그냥 돌아가것다고? 갑자기 왜 그러는 거여? 증손녀야! 좀 말려 보거라! 네 할아버지다! 모가지를 잡아서라도 끌고 들어가라! 요놈 황소고

집이네? 평생을 바란 일이면서 왜 그러냐? 증손녀야! 네가 좀 물어 보거라!

― 할아버지. 만나셔야 해요. 할머니를 위해서요. 할머니가 어떤 세월을 버티시면서 할아버지를 기다리셨는지 아세요? 순정이라고 하셨나요? 저는 솔직히 잘 모르겠어요. 두 분의 편지도, 아픔도, 그리움도 솔직히 확 와닿지는 않아요. 그런데 조금은 알 수 있을 것 같아요. 돌아서는 순간 서로만을 바라본 순정은 깨지는 거예요. 미안하다고요? 아니요. 할아버지의 행동이 미안한 거예요. 마지막까지 할아버지만을 기다린 할머니를 두고 돌아서는 지금이 미안한 거예요. 걸어 나가세요. 그리고 마주하세요. 순정은 영혼이 하는 사랑이라 하셨죠? 육신이, 사랑이 상대의 살아온 과거 평가가 아닌 오로지 순수 영혼이 교감하는 사랑이라는 걸 증명해 주세요. 역사 속에 할머니와 할아버지의 순정을 방관하고 유기해 온 우리에게 더 이상 죄를 짓게 하지 말아 주세요.

증손녀야! 말 한 번 잘했다. 그려! 바로 거여! 증손녀가 입이 살아 있네. 기자를 괜히 하는게 아니구나! 수철아. 마음이 좀 바뀌었냐? 그렇지! 그거다! 심호흡 크게 한번해라! 아이고 잘한다! 이제 나가라! 나가서 만나라!

드디어 마주하는구나! 눈물이 난다. 울면 안 되는디 아이고! 아이고! 철딱서니 없이 눈물이 나네 그려. 예쁘다. 우리 아들 수철이, 참 예.쁘.다.

〈강학순〉

　언니 이제야 인사를 드립니다. 수철 오라버니를 찾아가보려 했지만 언니를 만나서 이야기를 해야만 할 것 같아서 이렇게 찾아왔어요.
　요즘 시대는 빨라서 좋아요. 평생을 걸려도 만나지 못한 사람들이 하루 만에 만나는 걸 보니. 차 안이 답답하지 않으세요? 차가 다니는 길도 뻥 뚫려있네요. 아무래도 언니와 오라버니의 만남을 저승에서도 기뻐하나봅니다.
　사실 육체의 속박에서 벗어나자마자 언니를 찾아갔었어요. 궁금했어요. 편지만 전해줬지 한번도 본 적이 없었으니까요. 곱더라고요. 곱고 강직하더라고요.
　언니는 모르겠지만 언니와의 첫 대면은 만주에서 였습니다. 만주에서 친구들의 희생으로 빠져나와 서울로 향하고 있었죠. 일주일째 변변한 끼니도 못 챙기고 흙탕물을 마시며 만주에서 탈출하고 나서 언니는 송장과 비슷한 모습으로 서울에 도착했습니다.
　고향도 갈 수 없었어요. 화냥년이라 이장이 소문을 낸 탓에 언니는 어디에서도 환영받지 못하셨죠. 언니는 길에서 동냥을 하기도 하고 삯바느질을 하기도 했어요. 고운 얼굴 탓에 별별 남정네들이 언니에게 손을 내밀기도 했죠. 숱한 유혹에도 언니는 오라버니의 순정을 놓지 않았어요. 뿐만 인가요? 아파서 약 한 봉지 사먹을 돈이 없어도, 수십 일을 굶어서 아사 직전까지 갔을 때에도 금가락지를 팔지 않으셨어요. 오라버니를 만날 수 있다는 희망…, 때문이셨겠죠?
　언니는 대단해요. 그 가운데서도 친구들의 바람도 지켜 나가셨으니까요. 비가 오나 눈이 오나 밤이 찾아오면 친구들을 잊지 않으려 종이에 한 사람, 한 사람 이름을 적으셨어요. 그리고 친구들이 억울하게 당한 일들을 빠짐없이 기록해 놓으셨지요.

 이런 언니의 자리를 넘본 제가 미우시죠? 언니를 따라다니면서 느꼈어요. 순정이란 걸. 언니와 오라버니의 변치 않는 사랑을요.

 깨달으니 죄의식이 밀려오더군요. 그래서예요. 제가 언니의 꿈속에 나타난 것은. 6·25를 알려드려야 했어요. 며칠 밤이고 꿈속에서 부산으로 내려가라, 타일렀어요. 기억하시죠? 언니는 이상하게 여기시다가 나중에는 결국 피난을 가셨죠. 그때 본 사람이 바로 저예요. 이렇게나마 언니에게 죄를 씻고 싶었어요. 언니가 살아서 오라버니를 뵙게 해야 마음이 조금은 가벼워질 것 같았어요.

 언니는 전쟁이 끝나고 대전에 자리를 잡으셨어요. 달라진 건 없었어요. 여전히 배고프고 여전히 혼자셨죠. 변변한 친구도 없었고, 변변한 집도 없었어요. 나이가 들어도 언니에게 남겨진 건 두 평 남짓한 판자로 만든 낡은 방과 라면 몇 봉지가 전부였으니까요. 라면을 아껴 먹으려 국물을 남겨 죽을 쒀 드시기도 하셨죠. 비가 오면 일본놈들에게 맞은 곳들이 쑤셔와 잠 못 이루던 나날들이 허다했어요.

 그 와중에도 언니는 간절하고 애드러운 소망을 지켜내셨어요. 오라버니와 우물가에서 나눈 순정의 약조를 지켜내고 위안소에서 친구들이 남긴 유언을 이루기 위해서 이를 악물고 세월을 참아내셨어요.

 이런! 벌써 도착하셨군요.

 하춘희 언니가 언니에게 할 말이 있다며 재촉하네요.

 언니!

 다음 생에서는 제가 먼저예요.

 이번 생에서는 제가 오라버니를 보내드리지만 다음 생에서는 제가 먼저예요.

 언니만을 향한 오라버니의 지고지순한 영혼도, 오라버니만을 향한 언니의 찬란한 영혼도 이번 생에서만 양보해 드릴 거예요.

다음 생에는, 정말 다음 생에는….

그러니 이번 생에서 행. 복. 하. 세. 요.

〈하춘희〉

떨고 있는 거야? 바보같이? 친구들과 다 같이 왔어. 느껴지니? 우리가 바라던 여자로서의 삶. 그걸 이루는 너를 축하해주기 위해 먼 길을 마다하지 않고 빠짐없이 다 와있어. 요즘은 정말 좋구나! 누구나 원하기만 하면 사랑을 하고 결혼을 할 수 있으니까.

후손들은 알고 있을까?

당연히 누려야 하는 모든 것들이 우리에게는 얼마나 절절하고 간절했던 소원이었음을.

순덕아!

우리 얼마나 많이 기다렸는지 알아? 네가 오래 기다려야 한다고 해서 혹시나 했는데 해도 너무 한 거 아니야?

하늘에서 언제나 만날까 기다리다가 애타서 두 번이나 죽는 줄 알았어. 그래도 우리가 약속한 모든 것을 지켜줘서 정말 고마워.

홀로 힘든 싸움을 하느라 지쳤을 법도 한데 끝까지 우리의 바람을 들어줬구나!

'위안부.'

여자로서 힘든 고백이었겠지?

기자들 앞에서 죽어도 꺼내기 싫은 이야기를 꺼내야 한다는 사실에 얼마나 괴로웠을까? 그날은 비가 내렸어. 우리의 눈물이 흘러내린 날이기도 해. 어쩌면 모든 짐을 네게 떠넘긴 것일 수도 있어. 곱고 고운 아이. 사랑만 받아도 부족한 아이. 오로지 순정 하나만을 바라보고 사는 약간은 단순한 구석이 있는 순수한 아이. 그런 아이가 너였어. 시간이 지날수록 겉모습은 주름이 많아지고 볼품 없어졌지만 영혼만은 우리가 만났던 날과 똑같은 너였어.

아직 일본이 우리에게 사과하지 않았지만, 혼자서는 감당하기 힘든 증언으로 역사에 우리를 당당하게 남을 수 있게 만들어준 것만으로도 고맙고 소중해. 일본의 사과는 역사가 살아있고 민족이 살아있는 한 기필코 받아낼 수 있어. 할 만큼 했어. 순덕이 넌 이제 우리가 아닌, 역사가 아닌, 과거가 아닌 네 삶을 찾아도 돼. 그럴만한 자격이 충분히 있어.

순덕아! 망설이지 마. 충분히 행복을 찾을 권리가 있어. 왜 그러니? 오늘을 위해 살아온 너인데 갑자기 왜 그러는 거야? 벌써 그분은 나와 계시잖아. 떨려서 그래?

— 춘희야. 내가 그분을 만나도 될까?

응! 만나야지. 그래서 살아왔잖아. 그래서 지금까지 버텨왔잖아.

— 어쩌냐? 내가 초라해 보인다.

뭐가? 뭐가 그렇게 초라해?

— 스스로 괜찮다고 다독였었는디. 미안허네. 그분에게 너무 미안혀. 일본놈들에게 더럽혀진 내 육신이 보잘 것 없어 보여. 어쩌냐. 미

안혀서. 내가 초라혀서 어쩌냐. 미안허다. 마지막 약속은 지키지 못하것다.

바보야! 아니야. 그분이 널 기다리고 있잖아. 반지는 손에 쥐고 있으라고 준 거 아니야. 손가락에 끼라고 줬던 거지. 그분에게 껴 줘. 어서!

— 어쩌냐. 못하것다. 내가 부끄럽고 수치스러워서 그분에게 손을 내밀지 못하것다. 초라하게 살았어. 판잣집 쪽방에서 살았고 내가 '위안부'로 살았다는 걸 천하가 알아버렸어. 그분에게 내가 너무 초라하다. 내가 너무 더럽다.

순덕아! 아니야. 그렇지 않아. 그분은 다 알고 계셔. 너와 같이 너를 위해 버텨 오신 분이야. 우물가에서 약조했던 그날이 바로 오늘이야. 서둘러. 너를 기다리고 있어.

— 보고 싶은디. 문만 열면 볼 수 있는데. 도저히 열 수가 없네. 춘희야. 춘희야!

기자는 뭘 그렇게 멍청하게만 보고 있어? 순덕이에게 무슨 말이라도 해야지! 저렇게 눈치가 없나? 뻣뻣하게 서 있지만 말고 순덕이를 달래보란 말이야! 아까 역사관에서 나한테 했던 말은 뭐야? 잊지 않겠다면서? 뜻을 이어가겠다면서? 우리의 뜻이야! 순덕이의 순정이 우리의 뜻이란 말이야! 진짜! 답답해 죽겠네!

― 할머니.

부르지만 말고 달래보라고! 순덕이가 아직도 청춘인줄 알아? 저렇게 울다가는 한순간 하늘나라로 우릴 만나러 올 수도 있단 말이야! 아까부터 쭉 지켜봤는데 오늘 하루 종일 순덕이가 우는 걸 지켜만 보더라? 한심해! 그러고도 네가 기자야?

― 저… 할머니… 제가 드릴 말씀은 아니지만.

드릴 말씀이고 자시고 순덕이 저러다가 숨넘어간다고. 미련곰탱아!

― 저기… 하춘희 할머니와 다른 친구 분들의 염원이셨어요. 그리고 할머니의 염원이시기도 했고요. 할머니를 위해서 희생하신 수십 분의 친구 분들의 소원을 이뤄주셔야죠.

그래! 그렇게 해야지.

― 못 나가것어. 어찌 본단 말이여. 수십 년을 깨끗해지기 위해 몸을 닦아냈어. 철수세미로 살이 다 벗겨지도록 닦아냈어. 그런디도 안 되것어. 그분의 손을 이 더러운 손으로 어찌 잡는단 말이여! 살 껍질을 다 벗겨내고 싶어. 어떻게 그분에게 더럽혀진 몸을 보인단 말이여!

순덕아! 더럽지 않아! 너는 더럽지 않아! 절대 너는 더럽지 않아! 우리는…. 우리는… 더럽지 않아!

― 할머니! 제가 화가 나요!

기자! 갑자기 화를 내면 어떻게 해? 진정해!

― 더럽다고요? 뭐가요? 뭐가 더러워요? 할머니가요? 누가요? 여기에 더러운 사람이 도대체 누가 있어요?

왜 엎드려? 순덕이 신발을 왜 핥아? 순덕이가 어찌할 바를 모르잖아! 왜 그래?

― 더러워요? 이래도 더러워요? 뭐가 더러워요? 할머니 신발조차 어떤 존재보다 깨끗해요! 제가 증명하고 있잖아요! 뭐가 그렇게 더럽다는 거예요! 더러운 놈들은! 일본놈들이잖아요! 더러운 놈들은! 아직도 사과하지 않는 뻔뻔한 일본놈들이잖아요! 더럽지 않아요! 보세요! 제가 이렇게 보여드리고 있잖아요! 똑바로 보세요!

기자야! 고맙다!

― 할머니는 더럽지 않아요. 깨끗하고 고결하세요. 어떤 누가 할머니를 더럽다 말한다면 제가 가만히 있지 않을 거예요. 그게 신이든 그 어떤 힘센 사람이든 제가 다 가만두지 않을 거예요. 성모 마리아보다 순결하고 고귀하신 분이 할머니세요. 바로 할머니와 함께 계셨던 친구분들이세요.

순덕아 기자 말이 맞아! 넌 더럽지 않아. 우린 더럽지 않아! 그러니 어서 가서 그분을 만나!

　— 기자양반. 왜 이렇게 사람을 민망하게 허나. 어여 일어나. 나갈 테니께, 빨랑 일어나. 내가 몸 둘 바를 모르것다.

　남자가 되어서 질질 짜네. 오늘의 답례로 여기 오려면 한참 멀었겠지만 오게 되면 우리가 잘 적응하도록 도와줄게. 아! 이건 어때? 네 아내와 너를 빼닮은 아기를 선물로 주는 건? 그래! 우리가 선심 썼다. 삼신할머니께 부탁해서 떡두꺼비 같은 아기를 부탁하도록 하지. 그러니 어서 순덕이를 부축해. 우리 순덕이 울다가 지쳤다.

　— 제 손을 잡으세요. 지금 나갑니다. 앞에 할아버지가 계세요. 활짝 웃어주셔야 해요.

　순덕아! 그분이 널 바라본다! 쑥스러워? 할머니가 되어서도 쑥스러움이 남아있어? 웃어줘. 그분에게 어서 웃어줘. 그래! 그거야! 그렇게 웃어줘야지. 그분도 웃는다. 활짝 웃으신다.
　서로 웃는다.
　그분과 너 때문에 우리도 비로소 웃.는.다.

만남

74년 만이었다. 74년 만에 서로가 문을 열고 바라봤다. 인간사로 따지면 억겁의 시간이었다. 강당 끝에서 끝으로 서로가 마주서서 바라보고 있었다. 누가 뭐라고 할 것도 없이 걸음을 옮겼다. 조금 더 가까이에서 보고 싶었다. 냉정한 시간 앞에서 변해버린 서로를 확인하고 싶었다. 늙었다. 병들었다. 기력이 없었다. 주름이 가득했다. 젊었을 때 기억과는 다른 두 사람이 다가서고 있었다. 가까워질수록 눈물이 흘러내렸다. 아무 말도 없었다. 어색했다. 어떤 호칭으로 불러야 할지 혼란스러웠다. 점점 강당 중간으로 향해갈수록 거리가 좁혀졌다. 서수철이 호칭을 생략하고 말했다.

"멈추거라."

오순덕이 걸음을 멈췄다. 깊이 눌러 쓴 모자와 마스크는 그를 완벽하게 감추고 있었다.

그녀가 "왜요?"라고 물었다.

"내가 좀… 더럽다. 많이 병들었던 터라 흉측하다."

그녀가 피식 웃었다.

"흉측하다는 말이 무슨 소리요? 병에 걸려 흉이 생긴 걸 말하는 거요? 다 늙어서 그런 걸 신경 쓰고 그러요? 어차피 쭈글쭈글해져서 표도 나지 않소."

그녀가 한걸음 다가갔다. 그녀와는 다르게 그는 무표정 했다.

"안 된다. 멈춰 있거라. 부탁이다. 네게 보여줄 마음이 안 생긴다. 딱 이정도 거리에서 이야기하자."

그가 한걸음 물러났다. 그녀가 장갑을 낀 그의 손을 내려다 봤다. 그의 손에는 봉지가 들려있었다. 그가 봉지를 바닥에 내려놓으며 말했다.

"약물을 좀 달였다. 아직도 몸이 허해 보인다. 먹으면 괜찮아질 것이다."

그의 말은 무시당했다. 그녀는 봉지보다 장갑에 집착을 보였다.

"손가락은 남았소?"

그가 고개를 끄덕였다.

"벗어보시오."

"안 된다."

"어서 벗어보시오."

"안 된다. 흉측하다."

그녀가 참다못해 버럭 화를 냈다.

"가지가지 하시오! 뭐가 흉측하단 말이오? 죽어라 일만해서 손톱이 빠지고 손이 너덜너덜해진 것이 흉측한 거요. 아니면 병에 걸려서 몸에 흉 좀 남은 것이 흉측한 거요? 나이를 어디로 드셨소? 뭐가 그리

숨기고 싶은 거요? 다 아는 거요. 이놈의 천하가 다 아는 사실이오. 근디 뭐가 그리 창피혀요?"

그가 큰 소리에 당황했다.

그녀가 말을 이었다.

"74년이나 기다렸소. 여기까지 오느라, 오라비를 만나는데 장장 74년이나 걸렸단 말이오, 보고 싶어도 참고 참아 버려온 세월이 74년이요. 어찌 살아가나 궁금함을 참고 살아온 지도 74년이나 흘렀소. 오라비가 내게 준 순정 때문에, 내가 오라비에게 바친 순정 때문에 나는 74년을 죽지도 못하고 살아왔소, 근디 그깟 병마가 얼마나 대단하다고 뒷걸음질 치는 것이오? 고작 고놈의 문둥병 땜시 가까이 가보지도 못한단 말이요? 오라비의 순정이, 우리의 순정이 고놈의 병마보다도 못혀요?"

그녀가 손바닥을 펼쳤다. 하춘희와 친구들이 준 가락지가 수십 년 만에 주인을 기다리고 있었다.

"날 살려준 하춘희라는 친구와 다른 친구들이 줬소. 오라비에게 껴주라고 말이오. 손가락을 봐야겠소. 이리 와서 장갑을 벗어보시오."

고집스럽게도 그녀가 다가서면 그가 그만큼 물러섰다.

"안 된다. 순덕아. 내가 네게 미안해서 안 되겠다. 나는 만족한다. 이렇게 네가 살아있고 마주할 수 있는 것만으로도 과분하다. 오지 말거라."

"뭐하시는 거요? 내 친구들을 무시하시는 거요?"

"그런 게 아니다."

"그런 게 아니면 빨리 벗으시오."

그녀가 물러서는 그보다 빠르게 걸어갔다. 거리가 좁혀졌다. 그가 뒷걸음질을 포기했다. 얼음처럼 굳어진 몸에 힘을 줬다. 그녀가 코앞까지 다가왔다. 장갑을 벗기려했다. 그가 주먹을 쥐고는 힘을 풀지 않았다.

"오라비."

"안 된다. 더럽다."

그녀가 그의 손을 두 손으로 감쌌다.

"바라는 거 없소. 원하는 것도 없소. 나는 말이오. 우리가 반지를 나눠 낄 수 있기만 하면 족하오. 책임지라고 하지도 않겠소. 그저 우리가 순정을 나눈 징표가 없어 맴이 아팠었소. 그러니 벗어보시오. 어서."

따뜻한 그녀의 체온이 그의 다짐을 녹였다. 장갑에서 힘이 풀려갔다. 그녀가 장갑을 천천히 벗겼다. 그의 손을 본 그녀가 74년 만에 천사보다 아름다운 미소를 보였다.

"다행이오. 반지손가락이 남아 있잖소. 됐소. 됐소. 난 이걸로 충분히 족하오. 고맙소."

그녀가 그에게 반지를 끼워주었다. 남은 반지를 그의 손에 건넸다. 그녀가 손을 내밀었다. 그가 그녀의 반지손가락에 반지를 껴줬다.

"오라비, 어색하시오?"

"아니다. 그런 거 없다. 마냥 좋다. 좋기만 하다."

그녀가 그의 얼굴을 가리고 있는 마스크에 손을 가져갔다. 그가 물러서는 대신 눈을 질끈 감았다. 그녀의 손과 함께 마스크가 내려왔다. 중절모도 벗겼다. 백발이 무성했다. 무장이 해제되자 그의 얼굴이 훤히 다 보였다. 그녀는 놀라지 않았다. 오히려 농을 섞어 "그래도 검은 머리가 남아있구려. 젊어 보이요."라고 장난을 쳤다. 그녀가 병마의 흉터가 남은 그의 얼굴을 어루만졌다.

"여전히 턱선이 멋지오."

그가 웃었다. 비로소 그가 촉촉하게 젖은 눈으로 그녀를 자세히 들여다봤다. 그의 눈에는 아직도 어린 순덕이의 모습이 그려졌다. 우물가에 떠오른 청명한 달빛에 고스란히 스며든 그녀의 고운 얼굴이 담겨지고 있었다.

"순덕이 너도 여전히 곱다."
"농담하지 마시오."
"참말이다. 곱다."
그가 오른손의 장갑을 마저 벗었다.
두 사람은 손을 마주 잡았다.
그가 말했다.
"욕봤다."
그녀가 말했다.
"욕봤소."

— 우리 정말 욕봤소.

에필로그

　모두가 빠져나간 강당에서 한기준이 우두커니 서 있었다. 오순덕과 서수철이 손을 잡고 있었던 바로 그 자리였다. 유소영이 서수철이 나온 방문을 열고 그에게 다가왔다. 그도 그녀에게 다가갔다. 그녀의 손에는 커피가 들려있었다. 그에게 커피를 건네며 "수고했어."라고 말했다. 그도 "수고했어."라고 답하며 커피를 받았다. 둘은 나란히 바닥에 앉았다. 한동안 말이 없었다. 커피가 반쯤 비었을 때였다. 그가 입을 열었다.
　"집에서 밥이나 먹을까?"
　그녀가 어이없는 표정으로 그를 바라봤다.
　"겨우 할 말이 그거야?"
　"그럼. 내가 요리할까?"
　"뭐?"

그녀가 황당한 듯 말했다. 그가 천연덕스럽게 웃었다.

"장도 내가 볼까?"

그녀가 뒷목을 잡았다. 그는 그녀의 어깨를 감쌌다.

"순정이라는 거. 우리에게도 허락할까?"

그녀가 식은 커피를 한 모금 마셨다.

"모르겠어. 어떤 의미인지 조차."

"우린 무엇 때문에 결혼했지?"

"모르겠어. 왜 우리가 결혼했는지도."

분위기가 낮게 깔렸다. 그가 그녀의 손을 힘차게 잡았다.

"소영아. 할머니를 모시고 오면서 화가 났어."

"나도."

"창피했어."

"나도."

그가 그녀를 안았다. 그녀의 귀에 대고 조용히 속삭였다.

"미치도록 네가 보고 싶었어."

그녀가 말했다.

"나도."

추천의 글

〈뉴욕타임즈〉, 〈월스트리트저널〉, 〈워싱턴포스트〉 등 세계적인 유력 매체에 일본의 실상을 알리는 광고를 꾸준히 진행해 왔다. 이는 세계적인 여론을 형성하여 일본 정부가 지금 얼마나 잘못하고 있는지를 전 세계에 널리 알리기 위함이다. 특히, 소재원의 책 「이야기」는 문화 콘텐츠를 통해 국내뿐 아니라 전 세계에 퍼져있는 재외 동포는 물론 시대정신을 함께하는 외국인들에게도 널리 알릴 수 있는 좋은 계기가 될 것이다. 그런 의미에서 영문으로도 출간하여 세계 주요 도서관에서도 읽힐 수 있길 기대해 본다.

서경덕
한국홍보전문가 성신여대교수